KB265238

뜨거웠던
나의 청춘이여

지 은 이 | 이현창
펴 낸 이 | 김원중

편   집 | 김민주
디 자 인 | 김윤경
마 케 팅 | 최금순
제   작 | 허석기
관   리 | 차정심

초판인쇄 | 2012년 12월 06일
초판발행 | 2012년 12월 14일

출판등록 | 제301-1991-6호(1991.7.16)

펴 낸 곳 | (주)상상나무
          도서출판 상상예찬
주   소 | 서울시 마포구 상수동 324-11
전   화 | (02)325-5191
팩   스 | (02)325-5008
홈페이지 | http://smbooks.com

ISBN   978-89-93484-49-6 (03810)

값 13,000원

뜨거웠던 나의 청춘이여

이현창 지음

심경(心境)

　사람은 누구나 행복하게 살기를 원한다. 과연 어떻게 사는 것이 가장 행복한 삶일까 ?

　산골 마을의 순박한 농부의 삶과 문명사회의 풍요로운 도시인의 삶이 서로 다르듯 행복도 저마다 그 모양, 크기, 빛깔이 조금씩 다를 수 있다. 큰 저택에서 호의호식하며 살아가도 건강하지 못하면 불행한 것처럼, 건강한 사람이 모든 것을 다 갖추고, 좋은 환경에서 풍요롭게 산다고 해도, 그 무엇 때문인지 마음이 불안하고 편하지 않다면 어찌 행복한 삶을 누린다고 말 할 수 있겠는가?

　진정한 행복은 소유가 아니라 마음의 상태에 있다고 하였다. 내가 큰 부자나라에서 태어나지 못한 것을 실망하거나, 가난한 집에 태어났다고, 부모님을 원망한다고 해서 내 마음이 평안해 질까? 그보다는 아프리카의 어느 오지마을에 태어나지 않고, 자유대한민국에 태어난 것을 다행으로 생각하고 내가 우리 집에 태어난 것이 내게 주어진 숙명이요, 기회로 알고, 거기에서 내가 할 수 있는 최선의 길을 찾아 순리대로 열중하다 보면, 조그마한 성취감으로 기쁘고 행복감을 느낄 때가 있다.

초년고생은 은을 주고도 못 산다는 말과 같이 고난과 역경은 사람을 강인하고 지혜롭고 겸손하게 만든다는 말이 있다. 내가 긴 세월 살면서 터득한 교훈은 삶을 위한 각고의 노력 속에서 찾는 작은 성취감이 내 마음을 가장 기쁘고 평안하게 해 주는 나의 행복이었다고 말하고 싶다.

나라마다 사관(史觀)에 의한 숙명적 처지가 있고, 그 나라 고유의 국민성이 있다. 그 처지와 국민성은 고정되어 있는 것이 아니라 시대에 따라 변하고 있다. 좋은 국민성은 더욱 계승 발전시켜 나가야 하고, 나쁜 국민성은 과감히 고쳐 나가야 한다.

나라를 사랑하는 애국심, 나라의 안전을 위한 안보에는 대동단결하는 협동심, 국가발전을 위한 뛰어난 예지와 독창적인 창의력은 영원히 계승 발전시켜 나가야 할 일이지만, 사촌이 땅을 사면 배가 아픈 질투심, 머나먼 여행길에서 노모를 버리고 오는 짐승만도 못한 불효, 남을 배려할 줄 모르고 폭력이나 속임수로 자기 이익만 챙기는 불량배, 가난한 사람들을 멸시하는 마음, 민주주의의 본질이 데모인 양 생각하는 불법행위 등은 과감하게 고쳐 나가야 한다. 깨끗하고 순결한 백의민족, 동방예의지국이 어쩌다가 이렇게 도덕과 예절이 땅바닥에 내동댕이쳐지고 말았는지... 교육자의 한 사람으로써 참 부끄럽고 책임감을 느낀다.

오늘날 글로벌시대, 국제사회의 공조 없이는 경제발전과 국력증강과 통일은 불가하다는 현실을 깨닫고 우리 미래의 영원한 행복을 위해 모두가 네거티브 없이 한 마음 한 뜻이 될 때가 바로 지금이 아닌가?

내가 이 나이에 우리의 젊은이들을 위해 할 수 있는 봉사는 단 한 가지 밖에 없다. 그것은 내가 그 동안 살아 온 긴 삶을 통해 터득해 온 지혜, 이치, 그리고 조그마한 지식뿐이다.

나는 책도 많이 읽지 못했고, 글도 잘 쓸 줄 모르지만 내가 소박하게 살아온 다양한 삶을 이야기로 엮어 들려 주고자한다.

젊은이들이여! 삶은 역사요, 지혜요, 교훈이다. 지난날의 역사를 통해서도 지혜는 얻을 수 있다. 마더 테레사는 '삶은 아름다운 꿈을 위한 도전의 기회요, 사랑으로 기쁨을 찾는 소중한 의무'라고 했다.

　지금 좀 부족하고 되는 것이 없다고 불평하고 원망하지 마라! 그것은 지난날 무에서 유를 창출한 산업화 역군들에 대한 은혜도 모르고, 오늘날 많은 나라들이 부러워하는 한국의 발전과 풍요롭고 자유스러운 현실에 대한 축복도 느끼지 못한 채, 영광스러운 내일의 희망조차 포기하는 어리석은 사람이다.

　나도 어리석게 살아 온 것을 많이 후회하고 있다. 제발 나보다는 더 나은 보람된 삶을 누리기를...

2012년 12월

井山 이 현 창

CONTENTS

02 청년기

Part 01

위 오년기

Only I can change my life.
No one can do it for me.
나만이 내 인생을 바꿀 수 있다.
아무도 날 대신해 해줄 수 없다.

-캐롤 버넷

고향을 떠날 수밖에

어느 날 저녁에 땅 주인이 우리 집을 찾아 왔다.

"아저씨, 집에 계십니까?"

"응, 자네, 어쩐 일이야? 들어 와 저녁은 먹었는가?"

"예, 다름이 아니고 그 동안 우리 땅을 내 대신 농사 지어 주시느라고 참 수고를 많이 하셨는데, 이제 논을 도로 돌려 주셔야 하겠어요."

"왜? 자네가 혼자 어떻게 농사를 지으려고?"

"내가 못하는 것은 일꾼을 구해서 직접 해 보려고요."

"큰 일 났네, 우리에게 아무도 땅을 줄 사람이 없다면 천상 고향을 떠날 수 밖에 없겠네…"

"참 미안하게 되었습니다."

"어떻게 하겠나? 땅 주인이 자기 땅을 달라는데…. 알겠네."

해방이 되자 우리 집은 고향에서 더 살 수가 없게 되었다. 남의 땅에 농사를 지어오던 소작농가인 우리는 땅 주인이 땅을 되찾아 갔기 때문이다. 머지않아 토지개혁이 실시되면 그 땅은 우리 땅이 된다는 사실도 몰랐고, 한 동네에서 일가 간에 그렇게 억지를 부릴 그런 처지도 아니고, 또 우리 아버지의 성격상 그렇게 하실 분이 아니시었다. 더 이상 고향에서 살 수 없게 된 우리 집 식구들은 뿔뿔이 흩어져야만 했다.

형님 내외는 목공 일을 배운다고 도회지로 떠났고, 누나는 너배라는 동네로 트럭을 타고 시집을 갔다. 아버지께서도 어찌할 도리가 없어 도회지로 나가 일자리를 찾아보는 수밖에 없었다. 그래서 대전 신안동에 사시는 진외가 댁에 가셨다. 그리고 몇 번 오르내리시더니 그곳 아버지 외삼촌이신 할아버지의 연결로 대전 우체국 임시 집배원으로 취직을 하게 되었다.

산내면은 길이 멀고 험해서 당일에 편지를 다 전하지 못하고 마을 이장 댁에서 하룻밤을 묵고, 다음 날에 귀가할 수 있는 그런 배달 코스였다. 그렇게 고된 일이었지만 임시직원으로 고용되었기 때문에 월급도 아주 적었다. 그래서 우리식구들 모두가 대전에서 함께 살기에는 힘에 겨웠다. 그래서 어머니가 품팔이를 하며, 고향인 원터에서 일 년을 더 버텨 내야만 했다. 일 년이 지나 아버지는 정규직원이 되었지만 집배원 월급이 그리 많지는 않았다.

그래서 우리는 겨우 단칸셋방 하나를 얻어 대전으로 이사를 왔다. 처음에는 우체국 근처인 대흥동에 셋방을 얻어 살았고, 나는 그 곳 D국민(초등)학교로 전학을 했다. 그 후 월세가 더 싼 곳을 찾아 대전의 동쪽 끝에 있는 동광동으로 이사를 했다. 나는 대전의 동쪽 끝에서

서쪽 끝에 있는 D초등학교까지 어른 걸음으로도 만만치 않은 거리의
등하굣길을 다녀야만 했다.

새 런닝셔츠

6학년이 되었다.

나는 6학년 3반이 되고 새 담임선생님은 임동현 선생님이셨다. 그런데 새 학년이 되자 진학반과 비진학반으로 나누어졌다. 나는 비진학반 반장이 되었다. 우리 비진학반은 정규수업 6시간을 마치고 변소와 운동장 청소를 하고 집으로 갔다. 진학반은 밤 8시까지 전등불을 켜 놓고 열심히 과외 보충 수업을 했다. 6학년 수업은 이렇게 시작이 되었다. 나는 생활지도반으로 뽑혀 주번활동을 하게 되었다. 우리 학교에서는 2교시가 끝나면 중간체조시간이 있었다.

아이들이 뙤약볕에 나가서 체조하기를 몹시 싫어했다. 교실구석이나 책상 밑에 숨어 꾀를 부리는 아이들이 참 많았다. 이 아이들을 잘 지도하여 운동장으로 내보내는 일도 주번 담당이 하는 일의 하나였다. 이들 중에서 깨끗한 새 런닝셔츠를 입은 아이들을 보면 그런 것을 입지 못한 나는 질투심이 생겨, 나도 모르게 그 아이들을 꼭 운동장으로 내몰곤 했다. 나도 주번이 아닐 때는 중간 체조를 하러 나가야 하는데 누구보다도 그 중간체조 시간을 가장 싫어한 사람이 바로 나였다. 중간 체조시간에는 웃옷을 벗고 런닝셔츠만 입고 나가야 했다. 내 런닝셔츠는 낡을 대로 낡아 어머니가 하얀 천을 덧대어 기워 주셨는데, 그 꿰맨 자국이 있는 런닝셔츠가 너무 부끄러워서였다.

체조시간만 되면 나는 남들이 나를 멸시하지 않을까 하는 생각, 혹은 여자 아이들이 나를 보고 '제네 집은 런닝셔츠 하나 살 돈도 없나 봐' 하며 속으로 비웃지 않을까 하는 생각으로 공연히 위축되는 듯한 불안감을 느끼곤 했다. 해방직후, 그 때에는 그 런닝셔츠가 왜 그렇게 귀하고 비쌌는지… 가정 형편을 잘 아는 내가 그것 하나 사달라고 조르지를 못했다. 철이 너무 일찍 들어서 그랬는지, 바보여서 그랬는지 하여튼 런닝셔츠 하나 얻어 입지 못했다. 남들이 입은 새 런닝셔츠가 왜 그렇게도 부러웠는지! 그 때 내 어린 마음을 헤아려 주는 사람은 아무도 없었다.

운동회가 열린 날이었다. 초등학교에서의 마지막 운동회였다. 나는 6학년 최고 학년이라 당일 활동부서가 정해졌다. 내가 맡은 부서는 달리기 결승선에서 1등기를 들고, 1등 한 어린이를 찾아 줄 세워 앉히고, 그 학년 달리기가 끝나면 본부석으로 뛰어 가서 상품을 타다 나누어 주는 일이었다.

점심시간이 되었다. 그 날은 대전에 올라 온 뒤 처음으로 어머니가 학교에 찾아오신 날이기도 했다. 아들의 마지막 운동회에 꼭 와보고 싶었는지도 모른다. 나를 찾아 헤매다가 달리기 결승선에서 1등기를 들고 있는 내 모습을 발견하고 찾아 오셨는데, 내게 가까이 오시더니 눈물을 보이셨다. 아마도 하얀 천으로 덧대어 꿰맨 내 런닝셔츠를 보신 모양이었다. 사는게 팍팍하여 아들의 옷까지 신경 써가며 돌볼 수 없었지만, 막상 여러 아이들 사이에서 나의 초라한 모습을 보니 너무도 불쌍해 보여 속이 많이 상하신 것 같았다.

어머니는 사과 두 개를 사 가지고 오셨다. 어머니와 함께 도시락을 펼쳐 놓고 먹는데, 마침 옆에 '이치열' 이라는 같은 반 학생이 그의 어머니와 함께 밥을 먹고 있었다. 하얀 쌀밥에 고기반찬을 먹고 있었는데, 새까만 꽁보리밥을 먹고 있는 나를 보고 가엽고 불쌍해 보였는지 그 분이 싸 가지고 온 빵 두 개를 먹으라고 주셨다. 나는 "고맙습니다." 하고 넙죽 받아먹었다. 그렇게 맛있고 달콤한 빵은 생전 처음 먹어 보았다.

어머니는 간다는 말도 없이 가시고 오후 게임이 다시 시작 되었다. 그런데 한 시간쯤 뒤에 어머니가 다시 나타나셨다. 나에게 손짓을 하여 나오라고 부르셨다. 어머니는 그 길로 시장에 가셔서 그 비싼 런닝셔츠를 하나 사 오신 것이다. 새 런닝셔츠로 갈아입히시고 다시 돌아 가셨다.

나는 이제 중간 체조시간에도 당당하게 뛰어 나갈 수 있다고 생각하니 하늘을 날듯 마음이 가볍고 너무나 기쁘고 행복 했다. 그 때의 내 흐뭇하고 행복한 마음은 도저히 말과 글로는 표현할 수가 없었다.

그 귀하고 비싼 런닝셔츠에 혹 흙이라도 묻을까? 얼마나 조심했는지 모른다. 이렇게 운동회는 꿈도 못 꿀 새 런닝셔츠를 내게 주고 끝이 났다.

평가를 왜 이렇게 했을까

그즈음 학교에서는 입시 공부에 열중케 하여 중학교 합격률을 높이는 것이 주된 과제가 되었다. 진학반 학생들에게 집중적으로 많은 시간을 할애하여 공부를 더 열심히 시켜야겠다고 생각한 학교 당국은 가엾게도 비진학반의 수업시간을 더 단축시켜 진학반 학생들의 수업시간으로 편향되게끔 했다. 그래서 우리 비진학반은 4시간 수업만 하고 집으로 돌아가게 하였다. 그것을 좋아하는 아이들도 있었다. 나도 그 때까지는 조금도 섭섭하거나 서운한 생각을 하지 않았다.

나는 진학할 형편이 되지 않아 비진 학반으로 배정되었고, 진학반으로 간 학생들은 열심히 공부를 해야 입학시험에 합격하지 않겠느냐며 그것은 당연한 일이고 순리라고 생각했기 때문이었다. 그러나 1학기말 시험이 문제였다. 1학기말 시험이 시작되어 시험지를 받아 보니 속이 상하고 기가 막혔다. 우리가 배운 것은 3분의 1밖에 없고, 나머지는 모두 진학반만 배운 지능 문답지에서 나온 문제였다. 참으로 불공평했고 그 부분에 있어서 섭섭하고 억울한 마음을 삭힐 수 없었다. '어떻게 배우지도 않은 것을 평가지로 낼 수 있을까?, 왜 이렇게 불공평하게 처리를 할까?' 어린 마음에도 참으로 섭섭하고 담임선생님이 원망스러웠다.

학기말 시험을 망치고 1학기말 성적 통지표가 나왔다. 5학년 때 4 등으로 올라 온 내가 갑자기 32등으로 곤두박질하고 말았다. 이때의 내 심정을 담임선생님께 당당하게 따져 보고 싶었다. 그러나 어떻게 감히 선생님께 그렇게 할 수 있나 눈물을 삼키고 2학기 학년말에는 다른 방법을 강구해야겠다고 생각했다. '어떻게 할까? 나도 8시까지 과외 수업을 받을까?' '아니야! 그렇게 하려면 과외비를 많이 내야 하는데… 그렇게는 할 수도 없고, 진학반이 사용하는 지능 문답지를 사서 공부를 해야겠다.' 고 생각한 나는 아버지께 간청하여 겨우 누런 재생선화지에 찍어 낸 지능 문답지를 한 권 샀다. 그리고 그것을 읽 으면서 자습을 하였다. 일요일 산에 나무를 하러 가서도 그 책을 꼭 가지고 가서 틈틈이 읽고 또 외우고 하며 열심히 공부를 하였다.

시간이 지나고, 또 학년말 졸업시험을 보게 되었다. 그런데 시험지 를 받아든 나는 또다시 화가 나지 않을 수가 없었다. 시험지 문제를 분석해 보니 우리 비진학반 학생에게 가르쳐 준 것은 3분의 1도 안되 고, 내가 산 지능 문답지에서는 3문제 밖에 나오지 않았다. 나로서는 참으로 분하고 억울하고 원통한 일이었다. '6학년 졸업 성적이라면 다 같이 배운 것에서 내야지 어떻게 그럴 수 있을까?' 내게는 이 성 적이 일생의 마지막 성적인데 이렇게 평가를 받아야 하는 사실에 담 임선생이 너무너무 원망스럽고 분한 마음에 보는 것도 말소리를 들는 것도 싫었다.

다음 날 아침에 일어나기는 했으나 학교에도 가기 싫었다. 하지만 졸업장은 받아야 했기에 학교에 계속 나갔다.

기다리던 졸업식 날이 되었다. 나는 비록 헌 옷이지만 깨끗이 갈아 입고 학교에 나갔다. 학부모님들도 많이 오셨다. 중학교에 합격한 학생의 부모님들이 계속 찾아 와 담임선생님께 감사하다고 인사를 하고 가셨다. 그러나 우리 집에서는 아무도 오지 못했다. 왜냐 하면 내 동생만 집을 지키고 모두들 일터에 나갔기 때문이다.

'빛나는 졸업장을 타신 언니께 꽃다발을 한아름 선사합니다.' 졸업식 노래를 하면서 나는 계속 울고 있었다. 내 자신의 신세에 대한 서러움에 잠겨 자꾸만 슬퍼지고 눈물이 났다. 나는 졸업식장에서 식을 마친 후, 졸업장과 성적표를 받아 들고 우리 교실에 와서 내 자리에 앉아 엎드려 하염없이 혼자 울었다. 담임선생님은 졸업생들을 환송하기 위해 현관 밖에서 학부모들과 인사를 하고 계셨다. 학부모님들도 졸업생들도 모두 담임선생님께 "감사합니다. 안녕히 계십시오." 인사하고 집으로 돌아갔다.

나는 교실 내 자리에 앉아 엎드린 채 계속 울고 있었다. 시간이 얼마나 지났는지 모르지만 담임선생님이 교실로 돌아 오셨다. 내가 울고 있는 모습을 보시고 나를 일으키며 "왜 그렇게 슬피 우느냐? 이제 그만 울고 집으로 돌아가야지"라고 하셨다. 나는 용기를 내어 "너무 너무 억울해서 웁니다."라고 말했다.

"무엇이 그렇게 억울한데?"

"내가 받은 성적이 너무 억울합니다."

“네 성적이 22등이면 비진학 반에서는 1등이고, 또 진학 반 학생들도 네 뒤로 떨어진 아이들이 얼마나 많은데, 그만 하면 참 잘 한 것이 아니냐?”

“등수가 문제가 아니라, 졸업시험 문제가 잘 못 됐다고 생각합니다.”

“왜 그렇게 생각하는데?”

“우리가 배우지 않은 문제가 너무 많았어요. 어떻게 배우지도 않은 문제를 졸업시험으로 낼 수가 있습니까?”

“우리는 이 졸업 성적이 일생 마지막 성적인데….” 나는 울음 섞인 말로 또박또박 내 마음속의 응어리를 토해내듯 말을 이어 갔다.

“진학 반은 중학교(그 당시에는 고등학교가 없었음), 대학교에서도 또다시 성적을 받을 수 있지만, 우리는 이것이 일생 마지막 성적이 아닙니까? 일생 마지막 성적을 어떻게 이렇게 불공평하게 내실 수 있습니까?” 울먹인 목소리로 이성을 잃고 마구 퍼부었다. 나도 모르게 내 뱉은 ‘일생의 마지막 성적’ 이란 말에 어쩐지 미안한 생각이 들었다. 한 참을 듣고 계시던 선생님이 이제야 감이 잡히던지 얼마 동안 말을 못하고 잠시 생각에 잠기는 듯하더니, 내 어깨에 손을 대고 나지막한 목소리로

“현석아, 너는 우리 반 아이들이 중학교에 많이 들어가는 것이 좋으냐, 적게 들어가는 것이 좋으냐?” 라고 물었다. “그야 많이 들어가는 것이 좋지요” 나는 바로 대답했다.

“바로 그것이다, 네가 한 말이 하나도 틀린 말이 없다. 그러나 우리 반 아이들, 다시 말해서 네 친구들을 한 명이라도 더 많이 중학교에 합격시키기 위해서 그렇게 했다고 생각하면 안 되겠니? 너는 잘

몰랐겠지만, 요즈음 입학 시험전형이 좀 복잡하단다. 입학시험 점수와 졸업한 학교 졸업성적 석차도 함께 올라가 입학성적에 반영이 된단다. 그래서 수험생에게 조금이라도 석차를 앞당겨 주여야 합격점수에 도움이 되니 어찌 할 수 없이 그렇게 했단다. 그러니, 네가 억울한 마음을 풀고, 나를 용서해라"

"그래도 진학반 학생들의 합격을 위해 가난하고 불쌍한 우리들의 마음을 이렇게 짓밟고, 슬프게 해도 됩니까?"

"그래 생각해보니 우리가 너무 잘 못 했구나, 용서해라" 한참 침묵이 흘렀다.

"선생님! 너무 억울한 마음에 성급하게 선생님께 대들어 죄송합니다. 이제 됐습니다. 우리 대신에 친구들이 더 많이 합격되었다니 참 다행입니다." 나는 담임선생님이 나에게 '용서해라'는 그 말씀에 나도 모르게 '내가 너무 했나?' 죄송한 생각이 들어 눈물을 닦고 그 자리에서 벌떡 일어났다.

"선생님 죄송합니다. 안녕히 계십시오." 하고 미안한 마음에 뒤도 돌아보지 않고 쏜살같이 교실을 빠져 나와 집으로 돌아왔다.

나의 초등학교 생활은 이렇게 마감을 했다.

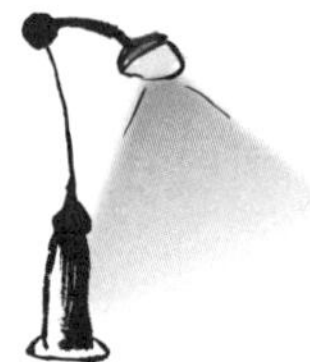

입학시험에 합격은 했는데

집으로 돌아온 나는 하루하루 땔 나무를 하며 세월을 보내고 있었는데, 하루는 뜻밖에 편지 한 장이 날아왔다. 담임선생님이 보내신 편지였다. 내용은 이렇다.

현석아, 그 동안 잘 있었니?

너를 그렇게 떠나보내고 마음이 몹시 아팠단다.

너에게 참 좋은 기회가 생겼다.

D공업중학교에 야간부가 처음 생겼다.

낮에는 취직을 하여 돈을 벌고, 밤에는 학교에 다닐 수 있는 좋은 기회가 아니냐?

꼭 시험을 보도록 하여라. 어찌 되었던 이 편지를 받는 즉시 학교로 오너라!

네가 오기를 기다리겠다.

- 담임 보냄

편지를 받은 나는 우선 배울 수 있는 좋은 기회라고 생각하고 너무나 기뻤다. 다음 날 일찌감치 길을 나섰다. 학교에 도착한 나는 곧장 우리 교실로 갔다. 담임선생님이 나를 기다리고 계셨다. "시간이 없으니 빨리 이 입학 원서에 주소와 이름을 쓰고 아버지 성함도 함께 써 넣어라." 이렇게 하여 입학원서를 다 써 넣고 보니 아버지 도장을 찍어야 할 곳이 있었다. "아버지 도장이 없으니 할 수 없다." 시험지를 프린트 할 때 쓰는 원지를 가지고 오셔서 그것을 가리방이라고 하는 철판 위에 놓고 그 위에 철핀으로 '성균'이라고 아버지 성함을 쓰고 도장 크기만 하게 둘레에 동그라미를 그린 다음 그 위에 인주로 문질러 대니 아버지 도장을 찍은 것과 꼭 같은 날인이 되었다. 아버지 날인이 찍힌 입학원서와 등수가 적힌 성적 일람표를 봉투에 넣었다.

"그런데 전형료가 30원(圓)이 있어야 하는데…"

"너 돈 가지고 왔어?"

"아니요."

"시간이 없으니 지금 곧 D공업 중학교로 가서 접수해라" 하시며 담임선생님은 전형료 30원을 내 손에 쥐어 주셨다. 나는 그 길로 공업중학교로 가서 접수하고 접수증을 받으니, D공업 중학교 야간부 기계과 90번이었다. 정해진 날짜에 가서 시험을 보고, 발표하는 날 아침에 일찍 그 학교에 가서 합격자 발표 게시판을 보니 기계과 90

번, 합격이었다. 담임선생님도 오셔서 축하를 해주시며 "너희 집에서는 아무도 안 오셨니?"라고 물으셨다.

"예, 저 혼자 왔어요, 집에는 아무도 안 계시고 동생 밖에 없어요."

"그랬구나…" 그리고 선생님은 자전거를 타고, 다시 학교로 돌아가셨다. 그러나 이 사실은 담임선생님과 나 외에는 아무도 아는 사람이 없었다. '이제 누구에게 이야기를 해야 한단 말인가? 어떻게 해야 할까? 입학금이 얼마나 될까? 아버지 월급이 얼마인데… 어떻게 중학교에 다닐 수 있을까? 우리 집 형편으로는 내가 중학교에 갈 수 없지 않은가? 내가 취직을 할 수 있을까? 만일 취직을 하면 얼마나 받을 수 있을까? 1,000원(圓)은 받을까? 그래 어쨌든 합격자 소집일 날에 가보기나 하자.' 그렇게 마음을 먹고, 한 달 전에 취직을 하기 위해 와 계신 매형에게 먼저 이 사정을 말하기로 했다.

구둣방에서 구두 만드는 일을 배우고 다니는 매형이 밤늦게 귀가했다.

"제가 공업중학교에 합격했어요. 학부모 소집 일이 내일 모레인데, 아버지 대신 같이 좀 가 주실 수 없을까요?" 그 말에 깜짝 놀란 매형이 물었다.

"언제 시험을 보았니?"

"며칠 되었어요."

"그럼 원서 값도 있고, 전형료도 있는데…누가 어떻게 냈니?"

"그래요? 원서 값도 있어요? 전형료 30원은 선생님이 내주셨는데…"

나는 그제야 이 모든 것을 담임선생님께서 모두 내어 주신 것을 알아채고 담임선생님께 더욱 미안하고 감사한 마음이 들었다.

매형은 나에게 아무리 돈 한 푼 받지 않고 배우기 위해 하는 일이 지만 그래도 내일 구둣방 주인께 사정 이야기를 하고 모레 같이 가 보기로 하자며, 아버지께는 아직 이야기 하지 말라고 했다. 그러나 입학금이 너무 많으면 어찌할 도리가 없으니 그때 아버지께 알리자 고 했다.

시간은 빨리 흘러 오늘이 합격자 학부모소집 일이다. 나는 기계과 라 대강당에서 학부모 상담을 하게 되어 있었다. 기계과를 상담하는 담당자는 D공업중학교 육성회장이신 양성목 스님이었다. 이 분은 소 제동 산 위에 있는 큰 절의 주지 스님이셨다.

매형과 나는 번호 순서대로 들어가는 것을 피하고 제일 나중에 들 어가기로 하고 밖에서 상담이 다 끝날 때까지 기다렸다. 이윽고 상담 이 다 끝이 났다. 이 때 우리는 문을 열고 들어갔다.

상담 내용은 수업료를 포함한 입학금 9,000원, 책 값 3,250원, 육 성회 찬조금 기본이 10,000원, 계 22,250원은 기본이라 누구나 다 내는 것이고, 육성회 찬조금이 최하 10,000원인데 그 이상 좀 더 받 을 것을 종용하기 위해 상담하는 것이었다. 그러니까 22,250원이 최 하 기본이 되는 입학 수속금이 되는 것이다. 상담 담당자 이신 주지 스님은 모든 내 사정을 다 듣고 나서 하시는 말씀이 "찬조금은 최하 10,000원인데, 좋다 너 하나 육성회장 직권으로 그것도 면제 해 주겠 다."고 하셨다. 그리고 수업료와 입학금 9,000원, 책값 3,250원 계 12,250원이 기재 된 납입 고지서를 딱 떼어 주시는 것이다.

우리는 더 할 말이 없었다. 책값과 수업료는 감할 수가 없는 것이 었다. 이렇게 입학 상담을 끝마치고 '12,250원, 12,250원…' 이렇게 중얼거리며 집으로 돌아올 수밖에 없었다. 저녁에 아버지께 이야기를 했지만 "한 달에 2,500원 밖에 벌지 못하는 월급쟁이가 먹고 살기도 빠듯한데 어떻게 그 많은 돈을 낼 수 있겠냐?"는 말씀에 우리는 아무도 말을 하지 못했다. 이렇게 D공업중학교에 합격은 했지만 12,250원이 없어서 포기하고 말았다.

오늘은 5일 D공업중학교 입학식이 있는 날이다. 11시에 입학식이 있다고 들었다. 나는 일찌감치 지게를 지고 산에 땔나무를 하러 갔다. 잔디에 누어 서쪽 하늘을 바라보며 입학식 하는 모습을 생각하니 애국가 소리가 귀에 쟁쟁 들려오는 듯했다. 이렇게 허무하고 재미없고, 하기 싫고, 슬프고, 허전하고, 희망이 없는, 원망스러운 생활을 하면서 어떻게 하면 돈을 벌어 진학할 수 있을까? 오직 그 생각에만 잠겨 먼 서쪽 하늘을 하염없이 바라보다가 혼자 기다리고 있는 동생이 너무 가여워 나무 짐을 지고 집으로 돌아오는데 어쩐지 오늘은 다른 날 보다 훨씬 더 무거웠다.

내 동생 숙자가 혼자서 쓸쓸히 나를 기다리고 있었다.

어린 장돌뱅이의 시련

　어떻게 하면 돈을 좀 벌 수 있을까? 궁리 끝에 장사를 좀 해 보기로 하고, "아버지 저 장사 좀 해 보게 돈 좀 빌려 주세요?" "지금은 돈이 없으니 우선 내가 문종이를 한 축(10 권 = 200장)을 갖다 줄 테니 팔아 보아라." 원동에서 지물포를 하고 계시는 아버지 고향친구 분께서 문종이 한 축을 가지고 오셨다. "이것을 팔아 보아라." "예, 한 번 해 보겠습니다."

　기찻길 밑 굴다리 밖 원동 사거리에 가마니를 깔고 달랑 문종이 한 축을 올려놓으니 볼품도 없고, 보는 사람도 없고, 물어 보는 사람도 없었다. '내 옆에 잡화상은 구경하는 사람도 많고 사는 사람도 많은데…' 하루 종일 그늘도 없는 길가에서 점심도 먹지 못하고 쫄쫄 굶어 가며, 아무도 물어 보지도 않고 쳐다보지도 않는 창호지 장사를 하고 있는 나 자신이 가엽기도 하고 한심스럽기도 하였다.

이렇게 일주일을 보내면서 겨우 4장 밖에 팔지 못하고 첫 번째 장사는 걷어치우고 말았다. 나머지 창호지는 지물포에 도로 반납하고, 다시 무엇을 해 볼까 하는 궁리 끝에 사과 장사를 해 보기로 하고, 한 동네에 사는 친구 유무일을 찾아 갔다.

무일이는 대전 W국민(초등)학교를 졸업했는데 대구에서 살다가 우리 동네로 이사 온 동갑내기이다. 그도 집이 가난하여 나처럼 중학교 진학을 못하고 놀고 있었다. 그래서 둘이는 상의 끝에 부산행 완행열차를 타고 내려가면서 접는 부채를 팔며 내려갔다. 그렇게 애 써 보았지만 대구까지 내려오는 동안 두 사람이 겨우 부채 다섯 개밖에 팔지 못했다.

대구역에 도착한 우리는 역전 과일시장을 먼저 찾아, 사과시세를 알아보고 먹어도 보았다. 그런데 대전에서는 한 번도 먹어 보지 못한 '골덴' 이라는 사과종류가 있었다. 먹어 보니 달고 연하고 맛이 참 좋았다. 이 종류 같으면 대전에서 잘 팔리겠다고 생각했다. 그런데 무일이는 "내가 살던 동촌 사과 밭에 가면 더 싸게 살 수 있을 거야, 거기로 가자."라고 하였다.

나도 무일이 말을 믿고 동촌에 있는 사과 밭으로 걸음을 옮겼다. 그 곳에 가서 '골덴' 사과를 시장보다 훨씬 싸게 사서 배낭에 가득 넣고 또 한 자루를 더 담아 배낭 위에 얹고, 그것을 짊어지고 걸어서 대구역 광장에 오니 저녁 8시가 넘었다. 그래도 역 광장에는 달빛과 가로등불로 대낮 같이 밝았다. 그 광장에는 밥장수가 쭉 늘어 앉아 밥을 팔고 있었다. 그 중에서 정구지 무침 보리밥을 한 그릇씩을 사 먹으니 꿀맛 같았다.

저녁을 먹고 기차표를 사려고 무일이에게 짐을 맡겨 놓고 매표소에 갔는데, 이게 어찌 된 일인가? 호열자 전염병 때문에 열차 운행을 중단한다는 게시판을 세워 놓고, 매표소는 문이 굳게 닫혀 있었다. "이거 큰일 났네, 기차표 값을 빼고, 모두 사과를 다 샀는데… 오늘 안가면 안 되는데" 하면서 혼자 중얼거리고 있는데, 이 때 옆에 있던 한 청년이 말을 건넸다.

"너 어디까지 가는데?" 하고 묻는 것이 아닌가! 그래서 나는

"대전까지 갑니다."

"내가 기차 태워 줄까?"

"기차가 안 간다는데, 어떻게 기차를 타요?"

"그래도 화물차는 간다. 화물차 맨 끝에 차장 칸이 있잖아 ? 그 차장 칸에 태워 줄 테니 가자."

"정말 입니까?"

"나하고 같이 가면 되잖니?"

"그러면 같이 갑시다."

그 청년 형을 따라 한참을 갔는데 어느 사무실 앞에서 하는 말이 "차장 칸은 아무나 태워 주는 것이 아니다. 특별히 아는 사람에게 부탁해야 되니 너는 여기 있어라." 그래서 나는 사무실 앞에 서 있고 그 청년은 안으로 들어갔다. 잠시 후 청년이 문을 열고 나와서는 "야, 잘 됐어, 돈만 주면 지금 승차권을 주겠대, 이것은 기차표가 아니고 화물차에 탈수 있는 승차권이야, 차표 값을 내게 주고 너는 잠깐만 여기 있어, 금방 갖다 줄게. 차장실에 탈 수 있는 표가 따로 있대." 하는 것이었다. 나도 못 믿어서 따라 왔는데 같이 가면 안 된다니… 그런 의심에도 불구하고 무엇에 홀렸는지 나도 모르게 그 청년에게 돈을 주고 말았다. 한 참을 기다렸지만 청년이 나오지 않아 문을 열고 들

어 가보니 이미 그 청년은 저쪽 문으로 빠져 나간 뒤였다.

이렇게 해서 대전 가는 기차표 두 장 값을 온전히 사기를 당하고 말았다. 이 청년이 어수룩한 풋내기 어린 장돌뱅이를 가지고 논 것이다. 정신 차려 속지 않으려고 따라 갔으나 순간적인 실수로 기차표 값을 몽땅 사기당한 나는 할 수 없이 무일이에게 와서 기차표 값을 사기 당한 일을 자세히 말하고 사과를 했다. 무일이도 이미 당한 걸 어쩌겠냐며 단념하자고 했다.

우리는 철조망 울타리가 끝나는 곳에서 철길 안으로 들어가 역 구내로 들어가는데 성공하였다. 역 안에는 정차되어 있는 객차와 화물차들이 즐비하게 서 있었다. 그 중 한 객차 안에 올라가서 밖을 내다보고 있었다. 달빛이 환히 비쳐 밖은 대낮 같이 밝았다. 마침 그 때였다. 경찰관 여러 명이 열 개가 넘는 사과 가마니를 플랫폼에 쌓고 있었다. 그리고는 경찰관은 다 가 버리고 아주머니 한 분만 남아 서 있었다.

나는 객차에서 내려 아주머니에게 다가가 인사를 하고 말을 건넸다. "우리도 사과를 사 가지고 가는 중인데 갑자기 기차가 끊겨 이렇게 기다리고 있습니다. 우리가 이 사과를 다 실어 줄 테니 우리도 같이 가게 해 주십시오." 하고 간청하니 그 아주머니는 우리를 요모조모 훑어보더니 "그러니? 그러면 너희들이 이 사과 가마니를 기차 안에 다 실어 주겠니?"라며 물었다. "그럼요, 실어들이고말고요." 이렇게 해서 허락을 받고 우리의 사과 짐도 그 가마니 옆에 같이 놓았다.

이윽고 화물차 한 대가 요란스러운 쇳소리를 내며 들어왔다. 바로 그 자리에 화물열차 차장 칸이 서게 되고 우리는 열심히 그 사과 가마니를 실어 올렸다. 그리고 그 차장실이 있는 기차에 올라타니 차장이 물었다. "애들은 누굽니까?" "내가 데리고 온 아이들입니다." 아주머니는 거리낌 없이 대답했다.

이렇게 해서 우리는 무사히 기차에 올라타고 대전으로 향할 수 있었다. 차장은 자기의 작은 사무실로 들어가고 우리 셋은 그 사과 가마니 옆에 앉아 이야기를 나누기 시작했다. 먼저 오늘 우리가 기차표 값을 사기당한 이야기도 하고

"가정이 어려워 중학교도 못 가고 이렇게 장사를 해 보려고 애를 쓰지만 잘 될까 모르겠어요."

"그럼, 사과장사는 처음이겠구나?"

"예, 처음이여요, 아주머니께서는 어떻게 사과 장사를 하게 되었습니까?"

"나도 사과 장사가 이번이 처음이다"라고 하시면서

"우리 남편이 경찰 총경이었는데 지난번 여수 순천 반란사건이 일어났을 때 지리산으로 도망간 잔당 진압작전에 참가 하였다가 그만 순직하고 말았다. 남편이 죽고 나니 세상 살맛이 없어 몇 달 동안 폐인이 되다시피 누워 있다가 아이들이 불쌍해서 이렇게 먹고 살려고 처음 나왔단다." 하며 말씀을 이어나갔다.

"아 그러셨군요! 참 안됐습니다. 나라를 위해 순직하신 총경 아저씨의 명복을 빕니다."

"고맙다. 꼭 우리 집 아이들 같구나…"

"그래서 순경 아저씨들이 도와 주셨군요."

"하도 도와 줄 테니 한 번 해 보라고 해서 나왔는데, 다른 것을 해야지 이것은 연약한 여자가 계속 할 수 없을 것 같구나."

“그럼 지금은 어디에 사십니까?”

“친정이 서울이라서 서울에 살고 있단다.”

시간가는 줄 모르고 이런 저런 이야기를 하는 동안 기차는 어느새 대전역 도착을 앞두고 있었다. 차장님께 부탁하여 역에 들어가기 전 신호등 앞에서 잠시 멈춰 우리를 내려 주고 기차는 다시 대전역 안으로 들어갔다.

벌써 날이 새기 시작하는 아침 4시가 되었다. 우리는 아침도 먹지 못하고 곧바로 시장으로 나가 가마니 두 장을 사서 길가에 펴놓고, 장사를 시작하기 위해 사과를 꺼내 보니 이게 어찌 된 일인가? 사과가 모두 멍이 들어 있지 않은가? 그 ‘골덴’ 이란 사과는 크고 맛은 좋으나 껍질이 얇아 운반 할 때 여간 조심을 하지 않으면 쉽게 멍이 든다는 사실을 나중에 알게 되었다. 그래도 성한 것을 골라 반 이상 팔았지만 나머지는 멍이 들어 아주 싸게 팔 수 밖에 없었다. 겨우 본전은 찾았으나 남은 것은 멍든 사과뿐이었다. 우리들은 아침 겸 점심식사를 하고 더 팔리지 않아 그것을 배낭에 나누어 넣고 각자 집으로 돌아와 식구들과 나누어 먹고 말았다.

이렇게 두 번째 장사도 겨우 본전치기만 하고 끝을 내고 말았다. 그런 뒤에도 심천에 가서 복숭아를 사다 팔기도 하고, 신탄진 ‘골덴 참외’ 라고 하는 노란 꿀참외를 사다 팔기도 하였으나, 크게 돈벌이는 되지 않고 오그랑장사가 되고 말았다.

물건이 팔리지 않을 때도 기다릴 수 있는 인내력이 부족한 나에게 장사는 체질상 맞지 않다 것을 스스로 깨닫게 된 장돌뱅이 경험이었다.

번민하는 소년직공

　기술을 배우기로 하고 여기 저기 알아보다가 양철 공장에 들어가게 되었는데, 말이 공장이지 미군부대에서 나오는 헌 깡통을 모아 펴고, 닦고, 붙이고 해서 양동이, 세숫대야, 난로 연통, 양철지붕 등을 만드는 구멍 가게였다. 어느 날 사장님이 자기형님이 운영하는 국수공장으로 옮기면 월급도 더 준다고 옮기라고 해서 이듬해 봄에 국수공장으로 옮겼다. 월급도 1,200원을 준다고 하였다.

　그 국수공장 겸 가게는 인동 시장 안에 있었다. 국수공장에서는 점심까지 국수로 제공 하여 주었다. 그렇게 먹고 싶었던 국수를 실컷 먹을 수 있어서 너무 좋았다. 조금씩 돈이 모아지는 재미로 세월을 보냈다. 그런데, 그간 3.8선이 생긴 뒤에도 북한에서 수풍 땜 전기를 계속 공급 해 주었는데, 그즈음 갑자기 전기를 중단하여 전력 사정이 형편없었다.

부족한 전기를 고루 나누어 쓰기 위하여 하루에 한두 시간씩은 정전이 되어 국수공장에서는 타격이 이만 저만이 아니었다. 그래도 국수공장이 많지 않아 국수는 없어서 못 팔정도로 인기였다. 장날이면 금산, 옥천, 보은 등 시골 상인들이 많이 와서 도매로 구입해 갔다.

바쁜 나날을 보내면서도 내 머리 속에는 중학교 진학이란 향학의지가 꺾이지 않고 그대로 살아 있었다. 돈도 꽤 모아져 중학교에 입학할 욕심으로 주인에게 슬쩍 운을 띄어 보았다.

"주인아저씨, 제가 중학교 야간부에 다니고 싶은데, 좀 도와주실 수 있겠습니까?"

"그러면 매일 몇 시에 가야 하는데?"

"오후 5 시 반에 시작하니까 5시에 가면 됩니다."

"좀 곤란한데… 너도 알다시피 요즘 전기가 부족해서 전기가 들어올 때를 기다려 계속 국수를 뽑아야 하는데, 5시나 6시에도 전기가 들어오면 기계를 돌려야 하지 않겠니? 너의 편의를 봐 줄 수가 없겠구나. 참 미안하게 됐다. "

"예, 알겠습니다."

그런 뒤에 나는 국수공장을 그만 두고, 문창동에 있는 J고무 공업 주식회사에 들어가게 되었다. 그곳은 고무신을 만드는 공장이었다. 직공이 30여명이 넘는 꽤 큰 회사였다. 내가 하는 일은 깨끗이 씻은 헌 고무신을 색깔 별로 나누어 묶어 가지고 금강석으로 갈아 고무가루를 만드는 일이었다. 기계로 금강석을 돌리고 헌 고무신을 묶어 그 틀 속에 끼워 넣기만 하는 작업이다. 그리 어려운 작업은 아니었다. 틈틈이 책도 볼 수 있는 작업이었다.

고무공장에서는 퇴근 시간이 6시였다. 하는 일이 쉽고 편해서 마음에 들었다. 나는 오래오래 근무 해야겠다고 생각했다. 일을 한지 한 달이 되어 봉급을 받았다. 월급봉투를 받아 펴 보니 1,500원 이란 큰돈이 들어 있었고, 보너스로 고무신 한 켤레까지 받았다. 나는 개선장군이나 된 것처럼 의기양양하여 그것을 들고 어머니께 자랑하려고 단숨에 집으로 돌아왔다. 어머니께서는 "참 수고 많이 했다" 칭찬하시며 무척 기뻐 하셨다. 월급도 그만하면 많았고 또 간간히 책 볼 시간도 챙길 수 있어서 될 수 있는 한 오래 다녀야겠다고 생각했다.

점심시간에는 으레 직공들이 한 자리에 둘러 앉아 도시락을 먹었다. 그러나 나는 항상 꽁보리밥에 반찬이 시원치 않아 함께 둘러 앉아 먹기가 부끄러워 혼자 따로 먹곤 하였는데, 어느 날 여공아주머니와 누나들이 자꾸 같이 먹자고 나를 불러 대는 바람에 마지못해 함께 식사를 하게 되었다. 여공 누나들이 나를 귀여워하고 반찬도 나누어 주면서 하는 말이

"너 몇 살이니?"

"열 네 살인데요."

"너의 부모님은 안 계시니?"

"두 분 다 계신대요."

"왜 학교에 다니지 않고, 이런 데에 나왔니?"

"아버지가 우체국 집배원인데요, 중학교에 다닐 형편이 좀 못 돼요."

"아주 똑똑하게 생겼는데, 참 안 됐구나." 위로 해 주는 듯하더니, 갑자기

"너 여기 그만 두고 다른데 취직해라." 하는 것이다. 나는 당혹스

러움을 감추지 못하고 물었다

"왜요?"

"여기는 좀 위험하니 다른 곳을 알아보라는 거야."

"돈도 많이 주고 하는 일도 그리 어렵지 않아서 하기는 좋은데… 무엇이 그리 위험한데요?"

"지난번에도 젊은 학생 하나가 팔과 얼굴을 다쳐 그만 두었단다."

"왜 다쳤는데요?"

"헌 고무신 있잖아? 그 속에 못이나 철사 조각이 들어 있으면 그 금강석이 갑자기 깨지고 그것이 튕겨 날라 와 사람을 다치게 하는 거야."

"너도 언젠가는 다칠 수 있어. 그러니, 빨리 그만 두는 것이 좋아."

"예 알겠습니다. 조심할게요."

그제야 월급을 생각보다 많이 준 이유를 알게 되었다. 나는 두 번째 월급을 타면 사장님과 단판을 지어야겠다고 생각했다. '내가 중학교에 가려고 하는데, 5시에 나를 퇴근시켜 주면 계속 이 위험한 일을 할 것이고, 그렇지 않으면 공장을 그만 두겠다고 해야지. 다른 사람보다 한 시간 쯤 먼저 퇴근하는 것인데, 어쩌면 들어 줄는지도 몰라. 만약 안 된다고 하면 한 시간 동안의 품삯을 덜 받겠다고 하지 뭐. 만일 허락 해 주다면, 그 위험한 일을 계속 하겠다고… 다치지 않도록 요령껏 해야지. 금강석이 돌아가는 회전 방향에는 오래 서 있지 말고, 못이나 철사 도막 같은 것이 들어가지 않게 잘 살펴야지, 그리고 기계가 돌아가는 앞뒤가 아닌 옆으로 서면 될 거야.' 이렇게 혼자 생각하며 봉급날을 기다리고 있었다.

드디어 두 번째 봉급날이 되었다. 월급을 받고 곧바로 사장실로 갔다. 사장님이 반겨 주시며 앉으라고 하셨다.

"사장님, 제가 중학교에 다니고 싶은데, 좀 도와주십시오."

"어떻게, 도와 달라는 거야?"

"거저 한 시간만 일찍 퇴근시켜 주시면 됩니다."

"그것은 안 된다. 너만을 예외로 할 수는 없다."

"그러면, 한 시간 동안 일을 못하는 대신에 월급을 좀 덜 받으면 안 됩니까?"

"그래도 그것은 안 된다. 왜냐하면 너와 같이 공부하고 싶어 하는 여직공이 많은데, 너를 그렇게 해 주면 다른 여직공들도 다 그렇게 해 달라고 할 거야. 그렇지 않아도 전력이 부족하여 야간작업도 해야 할 판인데…" 깨끗이 거절당하고 말았다. 희망이 살아지는 듯 허탈하였다. 그래서 부모님께 아무 말도 하지 않고, 그 직장을 미련 없이 그만 두었다. 어머니께서는 "왜 그 좋은 직장을 그만 두었느냐?"고 물으셨다. 좀 위험해서 그만두었다고 말했더니, 내게 배가 불러서 그만 두었다고 하시며 야단을 치셨다. 나는 변명 같아 자세한 설명은 하지 않았다.

또다시 땔나무나 하고 노는 어린 백수건달이 되었다. 날마다 놀며 눈치 밥을 먹으니 몸도 약해지고 또 그 해에 유행되었던 전염병 '말라리아'에 걸려 추워서 벌벌 떨고 있었다. 그 때 병명을 잘 모르시는 어머니께서는 "나무하기가 싫어서 꾀병을 한다."고 하셨으나, 아버지는 내 병이 무슨 병인지 잘 알고 계셨다. 아버지께서 늦게 돌아오시면서 사가지고 오신 노란 미제 약, 속칭 '갱기랍'이라고 하는 '키니네'였다. 그것은 무척 쓰디쓴 약이었다.

좋은 약은 쓰다는 말은 들어보았지만, 이렇게 쓴 약은 생전 처음

먹어 본 것이다. 속담과 같이 정말, 그 쓴 약을 먹고, 하루 밤을 자고 나니 말라리아 병이 말끔히 나았다. 아마도 처음 먹는 약이라 병균도 깜짝 놀라 달아난 것만 같았다.

텅 빈 학교의 어린 청지기

일요일은 으레 T초등학교 운동장에서 동네 친구들과 함께 축구를 하는 날이었다.

아침부터 동네 아이들이 하나 둘 모이기 시작하여 동칠이, 남탁이, 무일이, 영철이, 광수 등 아이들이 많이 모였다. 나와 무일이를 빼고는 다들 학생들이다. 그들 중 남탁이가 나에게 하는 말이

"너 혹시 우리 학교에 취직하지 않을래?"

"한 달에 월급이 얼만데?"

"글쎄 그것은 잘 모르지만, 생각 있으면 지금 나하고 사무실에 들어가 보자."

"지금 사무실에는 김수찬 선생님이 혼자 계시는데, 아까 나보고 '학교에 다니지 않는 네 또래가 있으면 추천 해보라.'고 하셨어."

"내가 다니는 공장은 한 달에 1,500원을 받았는데, 그것보다 더 준

다면 생각해볼 수 있지!"

나는 놀고 있는 백수건달이라고 하기가 싫어서 큰소리를 쳤다.

"그러면 지금 들어가서 물어 보자."

'밑져야 본전이지 뭐' 하는 생각으로 둘이 사무실로 들어가서 김수찬 선생님을 뵙고, 인사를 한 다음, 남탁이가 먼저 말을 꺼냈다. "선생님, 얘가 지금 공장에 다니는데요, 그 곳에서는 한 달에 1,500원을 받는대요, 여기에서는 얼마나 받을 수 있는지 알고 싶대요. 같은 값이면 가깝고 깨끗한 학교에 근무하고 싶대요."

"아마 1,500원은 더 될 걸."

"그래요 ? 그럼 저 여기 취직할 수 있어요?"

"그래, 여기서 하는 일은 시간 맞춰 종을 치고, 등사기로 시험지를 프린트하고, 시청 학무과에 서류 심부름도 하고, 숙직하면 숙직비는 따로 나온다."

"그러면 저 여기 근무하게 해 주십시오."

"그래, 그러면 내일아침 일찍 나한테 오너라. 교장 선생님께 인사를 드려야 하니까."

"선생님 고맙습니다. 그럼 내일 뵙겠습니다."

"그래 내일 보자."

"안녕히 계십시오." 이튿날 아침에 일찍 학교에 가서 교장실에서 교장선생님을 뵈니, 얼굴모습은 나처럼 까무잡잡하시지만 키가 크시고 인자해 보이는 점잖은 50대 중년 신사였다. 성함은 윤진구 교장선생님이셨다.

"선생님 안녕하세요? 저는 이 현석입니다."하고 내가 먼저 인사를 올렸다.

“그래, 너 어느 학교를 졸업했니?”

“예, 대전 D초등학교를 졸업했습니다.”

“그러면 지금 그 학교에 가서 교장선생님을 뵙고, 이 편지를 전해 드려라 그리면, 서류를 줄 것이다, 그것을 가지고 다시 오너라.”

“예, 알겠습니다.”

그것은 다름이 아닌 성적과 행동발달 상황이 기재되어 있는 ‘학적부(생활기록부)’ 사본이었다. 그것을 봉투에 넣어 밀봉하여 주셨다. 그렇게 하여 초등학교 사환이 되어 근무하게 되었다.

수업 시종시각을 알리는 종을 정확하게 치고, 프린트하는 것도 배우고, 교무실 청소도 하고, 시청 학무과에 서류심부름도 하면서 열심히 일을 하였다. 그런데, 다른 것은 다 좋으나, 한 가지가 문제였다. 숙직선생님이 좀 늦게 오실 때, 산 밑에 자리 잡은 그 크고 텅 빈 학교를 혼자 지키는 일이다. 어둠 속을 헤치며 교내 순시를 할 때 변소 근처에서 고양이라는 놈이 ‘야-옹’ 하며 울면, 기절초풍하여 어린 마음을 공포의 도가니로 밀어 넣곤 하였다.

이제 겨우 열네 살 어린 소년이 전등불 하나를 들고 교내를 순시하면 얼마나 무서웠던지 등에 땀이 배곤 하였다. 이러한 사정을 잘 아시는 아버지가 퇴근하시고 저녁이 되면 내 저녁 도시락을 가지고 학교에 오셔서 나하고 같이 주무시고 가신다. 아버지께서는 나에게 중학교에 못 보낸 것이 늘 미안하게 생각하시는 것 같았다.

내 동생 숙자가 고향에서 이사 올 때 1학년까지 다니다가 대전으로 올라 온 뒤 학교를 그만 두고 집에서 놀고 있었다. 내가 학교에 사환으로 있으니 학교에 다시 다니게 해야겠다고 마음먹고, 제일 가까운 김수찬 선생님께 사정이야기를 하고 부탁을 하였다. 김 선생님은 교감 선생님과 상의 끝에 교장선생님의 허락으로 내 동생이 다시 학교에 다니게 되니 또래들 보다 두 살이나 더 많지만, 그래도 오빠인 나의 빽(주선)으로 학교에 다시 다니게 되니 몸도 더 건강해 지고 행복한 마음으로 공부도 잘 해서 친구들과 잘 사귀고 남녀공학 반에서 늘 부반장으로 선출되어 활동을 했다. 오빠로서 마음이 참 흐뭇하고 기뻤다.

어느 날 아버지께서 일찍 퇴근하시어 교장 선생님께 인사를 하시려고 오셨다. 학교 울안에 배추도 심고 무도 심을 수 있는 빈터가 꽤 넓었다. 이것을 본 아버지께서는 교장선생님께 그것을 자기가 직접 심고 가꾸어 보겠다고 하시니, 교장 선생님이 허락 해 주셨다. 아마 학습 교재원으로 학생들에게 도움이 될 것으로 생각하였던 모양이다.

퇴근만 하면 오셔서 밭에서 무와 배추, 고추를 정성껏 가꾸고 계셨다. 그러던 중 아주 숙직실로 이사를 오면 학교도 잘 지키고, 무섭지도 않고, 또 채소도 잘 가꾸고 편리하겠다는 생각이 들었다. 그래서 회계선생님께 이야기를 한 번 해 보았다. 학교 측에서도 학교지킴이 더 잘될 것 같았는지, 그 이야기가 잘 먹혀들어 허락을 받아 우리 가족 네 사람은 학교 숙직실로 이사를 하게 되었다. 숙직실에 방이 두 개 있는데 하나는 숙직선생님 방이고, 또 하나는 내방인데, 그 방 밖으로 처마를 조금 달아내어 조그마한 부엌을 만들고 이사를 했다.

방세를 내지 않아도 되고, 밤이 되어도 무서워할 필요가 없고, 교무실 청소도 내 동생이 도와주니 좋고, 좀 더 늦게까지 잘 수도 있고, 밤에 아무리 어두워도, 또 어려운 일이 생겨도 부모님이 옆에 계시니 걱정이 없었다.

꿈에 그리던 중학생이 되다.

어느 날 아침, 교무실 청소를 마치고 일간지 C일보를 보니 광고란에 중학 강의록으로 공부를 할 수 있다는 내용의 광고가 실렸다.(중, 고, 대입 검정고시 제도가 없을 때임) 참 뜻밖에 큰 횡재를 한 듯 눈에 번쩍 띄었다. 자세히 보니 '중앙통신 중학강의록'이다. 서울 중앙통신사에서 발행하는 월간 강의록이었다.

강의록 신청안내에 따라 신청서와 교부금을 우송하니 한 열흘 쯤 지나니 배지(휘장)와 중학강의록 제 1학년 제 1권이라는 교재가 우송되어 왔다. 그 내용은 주로 국어, 수학, 과학, 영어에 대한 학습내용을 자세히 설명해 놓았고, 또 예능 이라고 해서 음악 미술도 노래와 그림이 실려 설명하고 있었다. 참고서와 같이 설명이 잘되어 있어서 이해하기가 편했다. 이렇게 나는 중학강의록으로 공부하는 중학생이 되었다. 열심히 밤늦게까지 공부하고 졸리면 찬물로 세수하고 또 공부 했다. 제1권을 2주만에 완독하고, 제2권, 제3권 차례차례로 정복해 나갔다.

혼자 이해하기가 어려운 것은 선생님들에게 물어서 배우고, 또 모르면 백과사전도 찾아가며, 즐겁고 재미있게 하나하나 깨우쳐 나갔다. 그러나 나는 중학교에 들어가야 한다는 마음에는 변함이 없었다. D중학교 야간부에 들어 갈 생각을 하고, 시학무과에 심부름을 갔던 날, 크게 용기를 내어, D중학교 야간부 담당 교무주임을 찾아갔다.

"선생님 저도 중학교에 다니고 싶은데, 좀 도와주십시오."

"내년에 입학시험을 보도록 해라."

"저는 중학교 2학년 과정을 중학강의록으로 다 배웠는데요."

"그래도 그것은 인정할 수 없고, 다시 입학시험을 보아야 한다."

"어떻게 편입시험에 응시할 수 없을까요?"

"그것은 전학서류가 있어야 응시할 수 있는 거지, 너의 경우는 응시할 수 없단다."

중학교 야간부 교무주임 선생님이 김선학 선생님이라는 성함을 알고 나는 시간 있을 때마다 찾아가 인사하고 또 말씀 드리곤 했다. 아버지께서도 나의 굳은 향학의지를 알게 되어, 김선학 선생님 댁에 편지를 전하면서 부탁하고, 또 내가 일요일마다 그분의 집에 찾아가 부탁하며 치근덕거리니, 한 번은 화를 내시며 퉁명스럽게 "안 된다는데 왜 자꾸 와서 귀찮게 구느냐? 다시는 오지 마라." 하셨다. "예 죄송합니다. 그저 배우고 싶은 마음에서 그럽니다." 했더니, 사모님도 내 모습이 너무 딱하게 보이셨는지 자기 남편에게 "어떻게 좀 도와줄 수 있으면 도와주시지요. 배우고자 하는 마음이 갸륵하잖아요?" "불가한 일이야!" 라며 딱 잘라 말하셨다.

　조르기를 계속하면서도 나 역시 전학서류가 없으면 편입이 불가능하다는 것을 느끼게 되었다. "그러면 편입시험이나 한 번 보고, 그만둘 테니 편입시험이나 한 번 보게 해 주십시오." "안 된다는데 시험은 보아서 뭐하니?" "그저 제 실력이 얼마나 되는지 알아보려고 하는 것뿐입니다. 입학은 못하더라도 시험이나 한 번 보게 해 주십시오."하고 에멜무지로 간청했다.

　선생님은 잠시 생각을 하시는 듯하더니 내게 입학은 절대 불가하다는 것을 확인시켜주고 시험은 한번 치를 수 있게 해주겠노라 하셨다. 당시 D중학교는 도내 일류학교이기 때문에 빈자리는 한두 자리밖에 없는데 전입희망이 너무 많아서 시험을 치러 편입시켰다. 그 전학편입시험을 보게 해 달라고 떼를 썼던 것이다.

　억지춘향으로 시험을 보게 되어 시험날짜와 시간과 장소를 알고 돌아 왔다. 시험당일에는 교장선생님께 다른 핑계를 대고 처음 결근을 했다. 합격도 되지 않을 것을 뻔히 알면서 소문낼 필요가 없었기 때문이다.

　시험당일 9시 30분 강당 앞에서 기다리는데, 모두 이름을 호명하여 들어가 시험 준비를 하는데, 내 이름은 부르지 않았다. 그것도 그럴 수밖에 없는 것이 다른 학생들은 전학서류가 있어 호명을 했으나, 나는 그런 서류가 없기 때문에 시험감독이 호명할 리가 없었다. 그래서 급히 김선학 교무주임선생님을 찾아가, "저에게 약속을 해 놓고 왜 시험을 못 보게 하십니까?"라며 물었더니 나를 강당으로 데리고 가서 시험 감독님께 몇 마디 얘기를 건넨 후 시험을 보게 해 주셨다. 비록 중학교 입학은 못할망정 최선을 다 해서 시험을 봐야겠다고 마음속으로 다짐을 하고 국어, 수학, 과학, 영어 네 과목을 네 시간 동안 최선을 다 하여 시험을 보았다.

그런데, 시험 문제가 그렇게 어렵다는 생각이 들기는커녕 비교적 쉬웠다. 특히 수학, 영어는 아주 쉬웠다. 전입 희망생 7명이 같이 시험을 보았다.

전입생 편입시험합격자 발표를 하는 날이 되었다. 전학서류가 없으니 합격이 될 리는 없겠지만, 점수나 알아보고 싶었다. 내가 쉬우니 다른 사람도 쉽겠지 하면서 그 중학교 정문에 갔다. 정문 게시판을 무심코 보니 합격자 중에 李賢錫(이현석) 이라는 이름이 있었다. 합격자는 단 두 사람 밖에 없었다. 내 이름은 李鉉錫(이현석)인데, 전입 서류도 없는 내가 합격될 리가 없고, 아마 李賢錫(이현석)이란 실력 있는 학생이 또 있는가 보다 생각하고 점수나 알아 볼 생각으로 교무주임선생님을 찾아갔다.

그러나 뜻밖에 김선학 선생님은 나를 반기며 축하한다고 하시는 것이 아닌가? "일곱 명의 전입생들 중 네 점수가 최고야!"라며 기뻐했다. "열심히 공부해야 한다."라는 말씀에 나는 어리둥절하여 "그러면 제가 참말로 학교에 다닐 수 있단 말입니까?"라고 물었다. "그래 네가 학교에 다닐 수 있게 교장선생님이 허락하셨다. 너는 아무 걱정하지 말고 공부나 열심히 하면 된다." "고맙습니다. 참 고맙습니다." 나는 나도 모르게 "하나님 감사합니다."라고 기도를 드렸다. 참으로, 꿈만 같은 현실이 벌어졌는데 나는 비교적 침착 했다.

"선생님 점수를 좀 알아볼 수 있습니까?" "교장실에 비치되어 있어 일일이 보여 줄 수는 없고, 평균 91 점이나 된다." 교무 선생님은 나를 책상 가까이 불러 학생기록부를 주시며 본적, 주소, 보호자, 생년월일 등 모든 인적사항을 적어 넣게 하셨다. 그리고 잠시 밖에서 기다리라고 하신 후, 다시 나를 불러 서류가 든 봉투를 주시며 시내 W동에 위치한 H중학교 교무선생님께 갖다 주라고 했다. 서류가 든 봉투를 전하니 그 선생님이 나를 힐끗 쳐다보고는 밖에 나가서 기다리라고 하셨다. 그리고 다시 나에게 큰 봉투를 건네주어 그 서류를 김선학 교무주임선생님께 갖다 드렸더니, 전입학 허가증을 주시면서 입학금과 수업료를 은행에 가서 내라고 고지서를 만들어 주셨다. 얼마나 기뻤는지! 내 마음은 희망에 벅차 하늘높이 날아오르는 듯 가벼웠다. 참으로 기적이 일어난 것이다. '하나님! 감사합니다.' 나도 모르게 혼자 중얼거리며 눈물을 흘렸다.

중학교 구내매점에 가서 중학교 모자와 모표, 그리고 단추와 배지를 사 가지고 집으로 왔다. 교복은 비싸니 새로 사서 입을 수는 없고, 시장에서 헌 옷을 사서 까맣게 염색을 하고, D중학교 마크가 있는 단추를 달고, 배지도 달았다. 나는 그렇게 부럽고 바라던 중학생이 되었다.

아버지께서 조그마한 선물을 하나 사 가지고 김선학 교무선생님 댁에 찾아가 고맙다고 인사를 갔다 오셨다. 결국 나중에 들은 이야기이지만 채점이 끝난 뒤 내 점수는 최고인데도, 전입 서류가 없으니 긴급 3상 회의가 열렸다는 것이다. 즉 교무, 교감이 상의 끝에 교장선생님께 진언하여 전입 허가자를 결정하는데 차점자와의 평균 점수차가 무려 12점이나 되어 결국 나를 포함해 두 사람이 선정 되었다고 교무 선생님이 아버지께 귀띔 해 주셨다고 했다.

내가 근무하는 T초등학교로 돌아오니 선생님들께서도 어려운 시험에 합격했다. 참 장하다고 하시면서 모두들 축하 해 주셨다. 그러나 우리 가족은 이제 그 학교에 더 살 수가 없게 되고, 또 사환으로도 더 근무 할 수 없게 되었다. 우리는 대동 충남여고 뒤쪽 조그마한 흙벽돌 초가집으로 이사를 하였다. 내가 중학교에 다니게 되니 학자금이 필요한데 아버지 월급으로는 어려웠다.

그래서 어머니께서 궁리 끝에 떡 장사를 하기로 결정하고, 인절미를 새벽에 만들어 시장에 나가 팔았다. 그러려면 땔 나무가 많이 필요했다. 아버지도 쉬시는 날이면 나무를 하시지만 나도 땔 나무를 하러 다니게 되었다. 어머니는 밤늦게까지 떡을 팔고 오셨다.

한국전쟁 6.25

나는 우리 동네 용철이네 집 모내기 품팔이를 나갔다. 학비라도 좀
보탤 요량으로 일요일에는 가끔 품팔이를 나간다. 고개 너머 용운동
뒤 산골짜기에 있는 다랑이 천수답으로 모를 심으러 동네 어른들과
같이 갔다. 한나절이 되어 점심 광주리를 머리에 이고, 용철 어머니
와 누나가 왔다. 우리는 나무그늘에 둘러앉아 점심을 먹고 있는데,
용철 어머니가 하시는 말씀이

"3.8 선이 터져 전쟁이 났대요." 하는 것이다.

"그게 무슨 말씀이세유?"

"아, 글쎄 북한군이 탱크를 앞세우고 3.8 선을 넘어 남쪽으로 처내
려 왔대유."

"그러면 북한인민군들이 전쟁을 일으켜 남침을 했다는 거 아니
야?"

"글쎄 그렇다니까유."

"그래도 우리 국군들도 많이 있는데, 여기 대전까지야 별일이 있겠어?"

"점심도 먹고, 한참 쉬었으니, 자! 우리는 모나 심자구유"라고 용철이 아버지는 모내기를 재촉했고, 우리들은 오후에 또다시 모를 심기 시작하였다. 나는 모를 심으면서도 전쟁이 어떻게 되었을까? 무척 궁금하였다. 저녁 늦게 지친 몸으로 집으로 돌아왔다. 그러나 전기도 안 들어오고 라디오도 없는 우리 집에는 아직 깜깜 무소식이었다.

저녁 늦게 돌아오신 아버지도 전쟁소식을 듣고 오셔서 걱정하고 계셨다. 그리고 며칠이 지났다. 시내에는 벌써부터 군 트럭의 왕래가 많아졌다. 라디오가 있는 집에 가서 들으니 전쟁이 많이 불리하다는 것이다. 벌써 서울이 함락되었다는 말도 들린다. 이 대통령과 정부가 대전으로 내려왔다는 것이다.

대전에는 군 트럭뿐만 아니라 피난민들이 들이닥치고 기차에는 하얗게 피난민들이 지붕꼭대기에까지 타고 남쪽으로 부산으로 내려가고 있는 것이다. 참으로 마음이 불안하고 심란하여 안절부절못하였다. 아직도 정확한 전쟁 상황은 잘 알 수가 없었다.

그리고 또 며칠이 지났다. 학교에도 임시 휴교한다는 입간판이 내걸려 있었다. 그리고 모두들 시골로, 남쪽으로 피난을 가고 있었다. 아버지께서도 우체국에서 마지막근무를 하고 돌아오셨다. 모두 피난을 가라는 것이다. 남들은 모두들 피난을 가야한다고 야단들이었지만, 수중에 가진 것이 너무 없어서 피난을 가 봐야 굶어 죽기가 십중팔구라 차일피일하고 있었다. 그런데 소문에는 유엔안보리에서 북한군의 남침을 불법으로 간주하고 유엔군을 파견하기로 결의안이 통과

되었다는 말도 들린다. 그리고 유엔연합군이 우리나라를 돕게 된다는 말도 들려 왔다. 그것도 한 두 나라가 아니라 열 나라가 넘는 많은 나라에서 우방이 되어 우리를 도와준다는 것이다. 세상에 동서고금을 막론하고 이렇게 많은 나라가 한 나라를 도와준 일은 한 번도 없었다는 것이다. '그렇게 많은 나라가 도와준다고 하는데 설마 지기야 하겠는가?' 혼자 중얼거렸지만 실정은 그렇게 좋지가 않은 것 같았다. 그 유엔군이 언제 도착할는지 그게 문제였다.

자꾸 불안하여 걱정이 되었다. 그런데 언제 왔는지 유엔군사령부가 우리 집 언덕너머 충남여고에 배치되어 있었고, 유엔군이 우리 국군과 함께 전방에서 전투 중이었다고 하였다.

며칠이 지났다. 충남여고에 있었던 유엔군도 언제 떠났는지 텅 비어 있다는 것이다. 그렇게 불안하고 초조한 시간이 자꾸만 흘러가는데 소문이 들려 왔다. 신안동에 있는 철교 굴다리 옆 미곡창고 문이 활짝 열려 있는데, 사람들이 누구라도 쌀을 가지고 나갈 수 있다는 것이다. 원인은 잘 모르지만 하여튼 사람들이 그 창고에 들어가 쌀가마니를 가지고 나간다는 것이다. 그 소문을 들은 나는 아버지와 함께 지게를 지고 그 창고로 내려갔다. 정말 창고 문이 활짝 열려 있고, 들은 소문대로 많은 사람들이 곡식을 짊어지고 나가고 있었다. 그 곳에서 쌀가마니를 하나씩 지게에 지고 일어서는데, 아버지는 거뜬히 지고 일어서셨지만, 나는 너무 무거워서 간신이 일어섰다. 힘들어 다리가 후들후들 떨렸지만 사방에서 총소리가 들리고, 인민군이 들이닥치면 죽을 수도 있다는 생각에서 죽을힘을 다해 종종걸음으로 두 번쉴 것 한 번 쉬고 급히 집으로 돌아 왔다. 어떻게 왔는지 생각이 제대로 나지 않았다. 어떤 사람은 손수레에 두 가마씩 싣고 두 번 세 번씩 가지고 간 사람도 있고, 또 어떤 사람은 거기에서 찹쌀을 고르다가 쌀가마니에 치어 다친 사람도 있었다고 들었다. 우리도 또 한 번만 더 가지고 오려고 내려가려는데 갑자기 총소리가 더 요란해 지니, 어머니가 목숨이 더 소중하다고 만류하는 바람에 가는 것을 포기했다. 쌀가마가 두 개나 되니 큰 부자가 된 것 같았다.

우리는 천장 도배지를 찢고 안방과 건넛방 사이에 칸막이로 쌓아 올린 흙벽돌 담 위에 두 가마니를 나란히 올려놓았다. 그리고 다시 종이 무늬를 맞춰 붙여 놓았다. 그 날 밤 총소리가 점점 가까워지고, 대포소리와 총소리가 자꾸 들려 와서 무섭기도 하고 불안해서 우리 식구는 방에서 자지 못하고 방보다 더 낮고 오목한 부엌에서 가마니를 깔고 온 가족이 그 날 밤을 뜬눈으로 샜다.

다음 날 아침, 눈 깜짝 할 사이에 인민군장교 하나가 부엌으로 뛰어 들어왔다. 아마도 인기척이 부엌에 있다는 것을 미리 알고 급습한 것이었다. 그리고 우리들을 안심시켰다. 그는 자기들이 최전선 팔로군이라 하였다. 그러면서 미군이 버리고 간 초콜릿과 껌을 주었다.

"이제는 곧 전쟁이 끝나고, 모든 인민들이 다 잘살게 될 꺼입니다."

이렇게 해서 대전은 공산군 치하가 되고 만 것이다. 그리고 한 열흘쯤 지난 뒤에 집집마다 쌀가마니를 찾으러 인민군이 들이닥쳤다. "동무들! 쌀가마를 숨겨 놓은 거디 있으면 빨리 내 놓기요! 만일 우리가 찾아서 나오면 동무들은 다 죽일 꺼입네다."

'천장에 숨겨 놓은 쌀가마니를 들키면 죽을 수도 있다.' 고 생각하니, 마치 깊은 산속에서 날카로운 이빨을 드러내며 으르렁거리는 호랑이를 만난 듯 무섭고 가슴이 떨려 그들을 똑 바로 쳐다보지도 못했다. 인민군이 안방 윗방을 다 두루 찾아보더니 우리가 먹던 쌀자루를 유심히 보다가 그냥 돌아갔다. 참으로 아슬아슬한 순간을 또 모면하였다.

쌀가마니를 욕심껏 많이 갖다가 그냥 방이나 마루에 수북이 쌓아 놓은 집은 다 빼앗기고 말았다. 우리는 피난도 못 가고 공산군 치하에서 살게 되었다. 쌀은 두 가마니나 있으니 얼마동안 굶지는 않겠지만 불안한 마음은 여전하였다.

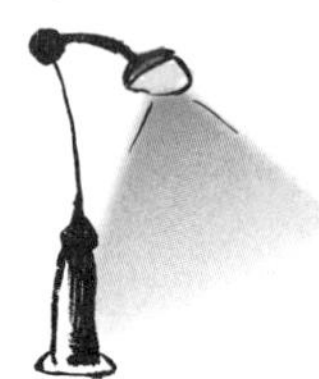

잠시 피신한 냇가 마을

인민군들 중에는 어린 군인들이 많은 것을 보고 놀랐다.

그 어린 인민군을 보고 "당신 몇 살이나 먹었소?"하니,

"내래 열여섯 살이외다."

"어떻게 그렇게 어린 나이에 군인이 되었소?"

"내래 강제로 끌려 온 게 아닙네다."

"식구들을 위해 양곡배급을 더 많이 타려고 자진해 왔슈다."

"아! 그렇군요." 잘 못하면 나도 인민군으로 끌려 갈 우려가 있다고 생각이 들었다. 그래서 잠시 피해 있어야겠다고 생각했다.

여러모로 궁리 끝에 작은 외사촌형 집으로 가기로 했다. 회덕면 냇가 마을에 외사촌 형이 한 분 살고 계셨는데, 그 형이 다리를 저는 불구자이지만 그 마을에서 오래 살았고, 마을에서 인심을 잃지 않았기 때문에 마을사람들이 그를 추천하여 "자네가 우리 마을 민청회장을

맡아서 우리 마을을 잘 보호 해 주게.”하는 마을사람들의 간청으로 민청회장이 되어 있었다. 그래서 그 곳에 가 있는 것이 가장 안전할 것이라고 생각되어 쌀자루를 하나 들고 그 곳으로 갔다.

그 마을 앞 넓은 들판 가에는 미루나무가 무성하게 우거져 줄지어 서 있고, 그 아래에는 조개와 다슬기가 사는 맑고 깨끗한 냇물이 흐르는 아름답고 평화로운 전형적인 농촌 마을 이었다. 그 집 뒷산 언덕에 굴을 파고, 조카들과 같이 아침만 먹으면 그 곳 굴속에서 살았다.

조카들을 시켜 그 마을에 있는 책을 하나씩 빌려 오게 하여 읽기 시작하였다. 이광수 작 ‘흙’을 비롯해서 ‘링컨’, ‘김유신’, ‘수돌이’, ‘이순신장군’, ‘이성계’ 등 닥치는 대로 읽었다. 지금까지 고학하느라 시간이 없어 읽지 못했던 소설과 위인전을 읽는 재미가 제법 쏠쏠했다. 그 나이가 되도록 별로 독서를 하지 못한 나로서는 독서의 재미를 처음 느껴 본 셈이다. 그런데 집이 점점 궁금해지기 시작하였다. 집을 떠나 온 지 한 20일이 지나갔다.

‘부모님은 어떻게 하고 계시며, 누나는 군인가족이라고 붙들려 가지나 않았을까? 동생은 몸이 약한데, 아프지나 않은가?’ 그 이튿날 아침을 먹고 집으로 돌아왔다.

강제노역과 부역

우리 집 마당 앞 언덕에도 굴을 깊이 파고 비행기 포격 소리가 나면 모두 그 곳 굴속으로 들어가곤 하였다. 그런데, 아버지께서는 우체국사람들이 찾아와서 우체국에 나오라고 하여 나가신다는 것이다. 결국 공산당치하에서 부역을 하고 있는 셈이다.

밤이 되면 강제노역을 나가야 한다고 동네반장이 소집을 한다. 강제노역을 안 나가면 반동으로 몰린다고 하니 안 나갈 수가 없었다. 그 동안은 누나가 나갔지만 오늘 밤은 내가 동네사람들을 따라 강제노역을 나가 보았다.

우리가 간 곳은 신탄진 근처 어느 곳인데 폭격으로 파괴된 국도 다리를 복구하는 공사였다. 밤새 모래를 포대에 넣어 가지고 나르고 쌓는 일이었다. 날이 훤히 밝아질 때 공사가 끝나고 우리는 집으로 돌아 올 수가 있었다.

몇 차례 노역을 하는 동안 소문에 들리기를 최전선은 낙동강까지 밀려 내려가 있는데, 거기에서 인민군이 유엔군과 맞붙어 고전을 면하지 못하고 있다는 것이다. 그러나 자세한 전황은 알 수가 없었다. 그런데, 어느 날 아버지가 오셔서

"이대로 그냥 있다 가는 인민군에 끌려가기 쉽다. 그러니 차라리 우체국 전공으로 교육을 받으라."고 하셨다. 전황도 좋아지고, 앞으로 복구사업을 할 때 직원으로 채용하게 된다는 것이다.

우체국 직원들의 자녀들을 모두 전공으로 육성해야 하겠다는 공산당의 의도인 것 같았다. 그러나 전시에 통신시설 복구병으로 활용하려는 의도가 아닐까 하는 의심을 지울 수가 없었다. 하여튼 그들의 계략에 아버지도 넘어 간 것 같았다.

한편, 날마다 의용군이란 이름으로 인민군모집을 가두방송으로 떠들어 대고 길가에서도 붙잡아 강제로 인민군으로 입대시키는 것이다. 전황이 인민군에게 불리 해 진 것도 같고, 이제는 점점 불안하고 더 이상 숨어 다닐 수도 없었다. 잘 못 나다니다가는 쥐도 새도 모르게 인민군으로 붙들려 갈 판국이었다.

그러나 이제는 회덕면 냇가마을로 되돌아 갈 수도 없었다. 가다가 붙잡히면 속절없이 인민군으로 끌려 갈 형편이었다. 하는 수 없이 한 동네에 사는 정덕이 형과 같이 우체국 전공교육을 받기로 하였다. 정덕이 아버지도 대전체신청 전화국에서 계장으로 다니셨던 분이였다. 그 분도 우체국에 나가서 부역을 하고 있었다. 교육을 받는 장소는 소제동 산 위 숲속에 있는 큰 절이었다.

그 곳에서 식사까지 제공하고 옷도 마대 같은 작업복을 나누어 주었다. 우리는 교육을 받고 저녁까지 먹고 잠은 집에 와서 자기로 하

였지만, 집이 먼 사람은 그 곳에서 잠도 자면서 교육을 받았다. 이렇게 한 열흘이 지나갔다. 날마다 B29 폭격기가 날아와 대전역을 비롯해서 도로의 다리, 시내의 큰 건물을 마구 폭격하고 있었다. 그러나 우리 집 뒤 언덕 너머에 있는 충남여고의 그 큰 건물과 대전경찰서는 폭격을 받지 않는다는 소문이 들려왔다. 왜냐하면 그 여고의 지붕 위에 펼쳐 놓은 대형 적십자기 때문이라고 하였다. 제네바협정에 따라 미군들은 적십자기가 펼쳐져 있는 야전병원은 폭격을 하지 않는다는 것이다. 그리고 경찰서에서는 B29 비행기가 오면 미군포로들을 웃옷을 벗겨 옥상으로 올려 보내기 때문에 폭격을 하지 않는다는 것이다.

어느 날 아침이었다. 아침을 먹고, 소제동에 있는 교육장으로 갔는데 사람들이 아무도 없었다. 그래서 그 교육장 바로 앞에 구멍가게가 하나 있었는데, 그 가게도 문이 닫혀져 있었다. 나는 혹시나 하고 그 쪽문을 두들겼다. 다행이 그 쪽문이 열렸다. 주인 아주머니에게 물어보았다.

"어떻게 된 것이래유?"

"모두들 도망갔어, 학생도 어서 집으로 가서 숨어 있어, 유엔군이 인천에 상륙하고, 국군이 곧 들어온대"

"그래유?"

"학생도 빨리 집으로 가."

"예, 알았어유, 고마워유" 그래서 나도 급히 논둑길로 쏜살같이 집으로 가고 있는데, 갑자기 앞을 가로막는 한 인민군 장교가 있었다. 나는 깜짝 놀라 쳐다보았다. 그는 나를 보더니

"동무는 어디서 오는 거디오?"하고 물었다. 나는 당황해서

"저는 통신교육원 학생입니다."

"지금 어디로 가는 거디오?"

"집으로 갑니다." 했다. 그는 몹시 급한지 더는 묻지 않고 북쪽으로 쏜살같이 달아나고 있었다. 아마도 내가 반대쪽으로 뛰어가니까 인천상륙과 관계있는 어느 전방에서 오는 병사로 착각을 한 모양이었다. 전황이 어떠한지 알고자 나에게 물어 본 것이 분명한 것 같았다. 나도 몹시 겁이 났다. 길이라도 안내 해 달라고 자기와 같이 가자고 하면 어떻게 하나 마음속으로 조마조마 했다. 다행히 그를 비켜 도랑 길로 쏜살같이 집으로 왔다. 그리고 그 작업복을 급히 벗었다. 벗은 작업복을 우리 집 뒤에 있는 배추 밭에 깊이 묻었다.

그 날 밤새도록 대포소리가 들려 왔고, 그 소리는 점점 가까워지고 있었다. 그런데, 한 밤 중에 저벅거리는 군화 발자국소리와 함께 인민군들이 우리 동네로 들이닥쳤다. 겁이 나서 숨을 죽이고, 문구멍으로 내다보니 창식이네 집을 에워싸 포위를 하는 것이다. 조금 있으니 창식이 아버지를 잡아가는 것이다.

다음 날 소문으로 들려오는 소리가 인민군들이 후퇴하면서 남한의 애국유지들을 모두 잡아다가 대전도립병원 앞 벚나무 밑에서 살해하고 갔다는 것이다. 그들 중에 창식이 아버지도 총살을 당하고 만 것이다. 인공치하에서 죽지 않으려고 민청회 간부까지 스스로 해 가면서 충성했으나, 자개농을 빼앗긴 경찰관 가족이 인민군들이 후퇴할 때 그가 대한 청년 단장이었다는 것을 신고하는 바람에 붙들려가 죽임을 당한 것이다.

그리고 그 다음 날 아침이 되었다. 또 소문이 들려 왔다. 대전에 국군이 들어왔다는 것이다. 나는 시내가 몹시 궁금하였다. 그래서 시내로 나갔다. 국군과 유엔군들의 차량행렬들이 뽀얀 먼지를 일으키며 큰길을 따라 북진하고 있었다. 나는 시민들과 함께 태극기를 흔들며 환영 해 주었다. 그리고 가벼운 마음으로 집으로 돌아왔다.

'전우의 시체를 넘고 넘어 앞으로 앞으로 낙동강아 잘 있거라 우리는 전진한다.' 라는 군가가 나왔다. 바로 그 군가와 같이 국군과 유엔군은 북으로 북으로 전진하고 있었다. 이렇게 해서 우리 대전은 수복이 되고 다시 평온을 되찾았다.

폭격으로 시내의 큰 건물들이 모두 파괴되고, 잿더미가 되어 어디가 어딘지 알 수가 없었다. 그 와중에도 큰길가에 사람들의 왕래가 점점 많아지고, 굶주림을 면하기 위하여 자기가 가지고 있는 물건이라도 팔아 양식을 사려고 서로 간에 물건을 사고파는 시장이 자연스럽게 형성되었다.

어머니와 누나의 떡 장사는 더욱 바쁘게 되었다. 그런데, 아버지는 인민군 치하에서 부역을 했다고 붙들려 가 검찰청에 미결수로 수감되었다. 어머니와 누나는 열심히 떡을 팔고, 나는 부지런히 나무를 해 날랐다. 피난 갔다 올라가는 사람들이 점점 많아지고 서울까지 수복되었다. 그런데, 서울을 수복하고 전진과 전진을 거듭해 가던 국군과 유엔군이 압록강까지 전진 해 갔을 때 갑자기 중공군이 개입, 참전하여 인해 전술로 밀고 내려옴에 따라 우리 국군과 유엔군이 또다시 밀려 후퇴하기 시작하였다.

1. 4 후퇴와 귀향길

　방망이 수류탄만을 들고 인해전술로 계속 밀고 내려오는 수많은 중공군 때문에 압록강까지 진격했던 국군과 UN연합군은 퇴로가 막혀 원산으로 후퇴하여 흥남부두에서 군함으로 동해를 지나 부산까지 후퇴하는 수모를 겪고 말았다.

　중공군은 밀려오는 거센 파도처럼 죽어도 죽어도 쏟아져 내려와 서울을 도로 빼앗고, 오산 평택까지 몰려 내려오고 말았다. 그래서 국군과 유엔군이 후퇴하고, 이에 따라 시민들은 또다시 남쪽으로 그 지긋지긋한 피난길을 떠나야만 하였다. 이것이 바로 1.4 후퇴이다. 그 추운 날씨에 민방위군사령부에서는 '제 2국민병은 남하하라'고 가두방송을 하기 시작했다.

　그 당시에는 남자가 18세 이상이 되면 제 2국민병이 되었다. 그 해 1월은 왜 그렇게 추웠던지… 날씨는 추운데, 대흥동에 있는 민방위

충남사령부에 집결된 대전 시내 장정들이 모두 남하하기 시작했다. 그 때 형님은 가족들과 같이 김천 임바대 처가로 남하 했다. 장정들을 인민군으로 빼앗기는 것이 싫었기 때문이라는 것이다.

6.25 전쟁초기 사흘 만에 서울을 빼앗긴 국군이 후퇴하면서 인민군탱크의 남진을 막기 위해 하나 밖에 없던 한강교를 폭파하는 바람에 미처 피난하지 못한 서울시민과 젊은 장정들이 공산당수중에 들어가고, 그 많은 젊은 장정들이 모두 인민군이 되어 국군과 대치, 형제간에 총부리를 겨누는 치열한 전쟁을 치르고 보니 다시는 젊은 장정들을 공산당에게 빼앗기고 싶지 않은 것은 당연한 이치였다. 이렇게 해서 민방위군사령부에서는 구체적인 계획도 없이 장정들은 모두 남하시키기로 한 모양이다.

그런데, 15세에서 17세가 된 우리 학생들이 문제였다. 만약 피난을 못하고 또다시 공산당치하가 된다면 인민군으로 끌려갈 것이 뻔하였다. 그래서 동네어른들 말씀이 남자들은 모두 피난을 가야 한다는 것이다. 궁리 끝에 우리 동네 학생들 네 사람이 편을 짜서 피난을 가기로 하였다.

우리 집에서는 그 동안 떡 장사를 해서 모아 둔 돈 10,000원을 나에게 주셨다. 또 시장에 나가 따뜻한 내의를 한 벌을 사기로 했다. 시장에서도 모두들 피난 가려고 물건들을 아주 싸게 팔고 있었다. 그런데, 우리 같은 가난한 집에서는 감히 가질 수 없는 탐스러운 물건이 하나 눈에 띄었다. 그렇게 좋고 비싸다는 일제 싱가미싱(재봉틀)을 아주 싸게 팔고 있었다. 주인은 빨리 팔아 치우고 피난을 가려는 듯 했다. 미싱 머리만 죽 늘어놓고 파는데, 개당 380원에 팔고 있었다. 내가 가지고 있는 돈으로 26대를 사고도 돈이 남는다. 그래서 집으로 돌아와서 어머니께 "어머니, 나 그 미싱 1대만 사 놓고 갈래요." 그랬더니 누나가 하는 말이 "너, 죽고 싶어! 피난 가서 돈 떨어지면 얼어 죽어, 그러니 두말하지 말고, 그 돈 잘 가지고가서 네 목숨이나 잘 보전 해."하며 극구 반대 하였다.

"그까짓 미싱보다 우리 아들목숨이 더 중하다."면서 어머니도 절대 안 된다는 것이다. 결국 미싱사는 것을 포기해야 했다.

피난을 가기로 한 날이 되어 모두 학생복을 입고 배낭에다 간편한 옷가지와 쌀을 한 말씩 지고 집을 나섰다. 만일 전황이 호전되지 않으면 군에 입대할 각오를 하고 나섰다.

우리 일행은 부모님들께 인사를 하고 새울 고개를 넘어 세천, 진약을 지나 옥천에서 하루 밤을 투숙할 집을 찾았으나 빈방이 없다는 것이다. 그것도 그럴 수밖에 없는 것이 장정이란 장정은 모두 한꺼번에 남쪽으로 피난을 가고 있었으니 국도를 따라 가는 길가의 동네에는 투숙객들이 넘쳐 날 수 밖에 없었다.

국도를 벗어나 보은 쪽으로 한 심리 쯤 들어가니 방이 있었다. 거기에도 숙박하는 사람들이 너무 많아 다리만 간신히 뻗고 앉아서 고주박잠을 자는 것이다. 쌀 한 사발을 수북이 담아 주인에게 주면 저녁과 아침밥을 해 주었다.

아침밥을 얻어먹고 또다시 걷기 시작하였다. 이제는 남쪽으로 걷는 것 보다 더 중요한 것은 밤에 잠자리를 구하는 것이 더 중하게 되었다. 겨우 삼사 십리 걷고 해가 아직 한 뼘이나 남아 있어도 잠 잘 곳을 찾아야 했다. 그래서 하루에 실제 남쪽으로 걷는 거리는 그리 많지 않았다. 그것도 국도로는 군인 차량 때문에 가지 못하고 국도를

중심으로 부근의 달구지 마차 길을 따라 가다가 기찻길을 따라 내려
갔다.

어느 날이었다. 추풍령 고개를 지나니 파괴된 인민군 탱크들이 여
기 저기 내동댕이쳐 있는 산길로 접어들게 되고, 여정이 너무 길었기
때문에 밤늦게 동네에 들어갔는데 도저히 잠 잘 곳을 구할 수가 없었
다. 그런데 어느 집에 갔더니 빈방은 없지만, 모두 학생들이니 안방
에서 우리 식구와 같이 자라는 것이다. 그래서 우리는 너무나 고맙고
감사해서 절을 몇 번이나 했다. 그 안방에는 주인아저씨 내외와 어린
아들이 있었다. 그래서 모처럼 다리를 쭉 뻗고 잠을 잘 수가 있었다.
참으로 운수가 대통한 날이었다.

또 어느 날은 사십 리도 못 가서 모두들 잘 집을 찾기 위해 남쪽이
아닌 동쪽으로 가고 있었다. 십 리를 가도 그 동네에 방이 없었다. 오
리를 더 가도 방이 없었다. 그런데 이제는 이십 리를 더 가야 동네가
있다는 것이다. 그래서 우리는 쌀을 주고 저녁을 얻어먹은 후 쇠죽을
끓이는 가마솥 앞에서 불을 쬐고 있다가 우연히 가마솥 근처에 부엌
같은 큰 헛간이 있는 것을 보았다. 그리고 그 허간 안에 소에게 먹일
여물을 넣어 두는 큰 여물간을 보고, 그 여물간에 들어 가 자면 어떨
까 하는 생각을 하게 되었다.

여물이 반쯤 들어 있는데 넷이 들어 가 부둥켜 앉고 잘 수 있을 것
같았다. 그래서 우리 네 사람은 가만히 들어 가 앉아 보았다. 푹신하
고 그렇게 춥지 않았다. 우리들은 그 여물간 속에서 하루 밤을 지내
기로 하였다. 주인어른께 사정을 했더니 그렇게 하라는 것이다. 그래
서 우리들은 여물간에 들어가 바람이 들어오지 못하게 가마때기 문
을 내리고 푹신한 여물통 안에서 서로 등을 맞대고 배낭을 껴안은 채

골아 떨어졌다. 그날 밤 매서운 추위도 모르고 아늑한 느낌으로 단잠을 잔 것이다. 그렇게 여러 날을 자고 걷고 했으나 겨우 구미 밖에 당도하질 못했다.

고단한 피난길에 지쳐 있던 어느 날, 그 날에는 아무리 잠 잘 곳을 찾아보아도 방이 없어 어찌할 도리가 없었다. 저녁은 시켜 먹었으나 잠자리가 없어서 잠시 앉아 있었는데, 우리와 같이 잠자리가 없는 피난장정들이 많았다. 그냥 서 있으면 추워서 얼어 죽으니 밤에도 걸어서 가야 한다는 것이다. 차디찬 그 날 밤은 유난히도 달이 휘영청 밝았다.

우리도 계속 걸어서 남쪽으로 남쪽으로 철길을 따라 걸었다. 가는 도중에 철길에 가만히 앉아 있는 사람이 더러 눈에 띄었다. 가면서 자꾸 뒤돌아 봐도 그는 꼼짝 하지 않고 앉아 있었다. 아마도 얼어 죽은 것이 아닐까? 또 한 참을 걸어가니 또 그런 사람이 앉아 있었다. 앞에 가던 어떤 사람이 그를 깨워서 걸어가게 하려고 흔들었다. 그러나 그는 이미 얼어서 굳어 있었다. 그런데도, 누구 하나 그를 위해 애곡하는 자도 없었고, 그 시신을 거두어 주는 자도, 매장하여 주는 자도 없었다.

우리는 가련하고 슬프고 무서운 지옥 같은 차디찬 겨울밤을 앉아 있으면 졸리고, 졸면 얼어 죽을 수밖에 없는 생사의 고비를 넘어 하염없이 걷고 걸었다. 밤새 걸으면서 앉아 죽은 사람들을 수도 없이 보았다. '왜 걷지 않고 앉아 있었을까?' 춥고 배고프고, 몸은 지쳐 천근만근 되어, 억지로 걷다가 보니 나도 모르게 졸음이 오는 것을 느꼈다. 그래서 눈을 감고 걷기도 하였다.

군인들이 행군 할 때 너무 고단해서 행군하면서 잔다더니 정말 나도 졸면서 걸었다. 하루 종일 걷고, 잘 곳이 없어 밤에도 걷게 된 그들도 아마 이랬을 것이다. 아무리 장정이라도 돈 떨어져, 먹지 못하고, 먹지 않고 계속 걸으니 기력이 떨어지고 기력이 떨어지니 길가에 앉아 쉴 수밖에 없고, 길가에 앉아 쉬니 졸음이 쏟아 질 수밖에 없었을 것이다. 그래서 잠에 취하고 혹한에 얼어 죽을 수밖에 없었던 것이다.

밤새 걸어온 우리들도 지칠 대로 지쳐 있었다. 남들이 아침을 먹기 전에 들어가야 아침밥을 얻어먹을 수 있기 때문에 서둘러 동네로 들어갔다. 쌀자루가 많이 가벼워 졌다. 아침을 먹고 방을 하나 빌려 잠을 청 했다. 그러나 좀처럼 잠이 오지 않았다.

자꾸 어제 밤 철길에 앉아 얼어 죽은 사람들이 눈에 어른거려 잠을 잘 수가 없었다. 그래도 우리는 잠을 자야 한다. 왜냐 하면 길 가다가 졸리면 앉게 되고 앉아서 졸면 아무도 깨워 주는 사람도 없이 길가에서 얼어 죽고 만다는 사실을 알았기 때문이다. 그래도 우리는 넷이 한 조가 되어 서로 의지하면서 다니는 것이 얼마나 든든하고 다행인지 모른다.

그 날은 이십 리도 못 가서 잠 잘 곳을 찾았다. 졸리면 안 되기 때문에 잠은 꼭 자야 한다는 철칙이 생겼다. 이제 대구가 얼마 남지 않았다. 피난민이 많이 다니는 동네 앞철길 가에는 김이 모락모락 나는 시루 떡 장수들이 많이 있었다. 날씨도 춥고 해서 우리는 시루 떡 하나씩 사 먹자고 제안 했다. 모두들 사 먹고 싶었지만 자기만 먹을 수 없어 참고 있었다는 것이다. 그래서 각자 돈을 내고 시루떡을 하나씩 샀다. 그러나 도저히 먹을 수가 없었다. 왜냐하면 손을 턱 밑에까지 들이대는 거지들이 너무 많아 반만 먹고 다 나누어 주었다. 멀리 강

원도, 경기도에서 피난 나온 장정들은 쌀도 떨어지고 돈도 떨어져서 거지가 된 것이다.

그래도 그 곳에서 빨리 현실을 터득한 어떤 장정은 머슴살이로 변신하여 비록 몸은 좀 고단하지만 잘 먹고 따뜻한 방에서 편히 자는 재수 좋은 사람도 있었다. 그것마저 못 한 사람은 죽거나 거지가 되어 하루하루 얻어먹으며 연명하고 있는 것이다. 참으로 안타까운 일이다. 이러한 일련의 일들은 누구의 탓이고 누구의 죄일까? 생각 할수록 전쟁을 일으킨 사람들이 참으로 원망스러웠다.

드디어 낙동강을 건너가게 되었다. 그런데 뜻밖에도 낙동강을 국도인 인도로 모두 통과를 시켜 주었다. 낙동강을 건너 왜관을 지나고 팔공산 어느 고개를 넘어 가는데 그 고개 너머 산기슭 양지 바른 잔디밭에 큰 시장이 벌어져 있었다. 바로 그 곳이 1.4 후퇴로 피난 나온 민방위 군들이 오고 가는 교차점이 되었기 때문이다. 1.4 후퇴 당시 민방위사령부 당국에서는 제 2국민병을 인민군에 또 빼앗길 수 없다는 생각에서 아무 계획도 없이 남하시켰고, 또 공산치하를 경험한 젊은 장정들은 또다시 공산치하에 들어가면 인민군으로 끌려 갈 것이 뻔한 일이므로 큰 준비 없이 피난을 나섰다. 그리고 한 가지 희망은 최후에 국군으로 입대하면 될 것으로 생각하고 남하했다. 그러나 대구에 와 보니 피난민으로 넘쳐 취직도 할 수 없고, 군에 입대하는 사람은 얼마 안 되고 나머지 많은 장정들이 입대도 못하고, 돈은 떨어지고 잘 곳도 없으니 어쩔 수 없이 고향으로 되돌아가고 있었다. 그래서 팔공산 고개 너머 산기슭에서 오고 가는 피난민들이 서로 만나는 교차점이 된 것이다.

다행히 전황이 좋아져서 오산 평택을 수복하고 서울도 곧 수복한

다니까 고향으로 되돌아가는 사람들이 점점 많아졌다. 우리들도 그곳에서 잠시 쉬고 있었는데 우리 일행 중 민구의 형을 만났다.

"민구야, 너 왜 내려 왔어?"

"전쟁이 어떻게 될 것인지 잘 몰라서… 그리고 어른들이 피난을 가야 한다고 하잖아."

"여기까지 온 김에 나하고 안동에 있는 외갓집이나 다녀가자." 하며 민구를 데려 갔다.

이제 우리 일행은 세 사람이 되었다. 우리도 서로 상의를 했다.

"오산 평택도 수복을 했다니, 대전은 안전하잖아?"

"그래, 집으로 되돌아가자."

"그래도, 여기까지 왔으니 대구구경이나 하고 가자."

"아까 민구 형 이야기 못 들었어?"

"여관에서 돈이고 물건이고 털렸다는 이야기 말이야!"

"그래, 여기서 집으로 돌아가는 것이 좋겠다."

"지금은 전시이고 피난민으로 복잡해서 질서가 없으니까, 금품을 마구 빼앗는 깡패들도 많을 거야."

"그래, 여기서 돌아가는 것이 좋겠다." 그렇게 합의를 하고 팔공산 기슭 간이시장을 돌아보았다. 피난민을 상대로 음식을 파는 사람, 배는 고픈데 돈이 없어 피난 올 때 가지고 온 아끼고 아끼며 덮고 자던 담요마저 팔아야 하는 가련한 사람, 그 물건을 싸게 사는 얌체 같은 장사꾼, 그 와중에서 얻어먹는, 피난 온 굶주린 제2국민병, 거지들, 그 거지들이 훨씬 더 많았다.

나는 돈을 별로 쓰지 않아 돈을 그대로 가지고 있었다. 내 옷이 교복이라 좀 얇아 잘 때 추우니 담요나 하나 사 가지고 가면서 덮고, 집에 가서는 염색을 해서 교복을 만들어 입어야겠다고 생각하고 물어 보았다. 담요는 새것인데 이미 상인에게 넘어 가 비싸게 팔리고 있었다. "이것 남이 덥던 것이라 너무 더럽잖아요?" "어제 세탁했어요. 세탁도 않고 어떻게 팔아요." 400원이라는 것을 300원 밖에 없다고 하니까 가지고가라는 것이다. 그래서 나는 300원을 주고 담요를 하나 샀다. 쌀 대신에 담요로 배낭을 채웠다. 그 곳에서 점심 요기를 하고 다시 귀향길로 들어섰다.

귀향하는 길손도 점점 많아졌다. 왜관에 와서 낙동강을 건너가야 하는데, 인도나 철길에는 보초가 서 있는데 내려 올 때는 통과 시켰지만 올라 갈 때는 허락하지 않았다. 그 이유는 알만 하다. 그래서 두꺼운 얼음으로 단단하게 얼어붙은 낙동강을 건너려고 하니까 그 곳마저 못 건너가게 뺑, 뺑 총으로 위협사격을 하는 것이다. 할 수 없이 강 상류로 거슬러 올라가니 얼음 위로 건너는 사람들이 많이 보였다. 우리도 그리로 건너가려고 보고 있는데, 갑자기 중간에서 얼음이 깨지고 사람이 빠졌다. 그 빠진 사람은 죽을힘을 다하여 얼음을 짚고 간신히 올라가 건너가고, 다음 사람은 얼음을 짚고 올라가려고 아무리 애를 써도 또 깨지고 또 깨지고 결국 그 사람은 힘이 빠지고 물속으로 깊이 갈아 앉고 말았다. 그것을 보고도 또 사람이 들어가서 기어오르고, 또 사람이 기어오르다 오르지 못하면 죽는 장면이 계속 되고 있었다. 왜냐하면 그보다 상류로는 물 흐름이 빨라 얼음이 다 녹아 없기 때문이다.

사람들은 그 곳에서 물에 빠져 죽는 사람들을 물끄러미 쳐다보고 서 있었다. 이 강을 건너지 못하면 돈은 떨어지고 고향으로 갈 수 없다는 절박한 사정, 바로 그것이 자꾸 죽음으로 몰아넣고 있었다. 우리가 보고 있는 사이에도 네 사람이나 죽어갔다. 그러나 간혹 살아서 넘어가는 사람을 보고 박수를 치고 있었다. 강 건너에서는 많은 사람들이 불을 놓아 옷을 말리고 있었다. 세상에 이런 생사의 고비에서 구경하다 죽으면 아이쿠! 하고 말없이 침묵으로 슬퍼하고, 살아 건너가면 박수를 치는 이런 생사 극난의 비극적인 고비가 또 어디 있단 말인가? 참으로 안타까운 도강의 현장을 목격한 우리는 도저히 그 약한 얼음판 길로는 도강 할 수가 없었다. 도강에 성공을 했다 하더라도 추위에 얼어 죽을 수도 있겠다 싶었다.

우리 세 사람은 상류로 올라가기로 하였다. 한참을 올라가다가 뒤를 돌아보니 많은 사람들이 우리를 따라 올라 오고 있었다. 한 십오 리는 더 올라 간 듯했다. 그 때 강물을 보니 얼음은 없고, 강물이 많이 얕아 보였다. 그래도 한 길이 넘을 것 같아 자꾸자꾸 올라갔다. 이제는 약간의 물결은 있으나 바닥이 보일 정도로 아주 얕아 보였다.

"야, 용철아, 여기는 물결은 좀 있어도 얕아서 건널 것 같은데?"

"그래 바닥이 보이네. 여기서 건너보자."

"강폭이 넓어서 많이 얕아 진 것 같다."

우리는 옷을 벗어 배낭에 넣고 알몸이 되어 배낭을 머리 위에 이고 강물로 들어섰다. 강물은 차디 차 처음에는 못 견딜 정도로 차가웠으나 시간이 지나니 신경이 마비되었는지 추운지 차가운지 느낌이 적어졌다. 그런데, 중간 쯤 들어가니 물이 점점 깊어져 허리까지 오더니 나중에는 겨드랑이까지 차는 것이다.

배낭을 적시지 않으려고 팔을 쭉 뻗고 깊은 물속을 걸으니 중심이 잘 잡히지 않고 잘 못하면 물살에 휩쓸려 떠내려 갈 것만 같았다. 만일 넘어지기라도 하면 배낭 속의 옷이 다 젖어 도강을 하더라도 옷과 성냥이 다 젖어 버리니 옷을 말릴 수 도 없고 또 말린다고 해도 그 동안 추워 얼어 죽을 수도 있다고 생각하니 마음이 불안하다기보다 무서웠다.

모두가 안간 힘을 다 하여 도강에 성공하였다. 그런데, 어어! 이게 웬 일일까? 내 뒤에 따라 오던 용철이의 온 몸뚱이가 피투성이였다.

"야, 용철아, 네 몸이 왜 그렇게 피투성이가 되었니?"

"너도 온 몸이 전부 피투성이야!"

나도, 친구들도 그리고 우리 뒤를 따라 건너 온 모든 사람들이 다 온 몸에 피투성이였다. 처음에는 어찌 된 것이지 영문을 몰랐다. 그러나 자세히 살펴보니 살갗이 어름에 살짝 살짝 베어져서 피가 나는 것이었다.

흐르는 물결에 떠내려 오던 얼음이 녹고 녹아서 작아지고 얇아져서 작은 칼날이 되어 물결 따라 흘려 내려오다가 추위에 얼은 살갗을 스치면서 살짝 살짝 베어 버린 것이다. 그러나 다행히도 그렇게 깊이 베인 것은 아니기 때문에 수건으로 닦으며 신기한 듯 서로 쳐다보고 웃을 수밖에 없었다. 그러나 아직도 몸뚱이에는 피가 조금씩 흐르지만 너무 추워서 옷을 입었다. 그 옷이 얼마나 따뜻하고 포근했던지! 마치 따뜻한 엄마 품속 같았다. 우리가 건너왔던 곳은 사과밭이 많기로 유명한 경북 약목이라는 고장의 강변이었다. 그곳 모래밭에서 얼마 동안 앉아 불을 쬐다가 다시 길을 떠났다.

올라오는 길은 내려 갈 때와는 달리 요소요소 마다 민방위군의 초소가 있고, 초소마다 신분증을 제시해야 하고, 제 2국민병은 다시 남쪽으로 내려가라는 것이다. 우리 뒤를 따라 오던 장정들은 다 떨어지고 우리만이 남았다. 그들은 우리들의 학생증을 보고 아직 제 2국민 병이 아니라는 것을 알고 통과 시켜 주었다. 그런데, 돈 떨어져 귀향 길에 오른 장정들은 어떻게 되었을까? 그들을 다시 남쪽으로 내몰면 내려가다가 굶어 얼어 죽을 것이 뻔한 일인데 어떻게 되었을까?

우리들은 구미, 김천을 거쳐, 추풍령 고개를 넘을 때까지 벌써 며칠이 지났다. 그리고 심천을 지나 하루 밤을 자는데 그 집 머슴과 한 방에 자게 되었다. 그는 심천 사람이 아니고 경기도 용인에서 피난 왔다는 것이다. 자기도 남쪽으로 내려가다가 돈이 떨어져 도저히 더 가다가는 굶어 죽을 것 같아서 이곳에 머물며 밥만 얻어먹고 머슴살이를 하고 있다는 것이다. 그도 중학생이었다. 그 날 밤을 따뜻한 방에서 잠을 잘 자고 이튿날 비룡 고개를 넘어 가는데 또 그 지방 민방위군 초소에서 검문을 당했다.

"왜 젊은 학생들이 셋이나 떼를 지어 어디를 가느냐?"

"사실은 대구까지 피난을 갔다가 전황이 좋아지고, 또 돈도 떨어져서 할 수 없이 집으로 돌아가고 있습니다."

"집이 어디인데?"

"대전입니다."

"대전 어디인지 주소를 대라" 그래서 각자 주소를 대고, 또 학생증을 자세히 확인하고서야 통과 시켜 주었다. 우리 세 사람은 이렇게 해서 중공군의 참전으로 서울을 빼앗기고 다시 후퇴하게 된 이른바 1.4 후퇴의 긴 피난 여정을 무사히 마치고 건강하게 귀가 했다.

집에 오니 어머니를 비롯한 온 식구들이 죽은 사람이 다시 살아 온 것처럼 울면서 너무너무 반갑게 맞아 주었다. 남쪽으로 무조건 남하한 제 2국민병들이 굶주림과 추위에 수없이 많이 죽었다는 소문을 듣고 얼마나 걱정을 했는지 모른다는 것이다. 죽어도 여기서 같이 죽을 걸 왜 남쪽으로 피난 가라고 했나 후회도 많이 했다는 것이다.

참으로 집이 이렇게 좋은 곳인지는 미처 몰랐다. 아버지는 그때까지도 집에 돌아오지 않으셨다. 그것이 가장 큰 걱정이었다.

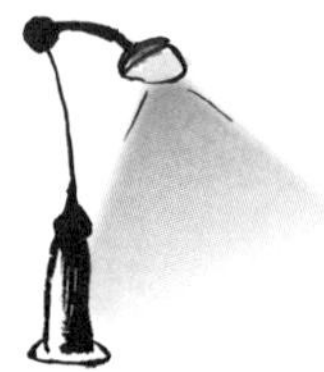

"참 애 썼다" 그 말씀

나는 열심히 땔 나무를 했다. 나무가 마당에 수북이 쌓였다. 고개를 두 개를 넘고 나무를 한 짐 해서 집에 도착하면 짧은 겨울날씨라 벌써 저물어 어둡기 시작하는 6시가 넘는다. 어떤 날은 어머니가 나오셔서 반갑게 맞이하시며 당신의 수건으로 내 얼굴의 땀을 닦아 주시며 " 참 애 썼다 " 그 칭찬의 말씀 한 마디에 온갖 피로가 다 가시는 듯 내 마음은 참으로 행복했다. 왜냐하면, 첫 째는 어머니가 벌써 떡을 다 팔고 오셨기 때문이고, 둘째는 나를 사랑하는 어머니의 마음을 느꼈기 때문이다. 어머니의 사랑을 느낄 때마다 생각나는 일이 있다.

대전으로 이사 온지 얼마 되지 않았던 어느 날이었다. 어머니는 밤에도 영 잠을 이루지 못하고 한숨만 쉬고 있었다. 왜 무슨 걱정되는 일이 있느냐고 했더니, 이사 오기 전 원터 우리 집 뒤 안 골목, 우물에서 물을 길어오던 누나가 골목길에서 주어 온 '상보' 이야기를 하는 것이다. 예쁜 수를 놓은 그 상보가 상기댁의 새색시 것 같은데, 상기댁 집 울안에 던지고 온다는 게 잊고 왔다고 그렇게 잠을 못 이루시는 것이다.

"그게 그렇게, 마음이 불편하시면 언제 날 잡아, 가서 던져 주고 오지요 뭐, 잘 못하면 병나겠소!"하고 하루 날을 잡아 함께 기차를 타고 김천역에서 내려 상자원 돌곡 밖 동네까지 걸어가서 어느 길갓집에 하루 밤을 자기로 하고, 밤에 몰래 원터에 들어가 상기댁의 담벽 안으로 그 상보를 '휙' 던지고 다시 나와 돌곡 밖 그 집에서 자고 돌아 온 일이 있다.

나는 어린 마음에도 우리 어머니가 비록 가난한 살림을 꾸려 가면서도 곧은 마음과 자식들에 대한 사랑의 교훈, 욕심 없이 정직하고 순진한 마음이 가득하시다는 것을 느낄 수가 있었다. 우리 어머니는 엄할 때도 있지만 참으로 순박하시고 인자하신 분이셨다.

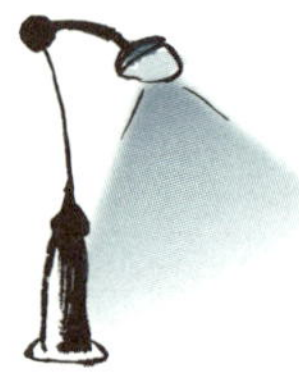

퇴출당할 뻔한 무단결석

나무를 한 지도 근 20일이 지나고 학교가 새로 시작되었는데, 야간부가 없어지고 모두 주간부로 편성되었다. 나는 철민이와 같이 또 한 반이 되었다. 학교는 아직도 미군부대가 주둔하고, 우리는 기숙사를 이용하여 책상도 없이 마룻바닥에서 수업을 받고 있었다.

담임선생님은 유만종 선생님이셨다. 담당 과목은 한문이었다. 한문은 말할 것 없고 영어도 아주 잘 하셨다. 운동장에서 아침조회를 할 때마다 출석을 확인하기 위해 이름을 부르는데, 다른 선생님은 모두 출석부를 보고 부르지만 유만종 선생님은 출석부를 보지 않고, 반아이들의 이름을 모두 외워서 부르신다. 아무도 그 앞에서는 뺑소니를 칠 수가 없었다.

어느 날이었다. 한문 시험을 치렀는데 그 한문시험에 교과서 외에 괴뢰집단(塊儡集團), 포로(捕虜), 피난민(避難民) 같은 상식문제가 포함되어 나오는 바람에 한문시험이 좀 어려웠고, 점수가 많이 나오지 않았다. 그런데, 내가 학교 사환으로 있을 때 신문을 많이 본 경험이 있고, 또 어렸을 적에 천자문과 명심보감(明心寶鑑)을 아버지한테서 좀 배운 것이 큰 효과를 보아 92점을 받았는데 그게 최고 점수였다. 학년전체가 서울에서 피난 온 청강생 반을 포함해서 모두 여덟 개반 약 380여 명 중 1등이다. 한문 선생이 담임인 자기 반에서 1등이 나왔으니 체면을 세운 셈이다.

그래서 유만종 담임선생님이 내 이름 석 자 이현석을 마음 깊이 새기게 되었던 것이 틀림이 없다. 한문답안지를 나누어 주시며 "야, 네가 내 체면을 세워 주었다."고 나를 칭찬해 주셨다.

마당에 수북이 쌓였던 땔 나무를 다 때고 이제는 얼마 남지 않았다. 아버지도 안 계시고 나무를 다 때면 일요일만 나무를 해서는 충당할 수가 없었다.

어느 일요일 날이었다. 나무를 하러 가야 하는데 비가 오는 것이다. 참으로 난감하였다. 이렇게 되면 할 수없이 다음 주에는 결석을 두 번을 해야 한다. 이렇게 내가 자주 결석을 하니까, 문제가 생겼다. 왜냐하면 D중학교는 D고등학교 입학률이 가장 높아 지방에서 전입하려는 희망자가 쇄도하는데 자리가 없었다. 그래서 학교당국에서는 할 수없이 무단결석자들을 정리하기로 내부적인 방침을 세웠다.

우리 반에서는 내가 지목 되었다. 그런 와중에 내가 또 이틀을 연속 결석하니까 담임선생님께서 학교로부터 압력을 받은 모양이다. 그래서 그 이유라도 알고 퇴출하려고, 나와 가장 친하다고 생각되는 철민이를 불러 나에 대하여 묻기를

“철민아, 너 현석이가 왜 결석을 이렇게 많이 하는지 아느냐?”

“어머니가 떡 장사를 하시는데요, 땔 나무를 현석이가 직접 해야 하기 때문에 가끔 결석을 하는 것 같아요.”

“아버지는 안 계시니?”

“아버지는 인공 때 우체국에서 부역을 했다고 검찰청 구치소에 유치되어 있어요.”

“아, 그런 일이 있었구나! 그러면 결석은 할 수 없이 하게 되더라도 계속 이어서 하지는 말라고 해라, 잘 못하면 퇴출되기 쉽다. 무단 결석자를 학교가 노리고 있어.”

“알겠습니다. 그렇게 전하겠습니다.”

다음 날 철민이가 어제 담임선생님이 하신 말씀을 나에게 그대로 소상히 전해 주었다. 내가 퇴출되지 않게 이렇게 미리 배려 해 주신 선생님의 은혜에 감사한 마음이 들었다. 그래서 땔 나무를 하지 않아도 될 수 있는 길을 찾게 되었다. 바로 제재소에서 나오는 자투리 나무와 톱밥을 땔감으로 사서 때는 것이다.

자투리 나무는 비싸서 톱밥을 사서 쓰기로 했다. 그래서 손잡이가 달린 풀무를 하나 샀다. 일요일에는 나무를 꼭 해 오되 일요일에 비가 와서 나무하러 못 가면 톱밥을 때기로 했다. 그래서 결석은 않기로 가족들과 합의를 보았다. 이제는 결석은 하지 않고 열심히 학교에 나갔다.

아버지가 인공 때 우체국에서 시키는 대로 편지만 배달했기 때문에 큰 죄가 없다는 판결을 받고 구치소에서 풀려 나셨다. 참으로 다행이었다. 건강도 좋아지시고 나무도 많이 해 오셔서 마당에 또 수북이 쌓였다. 그러던 어느 날, 갑자기 작은 아버지가 돌아가셨다는 소식을 전해 들었다. 지병이던 폐렴이 또 악화 되어서 돌아가셨다는 것이다. 사촌들이 너무 어려 농사지을 사람이 없었던 작은집을 도와주기 위하여 아버지가 시골 상주 작두불로 내려가셨다.

공부하는 비결

우리 반에 공부는 아주 잘하는데 장난이 좀 심한 김태엽이란 학생이 있었다. 수학시간이었다. 수학선생님이 기하 문제 1번을 푼 다음, 2번을 칠판에 풀고 있는데, 뒤쪽에 앉아 있던 태엽이가 그 앞쪽에 앉아 있는 민철이의 귀를 향하여 고무 밴드로 쐈다. 민철이가 '아얏!' 하고 소리를 지르니 아이들의 폭소가 터졌다.

화가 나신 선생님이 뒤를 돌아보고 "태엽이 나왓"하고 고함을 버럭 질렀다. 태엽이가 성큼성큼 웃으며 앞으로 나갔다. "너 이것 풀어봐" 하시는 것이다. 선생님이 칠판에 애써 가득히 풀어놓은 1번과 2번 문제를 백묵가루 먼지를 뿌옇게 풍기면서 후닥닥 지우고는 3번 문제를 푸는 것이다. sin, cosine 을 넣어서 칠판 가득히 끝까지 다 풀었다. 선생님이 하나하나 다 살펴보아도 하나도 틀리지 않았는데, 출석부로 태엽이 머리를 탁 치며 하시는 말씀이 "누가 2번을 풀라고 했지, 3번을 풀라고 했어?” 그러니까 또 태엽이는 칠판지우개로 먼지를 뿌옇게 일으키며 확 지워 버리고는, 2번 문제를 다시 풀기 시작하여 다 풀었다. 하나도 틀리지 않았다. 그래도 화가 풀리지 않으셨는지 “오늘 수업은 이만 끝”하고 출석부를 들고 휙 나가셨다.

친구 태엽이는 날마다 수업시간에 장난만 치는데도 어떻게 공부를 잘 하는지 궁금했다. 태엽이를 모르는 선생님도, 학생도 없었다. 심지어는 타교에서도 태엽이를 모르는 사람이 없을 정도로 유명했다. 공부는 물론이고, 운동, 싸움 할 것 없이 못하는 것이 없었다. 시험만 보면 언제나 95점이 넘는 우등생이었다. 도대체 공부를 어떻게 할까 점점 궁금해 졌다.

2학기 중간 시험기간이 발표 되었고, 월요일부터가 시험 시작이었다. 그런데, 태엽이는 공부를 잘하는 아이들을 찾아가서 극장구경을 가자고 유혹했다. 결국 다른 아이의 시험공부를 방해하고자 하는 심산이 분명하였다. 토요일, 공부 잘하는 운영이가 못 간다고 하니까 옆에 있던 나를 보고 그 애 대신 극장구경가자고 제안이 들어왔다. 나는 돈이 없어 못 간다고 했더니 자기가 표를 사준다고 했다. 모레 월요일 시험은 수학이었다. 나도 수학은 시험 준비를 다 해 놓았기 때문에 자신이 있었다. 그래서 오랜만에 영화구경을 하고 싶어 같이 간다고 하였다.

뜻하지 않게 참으로 오래간만에 극장을 갔다. 우리 반의 송정희하고, 2반에서 철우도 같이 와 있었다. 극장에서 나온 후 자기 집에 가서 놀자고 하여 태엽이네 집에 갔다. 태엽이 방에서 놀다가 그만 통금시간이 되어 그들과 함께 하루 밤을 같이 지내게 되었다.

다음 월요일 다 같이 수학시험을 치러야 하는데도 모두 시험공부를 못하고 있었다. 다른 아이들도 모두 나와 같이 수학시험은 다 준비가 끝난 듯하였다. 그런데, 잠을 자다가 새벽 4시 쯤 눈을 떴다. 늘 습관이 되어서 소변을 보고 오는데, 호롱불을 켜 놓고 책상에 꾸부려 앉아 있는 태엽이를 보았다. 열심히 무엇인가 공부를 하고 있었다. 나는 모르는 척하고 가만히 내 자리에 누워서 어떻게 하는지 계속 지켜보고 있었다. 그러나 태엽이는 꼼짝도 하지 않고 계속 공부에 열중하고 있었다.

날이 새기 시작하고 멀리서 교회종소리가 은은히 들려오고 있었다. 바깥에서는 댕그랑 댕그랑 두부장수의 종소리와 자동차 소리가 점점 시끄러워지기 시작하였다. 그 때에 태엽이는 다시 자기자리에 돌아와서 잠을 자기 시작하는 것이다. 동창이 밝아지자 정희도 철우도 나도 일어나 침구를 정리하고 앉았는데 태엽이는 아직도 코를 드르렁거리며 자고 있었다. 태엽이의 비밀은 나 밖에 몰랐다. 이튿날 아침에 조반을 얻어먹고 각자 헤어져 집으로 돌아왔다.

그리고 월요일 수학시험을 보고 나서 태엽이를 보면서

"다른 사람들은 시험공부를 못하게 해방을 놓으면서 저는 새벽에 몰래 공부를 해? 나쁜 놈!"

"너, 그거 어떻게 알았어?"

"너 나에게 너의 공부하는 방법을 실토하지 않으면 친구들에게 다 까발릴 거야." 나는 협박 아닌 협박으로 태엽이의 공부 비법을 대충 알아내었다. 그는 공부를 예습위주로 한다고 하였다.

예를 들면 내일 수학이 들어 있다면 수학진도를 넉넉하게 잡아서 27페이지까지 예상하여 예습을 하고, 예습을 하다가 잘 이해되지 않으면 참고서를 보고, 그래도 잘 모르겠으면 그 곳에 색연필로 표시를 해 두었다가 학교에서 그 곳을 설명할 때만 주의 집중하여 잘 듣고, 그래도 이해되지 않으면 끝까지 질문을 하여 완전히 터득한다고 하였다. 수업시간에 빨간 볼펜으로 체크한 곳이 하나면 그 하나만 집중적으로 공부한다고 했다. 그래서 예습으로 다 이해 된 것은 집중할 필요가 없으니 수업시간에 장난만 치는 것이었다.

다른 과목도 마찬가지였다. 초저녁에 차 소리, 사람 소리, 라디오 소리 등으로 시끄러운 때 세 시간 공부하는 것 보다 새벽 조용한 때, 한 시간 공부하는 것이 더 효과적이었다고 실토했다.

하루 일과가 끝나고 잠자리에 들기 전에 자리에 누워서 하루 동안 수업시간의 장면을 머릿속 영상으로 필름을 돌리듯 떠올리면 첫째 시간, 어느 선생님이 칠판에 무엇을 쓰고 누가 무슨 질문을 하고 선생님 대답은 어떻게 하셨는가를 상상한다는 것이었다. 수업 전에 이미 다 예습으로 이해했기 때문에 칠판에 적은 것도 눈에 보인다는 것이다. 그래서 칠판에 적은 것이 잘 보이지 않으면 노트나 책을 한 번더 본다는 것이다. 이것을 계속 반복 해 가니 하루의 수업 내용이 머릿속 영상필름처럼 잘 보여 졌다는 것이다.

참으로 놀라운 학습방법이었다. 그래서 그는 언제나 수업시간에는 장난꾸러기가 되고, 시험만 보면 평균 95점이 넘는 천재가 될 수 있었던 것이다. 예습위주의 완전학습을 하고 있었다.

나도 그렇게 해 볼 것이라고 마음먹었지만 나는 그것이 잘 되지 않았다. 왜냐하면 나는 참고서도 없고, 결석을 자주해야 하고 일요일이면 나무를 하거나 아르바이트로 고된 일을 해야 하고, 또 새벽에 일어나 떡방아를 찧어야 했기 때문이다.

중학교 졸업식이 다가 왔다. 졸업식 날, 도지사 상은 김태엽이가 탄다, 못 탄다. 말이 분분하였다. 선생님들의 성적 사정회에서 태엽이는 품행이 좋지 않으니 안 된다는 의견과 성적이 최고니까 주어야 한다는 의견이 서로 분분하다는 말이 들렸다. 그래서 당일 모두들 누가 도지사 상을 탈까 몹시 궁금해 하였는데 드디어 시상 순서가 되었다. "학업이 우수하고 품행이 방정하여 도지사상을 받는 사람 김 태엽"하고 호명되었다. 태엽이가 시상대로 뛰어 나가는 모습을 보니, 까만 바짓가랑이에 허연 막걸리자국이 선명하였다. 아마 전날 저녁에 품행 때문에 도지사 상을 놓쳤다고 생각하고 술을 마구 퍼 마신 것이 분명하였다.

나는 교과서도 없고 공부할 시간도 없이 고학을 하며 나름대로 열심히 했으나, 전교 380여 명 중(서울청강생반 포함)에서 겨우 83등을 하고 졸업을 했다. 그래도 우리 반에서는 11등이었다. 얼마나 다행인가 스스로 위로하면서 하나님께 감사하며 중학교 학창시절을 마감했다.

사범학교 시험에 합격

우리 집에서는 때 아닌 가족회의가 열렸다. 마침 아버지도 오셨다. 나는 중학교를 졸업했으니 이제 취직하고, 숙자(동생)를 중학교에 보내야 한다고 주장을 했다. 그런데 누나와 아버지는 내가 고등학교까지 가야한다고 했다. 중학교만 나오면 반거충이가 되어 사무직도 못하고, 직공생활 밖에 못하니 고등학교까지 나와야 한다며 누나가 더 강하게 주장하였다. "고등학교는 학비도 더 많이 들텐데 어떻게 감당하려고요?" "그래도 어떻게든 고등학교는 나와야 한다"고 말했다.

아버지가 오셨다는 소리를 듣고 성남동에 사시는 외사촌 형도 오셨는데, 그 외사촌 형도 내가 고등학교를 졸업해야 더 좋은 직장을 얻게 된다고 주장하며 거들었다. 이렇게 해서 내가 일단 고등학교 시험을 보기로 결정했다. 만일 내가 입학시험에 합격을 하면 고등학교에 가기로 하고 떨어지면 동생을 중학교에 보내기로 하였다.

그런데 사범학교 입학시험이 제일 먼저 치르는 특차 시험이었다.
담임선생님은 "현석이는 사범학교에 입학해서 빨리 취직을 해야 가
정을 돌보지 않겠니?"라며 물었고 나는 두 말 할 거 없이 "예, 그렇게
하겠습니다."하고 사범학교 시험을 보기로 했다.

입학전형 안내서를 보니 사범학교는 병설중학교 졸업생 240명 중
에서 먼저 120명을 뽑고, 나머지 120명을 타교에서 뽑는 것으로 고
지되어 있었다. 때가 전시이고, 또 특차시험이기 때문에 충남일원은
말할 것도 없고, 가까운 경북, 전북, 충북에서까지 지원자가 몰려 경
쟁률이 16대 1이 넘었다. 아마도 사범학교를 졸업하면 취직이 보장되
고, 또 후방요원으로 군에도 가지 않는다는 소문이 퍼져서 더욱 더
많은 지원자가 쇄도한 것이 분명하였다.

합격자 발표일이 다가 왔다. 아침 일찍 시내를 가로질러 고개를 넘
고 학교에 갔다. 합격이었다. 나도 합격하고 철민이도 합격되었다.
참 기뻤다. 납입고지서와 안내서를 받았다. 그런데 입학금을 납부하
라는 날짜와 금액이 나와 있었는데, 납기일이 열흘정도 밖에 없어 촉
박하였다. 납부마감이 왜 이렇게 짧을까? 아마도 보결생을 더 많이
확보하려는 의도가 아닐까? 의심도 해 보았다.

어쨌든 열흘 안에 6만 8천 원이라는 거금을 만들어 내야 한다. 그
게 큰일이다. 집에 와서 고지서를 내 놓고 큰 걱정을 하고 있는데, 저
녁이 되어 어머니도 오셨다. 저녁을 먹고 앉아 있는데, 윗방에 세 들
어 사시는 경배어머니도 함께 앉아 있었다. 부산 피난 시절 경배 아
버지를 맞나 결혼식도 못하고 같이 사는데, 경배 아버지는 본부인과
자식이 청주에 있는 유부남이라는 것을 나중에 알았다. 그래서 늘 불

안하다고 했다. 그런데 우리 집에 이사 와서 우리 어머니 구완으로 경배를 낳았다. 날마다 저녁이면 경배어머니도 경배아버지가 오실 때까지 우리 방으로 건너 와서 우리와 같이 이야기를 하고 놀았다. 그 경배 어머니도 우리 사정을 잘 알고 있었다. 지금까지 돈을 아끼고 아껴 모은 돈이 겨우 3만 원밖에 되지 않아 여전히 납부 금액이 3만 8천 원이 부족해 걱정하는 것을 알고, 경배어머니가 입을 열었다.

"걱정하지 마시유, 내가 도와줄께유."하는 것이다.

"내가 그 동안 경배아버지한테서 쫓겨나지나 않을까 늘 불안 했는데, 이제는 경배까지 낳았으니 나를 버리지는 않을 꺼 아니유. 그 동안 조금씩 모아 온 돈이 좀 있어유, 그리고 그 동안 신세도 많이 지고, 또 친정어머니처럼 산파역할도 잘 해 주셨고, 이 집에 와서 마음의 평안을 얻었어유. 지가 3만 원을 보태 줄게유. 나중에 형편이 되면 2만 원만 조금씩 갚아 주세유. 1만 원은 경배 낳을 때 산파역으로 애써 주신 고마움으로 드리는 거유." 라고 하며 3만 원을 쑥 내 놓으셨다. 참으로 뜻밖에 큰 횡재를 한 것만 같았다.

부족한 8천 원은 용철이네 집에서 빌려 6만 8천 원을 모두 맞췄다. 내가 아마 제일 먼저 은행에 등록금을 납부 했을 것이다. 등록금 걱정이 사라진 나는 열심히 땔 나무를 구하러 산을 오르내렸다.

대리시험

나무를 해서 한 짐 지고 집으로 돌아 왔다. 그런데, 친구가 왔었다고 편지를 전해 주는 것이다. 김동남이가 왔다 간 것이다. 동남이는 우리 반 깡패 박진혁이의 똘마니이다. 편지 내용은 이렇다.

현석아!

진혁이가 내일 D고교 시험을 보는 날이다. 대리시험을 좀 부탁한다.

진혁이와 같이 왔다가 네가 없어서 이렇게 편지로 부탁하고 간다.

여기 수험표와 필기도구를 두고 간다. 꼭 부탁한다. 너 안 들어주면 알지?

꼭 들어 주어야 해…

— 동남이가

편지를 보고 나는 기가 막혔다. 이렇게 막 무가내의 억지가 어디 있단 말인가? 나를 만나 정중하게 부탁하는 것도 아니고 삐죽 편지로 협박의 글만 남기고, 도와주면 다행이고 들어주지 않으면 포기할 생각이었던 것 같다. 그러나 그들의 뜻을 안 들어 주자니 그 수험표를 되돌려 주어야 하는데 동남이나 진혁이 집을 알 수가 없고, 또 깡패들의 행패에 무한히 시달리겠고 들어주자니 대리시험의 부정을 하게 되고, 적발되면 나의 합격도 취소될 수 있다고 생각하니 참으로 난감하였다. 그렇다고 이 사실을 누구에게도 말할 수도 없고 큰일이었다.

당일 아침 일찍 교복차림으로 고등학교 시험장으로 갔다. 18번 진혁이 좌석에 앉았다. 첫째시간, 국어시험을 보는데 시험감독이 열심히 수험표의 사진과 응시자의 얼굴을 대조하고 있었다. '들키면 어떻게 하지?' 가슴이 두근거리고 몹시 불안하였다. 그냥 뛰어 나가고 싶은 마음이 굴뚝같았다. 그런데, 다행히도 D중학 모자를 깊숙이 쓰고 있었기 때문에 무사히 잘 넘어갔다. 아마 시험감독이 생각하기를 D중학교 학생이 D고등학교 응시는 당연하다고 생각한 것 같았다.

내가 고개를 깊숙이 숙이고 문제를 열심히 풀고 있었던 것은 바로 그것을 노린 것이다. 참으로 다행이었다. 다음은 수학시험이었다. 시험감독이 D고등학교 체육선생님이신 허만용 호랑이선생님이었다. 우리도 중, 고 분리되기 전에 이 분의 수업을 받아 보았기 때문에 그 분의 불같은 성격을 잘 알고 있다.

시험지가 배부되었다. 가슴이 두근거렸다. 허만용 선생님도 어쩌면 박진혁이를 잘 알고 있을지도 모른다. 부지런히 아는 것만 빨리빨리 써 넣었다. 그런데 다행히 끝 쪽부터 사진을 대조하기 시작한다. 우리 줄에 오기 전까지 부지런히 문제를 다 풀어야 한다. 이제 한 줄

만 더 하면 우리 줄로 오게 된다. "고개 들어!"하는 소리가 점점 가까워지고 있었다. 내가 아는 것은 거의 다 썼다. 더 있다가는 안 되겠다. 박진혁이라는 이름을 써 넣고 수험표를 가지고 가만히 밖으로 나왔다. "고개 들어!"하는 허만용 선생님의 고함소리가, 나를 붙들어 목덜미를 잡아채며 '너는 박진혁이가 아니잖아?' 하는 것만 같았다.

내가 가장 먼저 나온 셈이다. 진혁이도 몹시 궁금했던 모양이다. 밖에 나오니 진혁이가 거기 있었다. 나는 나도 모르게 수험표와 필통을 맡기고 뒤도 돌아보지 않고 도망쳤다. 멀리서 보니 다음 시간 시작종이 울렸다. 모두들 다시 시험장으로 들어갔다. 진혁이도 어찌 할 도리가 없어 교실로 들어가는 것을 보았다. 다행히 나는 대리 시험이라는 부정을 모면하고 집으로 돌아 왔다.

그러나 진혁이는 영어와 과학 시험을 잘 못 보아 불합격이 되고 말았다.

Part 02

청년기

Try not to become a man of success
but rather to become a man of value.
성공한 사람보다는 가치 있는 사람이 되라
-알버트 아인슈타인

석탄하역과 양철지붕

D사범학교 본과 1학년이 되었다.

학교가 전쟁 때문에 다 타 버리고, 교실은 흙벽돌로 지은 가교사에서 가마니를 깔고 공부를 했다. 6개월 만에 새로 지은 새 교사로 옮기고 새 책상에 앉아서 공부를 하게 되었다. 사범학교에 들어 와서 첫 번째 여름 방학이다. 나는 학비를 벌기 위해 여러모로 찾아 다녔다. 그런데, 대전역 구내 화물차에서 석탄하역작업이 있다는 것을 알게 되었다. 증기기관차와 화력발전소에서 연료로 사용되는 유석탄을 외국에서 수입 해 들여오는 것이다.

부산에서 석탄을 실은 화차가 대전역에 들어오면 그것을 기차에서 퍼 내리는 작업이다. 정확하게 말하자면 석탄하역 작업이다. 하루에 한 칸을 퍼내려야 한다. 그런데, 일당도 꽤 높았다. 그 감독 겸 십장을 찾아갔다. 나도 일을 하겠다고 신청을 하니 학생은 어려서 안 된다는 것이다. 그래서 "고학생인데 좀 도와 주시유?"하며 간청을 했더니, "네가 하루에 석탄 화차 한 칸을 다 풀 수 있겠느냐?" "예, 할 수 있습니다."하고 장담을 했다. "그러면 내일 한 번 해 봐라." 허락을 받고 다음 날 아침 일찍 갔다. 점호를 받고 화차 하나씩 맡아 풀기 시작하였다. 그 화차 옆문을 여는데도 그 요령을 잘 몰라 그것을 열지 못해 한참 애를 먹었다.

한여름 쨍쨍 내려 쬐는 햇볕 아래에서 땀이 비 오듯 흐르니 석탄먼지가 땀과 뒤범벅이 되어 깜둥이가 되어 버렸다. 콧구멍도 새까맣고, 눈가도 새까맣고, 목구멍도 칼칼하며 숨이 콱콱 막히는 듯하였다. 점심시간이 되었다. 석탄 먼지가 풀풀 날리는 화차 밑 그늘에서 점심 도시락을 먹으니 그 석탄먼지가 입 안에서 씹히는 소리가 버석거렸다.

점심을 먹고 나서 잠시 기차 밑 그늘에서 쉬는데, 그 짧은 점심시간이 어찌 그리도 달콤한지 미처 몰랐다. 오후 작업이 시작되고 열심히 석탄을 퍼 내리는데 벌써 5시가 넘었다. 그런데 어떤 아저씨는 벌써 석탄을 모두 풀고 끝이 났는데, 나는 아직도 많이 남았다. 오늘 이것을 다 풀지 못하면 내일부터 나오지 못한다. 걱정스러운 마음에 더 열심히 했다.

모두들 손발을 씻고 퇴근을 하는데 나는 아직 끝이 나지 않았다. 다행히 어떤 아저씨가 오셔서 나를 도와 주셨다. 그리고 화차 문을 여는 요령도 가르쳐 주고, 제일 아래의 문을 먼저 열라고 했다. 석탄도 아래 것을 퍼 내리면 위 것은 저절로 내려온다는 것도 알려 주셨다. 그렇게 해서 오늘 임무를 모두 마치니 6시가 넘었다.

내가 고학생이라는 것을 알고 자기 아들 생각이 나서 도와 주셨다는 것이다. 나는 그 아저씨께 정중히 감사하다고 인사를 하고 손발과 얼굴을 씻고 집으로 왔다.

다음 날은 어제보다도 훨씬 일찍 작업이 끝이 났다. 일하는 요령이 더 숙달 된 것이다. 이렇게 여름방학 내내 일요일도 없이 석탄 하역작업을 계속해서 30일째 되는 날에 일당으로 받은 모든 전표를 돈으로 바꾸는 날이다. 말하자면 간주를 하는 날이다. 일당 500원씩, 15,000원을 목돈으로 받았다. 참으로 큰돈이었다. 기분이 흐뭇하고 참 행복했다. 그 동안 힘도 들고 석탄가루도 많이 먹었지만 큰 보람이었다. 2학기 학비를 내고도 남을 만치 충분하였다. '하늘이 도운걸까?' 이상하게도 일이 끝나자마자 계속 비가 왔다. 지루한 늦장마였다.

우리 집은 초가집인데 작년에도 새 짚으로 지붕을 이지 못하여 벽 밖으로 비가 조금씩 새곤 하였는데 올 여름에는 너무 많이 새고 있었다. 북쪽 벽으로 빗물이 새어 흙벽돌이 조금씩 흘러내리기 시작하고 있었다. 그래서 지붕 서까래가 조금 내려앉았다. 그래도 경배네가 이사를 간 뒤라서 얼마나 다행인지 모른다. 비가 조금만 더 오면 한 쪽 벽이 내려앉을 것만 같았다. 다행히도 비가 그쳤다. 그러나 우리 집 지붕을 그대로 둘 수는 없게 되었다. 짚으로 지붕을 이을까? 아니면 기와로 이을까? 짚을 사다가 지붕을 이으려면 아버지가 계시어야 하는데, 나는 그 이응을 엮을 줄을 몰라 그것도 어렵고, 기와로 지붕을 이으려면 비용이 너무 많이 들겠고, 곰곰이 생각하다가 갑자기 양철 지붕이 생각났다.

내가 다녔던 그 양철공장을 찾아 갔다. 내가 양철공장에 다닐 때 큰 양철 캔을 여러 개 이어서 양철 기와판으로 만들고 그것으로 지붕을 이어도 콜타르로 칠하면 꾀 오래 간다는 사실을 잘 알고 있었다.

그 때 그 주인아저씨가 아직도 양철공장을 운영하고 계셨다. 인사를
하니 반가워 하셨다. 멀리서 나마 내 소식을 종종 들었다고 하셨다.
우리 집 사정을 자세히 말씀 드렸더니, 지붕을 양철로 이어도 일 년
에 한 번씩 콜타르를 칠해주면 십년은 끄떡없다고 하셨다. 결국 가장
경제적이고, 우리 형편에 가장 맞는 양철로 지붕을 고치기로 하였다.
내려앉은 서까래를 바르게 올리고, 비가 새어 허물어 진 곳은 흙벽돌
을 끼워 메우고 서까래와 서까래 사이가 멀면 각목으로 충당하여 양
철기와 판을 올리기에 알맞게 기초 공사를 하였다. 그리고 양철기와
판으로 지붕을 올리고 콜타르를 진하게 칠했다. 허름한 초가집이 갑
자기 까만 양철집이 되었다.

　이제는 비가 아무리 와도 새지 않을 것을 생각하니 마음에 안도감
이 들어 흐뭇했다. 그러나 더위를 무릅쓰고 땀 흘려 번 돈에서
12,000원이라는 거금을 지붕 고치는데 쓰고 보니 또 학비가 좀 모자
라게 되었다.

　그래서 아르바이트를 찾았다. 한 동네에 사시는 갑순이 아버지가
미장이인데 그 분도 내 사정을 잘 알고 계시기 때문에 일요일이면 자
주 나를 찾곤 하였다.

　"우리 아버지가 요 오빠 내일 일 할 수 있느냐고 물어 보래요."

　"그럼 갈 수 있지." "그러면 내일 아침 일찍 일곱 시까지 도시락을
싸 가지고 우리 집으로 오시래요."

　"그래 내일 가서 뵙는다고 해라, 갑순아, 잘 가"

　나는 다음 일요일 갑순이 아버지를 따라 산내면 S초등학교에 갔
다. 비가 오면 비가 새니 고쳐 달라는 것이다. 아저씨와 나는 지붕으
로 올라갔다. 그런데, 문제가 생겼다. 아저씨는 걸어 다녀도 기와가

하나도 깨지지 않는데, 나는 걸을 때 마다 자꾸 깨지는 것이다.

　새는 기와를 고치러 온 것이 아니라 멀쩡한 기와를 깨러 온 꼴이 되고 말았다. 미안하고 어이가 없었다. 그래서 나는 꼼짝도 못하고 서 있는데, 아저씨는 나를 보고 웃으며

　"현석아, 너 기와 고치러 온 것이 아니라 기와를 깨러 왔니?"

　"야 ! 봐라, 기와 골을 밟지 말고, 기와와 기와가 맞닿아 있는 귀를 밟아라, 알겠니?"

　"귀를 밟아요?" 그 때부터는 귀를 밟고 다니니 깨지지 않았다. 참 신기 했다.

　"아저씨, 왜 진작 말씀하시지 않으셨어유?"

　"그랬으면, 기와를 한 장도 깨뜨리지 않았을 거 아닙니까?"

　"너, 미장이 보조를 많이 해 봤다매"

　"그래도, 기와 고치는 일은 처음이에유."

　지붕에 올라가면 기와의 귀를 밟아야지 다른 데를 밟으면 기와가 깨진다는 것을 처음 알게 된 계기였다. 하루동안 미장이 보조로 뒤치다꺼리를 배우며 날일을 마쳤다. 나는 일당을 받아 집으로 돌아 왔다.

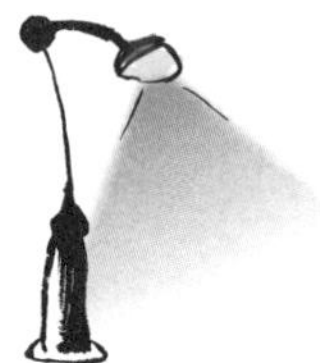

백화산 기슭 오솔길을 단 둘이

오랜만에 사촌동생 현이에게서 편지가 왔다.

아버지께서 내가 그 곳 상주에 한 번 다녀가라는 것이다. 토요일에 왔다가 일요일에 가면 학교결석을 하지 않아도 된다는 것이다. 그래서 기차표를 미리 사고 토요일 수업이 끝나자마자 떠났다. 경부선 황간역에서 내려, 레일 오토수레를 타고 올라갔다. 산안이라는 곳에서 흑연을 실어 내리는 수레이다. 레일수레로 흑연을 나르는 일을 하시는 고종사촌형님을 만나 그 수레를 타고 올라갔다. 아마 아버지가 미리 오늘 쯤 내가 올 것이라는 귀띔을 해 준 것 같았다.

고종사촌은 나를 작두불 마을에 내려 주시고 산안광산으로 올라가시고 나는 작은집이 있는 마을로 들어갔다. 작은집 식구들이 반가이 맞아 주셨다. 아버지는 쌀 한말과 학비에 보태 쓰라고 돈 5,000원을 주셨다. 이튿날 아침 일찍 떠났다. 내려 갈 때는 흑연을 싣고 내려가기 때문에 오토레일수레를 사람이 탈 수가 없다. 그래서 그 오토수레 철길을 따라 걸어서 내려갔다. 한 십 오리쯤 내려오는데 동네 앞철길 가에 사람들이 웅성웅성 얘기를 하며 서 있었다. 그 사람들이 나를 보고 어디까지 가느냐고 물었다. 황간 역까지 간다고 하였더니 그러 면 이 처녀도 황간까지 가는데 같이 좀 가라고 부탁을 하는 것이다.

나는 생전 처음 보는 처녀와 동행을 하게 되었다. 아무리 보아도 참 예쁜 아가씨였다. 그래도 나와는 초면이고 다 큰 남녀라 서로 경 계하며 내 뒤에 좀 떨어져서 따라 오는 것이다. 한참을 가다가 내가 좀 주춤하면서 그녀에게 먼저 말을 걸었다.

"아가씨는 어디까지 갑니까?"

"대구까지 갑니더"

"대구에 사시유?"

"예, 대구 비산동에 사는데 예"

"학생이시유?"

"예, 중학교 3학년이데 예"

"왜, 교복을 입지 않으셨어유?"

"나는 사복이 더 좋아 예"

"고등학교는 어디로 진학하실 예정인대유?"

"나도 학생오빠처럼 사범학교에 갈려고 하는데 예"

"아, 그래유"

사방을 둘러보아도 인가도 인적도 뜸한 백화산의 어느 산기슭 녹 음이 짙게 우거진 숲속 오솔길에서 성도 모르고 이름도 모르는 아리 따운 처녀와 총각 단 둘이서 오붓하게 이야기 하며 걷는 이 재미, 아 니 재미라기보다는 젊디젊은 뜨거운 사춘기의 열기가 넘치는 이성의 그리움이라고 할까 ? 어쩐지 내 마음이 설레고 있었다. 그런데 이 처녀의 마음은 어떨까? 그게 참 궁금하여졌다. 나를 어떻게 보고 있을까? 몹시 마음이 불안하고 두려워하고 있지는 않을까? 아니면 내가 마음에 들어 나와 사귀고 싶은 간절한 마음은 혹시 없을까? 그러나 아직은 서로의 마음을 알지 못하고, 또 한 참을 걸었다. 아까 보다는 서로 더 가까이에서 걷고 있었다. 보면 볼수록 끌리는 듯 한 이 소녀와 더 다정히 이야기하고 싶은 마음을 표출하고 말았다.

"잠깐 쉬어 갈까유?"

"그렇게 하이소" 나와 처녀는 서로 마주보며 앉았다.

"이렇게 먼 산길을 단 둘이 걷게 된 것도 참 좋은 인연이 아니겠어유?"

"그렇지 예"

"우리 통성명이나 하고 가유"

"나는 대전에 사는 이 현석이라고 해유. 지금 D사범학교 1학년 이에유."

"저는 대구에 사는 정 수정이라고 합니더, 학교는 K여중 3학년 입니더."

"참 좋은 이름이네유, 우리 또 만날 수 있을까유?"

"글쎄 예, 아직 공부가 끝나려면 몇 년 더 남았고, 또 거리가 너무 먼데 만날 수가 있겠는교?"

"하여튼 서로 주소라도 알아서 편지라도 하면 어떨까유?"

내가 노트를 찢어 내 주소를 적어 주니 그녀도 자기 주소를 예쁘게 적어 주었다. 그것을 보면 내가 그리 싫지는 않는 것이 분명하였다. 이렇게 서로 주소를 적어 나누어 가졌다. 그렇게 마음속으로 서로를 알아보면서 산길을 걷다 보니 어느 듯 황간 역에 도착하였다. 참 아쉬웠다. 더 많이 이야기를 하지 못한 것도 아쉽고, 더 같이 걸었으면 하는 마음도 있었다. 하여튼 마음이 설레고 함께 있고 싶어지는 그 마음이 분명하였다. 지금까지 많은 여학생들을 보아 왔지만 유달리 이번만은 처음 느껴 본 감정이었다.

황간 역에서 같이 기다리다가 상행 기차가 먼저 도착하여 내가 먼저 떠나며 오른 손을 내 밀었다. 그런데 그녀도 나를 한참 쳐다보더니 손을 내 밀어 우리는 처음으로 손을 잡고 악수를 했다. 참 촉감이 좋았다. 그렇게 부드럽고 예쁜 손은 처음 만져 보았다. 나는 그녀의 손을 좀 더 잡은 채로 있고 싶었지만, 기차가 출발을 알려 더는 그녀의 손을 붙잡고 있을 수 없었다.

집에 와서도 그녀의 깨끗하고 아리따운 모습이 눈에 자꾸 어른거렸다. 그러나 그렇게 작별한 후 한 번도 편지 왕래는 없었다. 남자인 내가 먼저 편지를 보내야 했는데, 형편상 낭만적인 학창시절을 보낼 수 없었던 내 처지가 무척 아쉬웠다.

아리따웠던 그녀의 모습을 내 마음속에서 지우는 데는 꽤 긴 시간이 걸렸다.

부산에서 있었던 일

그 동안 수년간 설날, 추석 같은 명절에도 단 한 번 연락도 없고 오지 않았던 형님으로부터 갑자기 편지가 왔다. 부산에 계신다는 소식이다. 어린 조카 영이가 6.25 때 저의 외가로 피난을 갔는데, 그 곳 높은 뜰에서 떨어져 다친 척추가 아직도 낫지 않아 부산 성모 병원에서 치료를 받고 있다는 것이다. 학비라도 좀 보태 주지 않을까 은근히 기대하면서 부산으로 내려갔다.

낮에 날일을 하고 그 날 밤 부산행 완행열차를 타고 부산에 도착하니 아침 여섯 시가 되었다. 주소를 보고 영이네 집을 찾아 버스를 타고 당감동 판잣집 마을로 갔다. 그래도 판잣집을 하나 장만하여 탁구대 두 대를 놓고 아주머니가 탁구대를 대여하고 있었고, 형님은 범일동에 있는 가구공장에서 직공으로 일을 하고 계셨다. 형님은 주말에 한 번씩 다녀간다는 것이다.

다음 날 전동차를 타고 범일동에 있다는 그 목공소에 찾아 갔다. 형님이 반가워하시며 주인집으로 나를 데리고 갔다. 거기서 주인집 식구들과 인사를 나누고 음식대접을 받은 뒤 형님과 나, 그리고 귀임이라고 하는 주인집 둘째 딸인 여중학생과 함께 송도 해수욕장에 갔다. 물은 맑고 깨끗했으나 모래밭은 좁고 물속에는 바위도 많고, 해초들이 많았다. 수영을 하던 중에 갑자기 발에 쥐가 났다. 발을 잘 움직일 수가 없었다. 물속에서 발을 아무리 주물러도 풀리지 않았다. 물속에는 바위가 있고 각종 해초 같은 식물이 많았는데, 그 모습이 깊은 산골짜기처럼 어둡고 무서웠다.

내가 물속에서 허우적거리는 것을 본 형님이 놀라 급히 헤엄쳐 오고 있었다. 몸을 이리저리 움직이다가 성게의 가시에 발가락이 찔려 따끔했다. 피가 조금 나는 듯했다. 순간 발의 쥐도 풀렸다. 참으로 신기했다. 형님이 오셔서 괜찮으냐고 묻고는 너무 깊은 곳에 들어가지는 말라고 주의를 줬다.

그런 와중에 귀임이가 허리에 끼고 놀던 고무튜브가 갑자기 뒤집혀져 머리는 보이지 않고 양다리만 동동거리는 것이 아닌가? 재빠르게 몸을 움직여 뒤집혀 바둥거리는 귀임이의 머리를 수면 위쪽으로 빼주었다. 귀임이가 물을 많이 마신 상태라 더 놀지도 못하고 바로 집으로 돌아 왔다.

해수욕장에서 벌어진 일을 주인집에 돌아와서 이야기 했더니 준비운동을 하지 않고 들어가서 쥐가 난 것이며, 고무튜브는 허리에 꼭 끼지 않게 좀 큰 것으로 빌려서 물놀이를 해야 한다는 이치를 자세히 설명해 주었다. 그리고 쥐가 나면 피를 내야 한다는 사실도 알게 되었다. 바늘이 없으면 손가락을 살짝 깨물어서라도 피를 내야 한다는 것이었다.

　역시 바닷가에 사시는 분들이라 물속에서 일어날 수 있는 사고에 대처하는 요령들이 많았다. 대부분 경험에서 얻어진 노하우인 것 같았다. 주인집 어른의 말씀을 듣고 나는 왜 그런 요령을 미리 알려주지 않았냐고 물었더니, "출발하기 전에 이야기해서 미리 주의를 줄려고 했는데 그렇게 하면 바다를 무서워할까 봐 그만 두었지. 그리고 스스로 깨닫는 것이 더 효과적이거든" 하시며 미소를 지으셨다.

　그분은 참 교육적으로 말씀해 주셨다. 그러나 내 생각엔 사전 교육이 더 안전할 것 같았다.

　다음 날은 내 조카 영이를 데리고 병원에 가는 날이었다.

　영이가 혹시 영영 불구가 되지 않을까 걱정을 하다 보니 갑자기 전에 아버지가 하신 말씀이 생각났다.

　'먹고 살다 보니 조상들의 산소를 잘 돌보지도 못하고 너무 방치하여 벌을 받으니 장손이 불구가 된다.' 고 걱정을 하며, 조상들의 산소를 보살피고 성물 할 돈을 마련하기 위해 애 쓰시던 아버지 모습이 생각났다. 성물도 못하고 모두 그대로였다. 또 어떤 자손들이 어떤 일이 생길지 마음이 참 무겁고 겁이 났다. 내가 영이를 업고 아주머니와 같이 미국사람이 운영한다는 성모 병원에 갔다. 영이와 같이 척추를 다친 아이가 참 많았다. 약이 좋아 치료가 잘 된다는 소문이 나서 먼 곳에서 온 환자도 있었다.

　형님 내외도 조카 때문에 부산으로 직장을 옮겼다고 하였다. 그날은 모두 모여서 진찰을 받고 약을 타 가는 날이었다. 모두들 같은 의사에게 치료를 받고 약을 타 가고 있었다. 환자 가족들이 담당의사선생님께 감사표시를 하자는 의견이 모아졌다. 그 의사선생님이 담배를 잘 피우니 양담배를 사서 드리기로 결정 되었다. 그리고 담배를 사오는 것은 내게 주어졌다. 두 보루를 사 오라고 했다. 아주머니는 자갈치 시장에 가서 사 오라고 귀띔을 해 주었다. 병원 앞에서 럭키 담배 한 보루를 물어 보니 한 보루에 400환(화폐단위 바뀜.1953년) 이라고 했다.

나는 800환을 가지고 자갈치 시장으로 갔다. 그 곳에서는 250환 밖에 하지 않았다. 담배 두 보루를 500환에 사서 돌아 왔다. 병원 앞 에서는 한 보루에 400환씩 팔고 있으니 나는 300환을 아낀 셈이었 다. 한 보루에 300환을 주고 샀다고 하고 100환을 챙겨도 될 것 같았 다. 그래서 양담배 두 보루와 남은 돈 200환을 내놓았다. 그런데 수 고 많이 했다며 200환을 내게 다시 내주는 것이 아닌가? 양심에 가 책을 느낀 내가 사양하니, 괜찮다며 받으라고 했다. "학생, 그것을 다 시 어떻게 나누어 가지겠는가?" 한 환자의 어머니가 말했다. 아주머 니도 수고비로 주는 것이니 거절하지 말고 받으라고 해서 할 수 없이 받았다.

환자를 돌보러 와서 환자 가족들을 속여 돈을 뜯어 낸 꼴이었다. 나의 행동이 부끄러워 견딜 수 없었다. 돈벌이는 되었지만 양심을 팔 아먹은 나쁜 놈이 된 것이다. 그 이야기를 집에 와서 아주머니께 했 더니 오히려 잘했다고 하시며

"그래도 병원 앞에서 보다 100환이나 더 싸잖아요, 삼촌 양담배 장사나 한 번 해 보지 그래요?"라고 물었다.

"글쎄유, 자갈치 시장에서는 왜 양담배 같은 미제가 그렇게 싼지 모르겠어유? 혹시 가짜가 아닐까유?"

"가짜는 아니고, 미군 보급창이 범일동에 있는데 자갈치 시장이 제일 가깝잖아요."하는 것이다.

"양키물건 장사를 한 번 해 볼까유?"

"그런데, 조심해야 돼요"

"왜요?"

"그게 다 미군 PX에서 불법으로 몰래 나온 것이기 때문에 들키면 모두 뺏긴단 말이죠."

"아! 그렇군유, 그래서 그렇게 가격 차이가 많았군유" 다음 날 다시 자갈치 시장에 갔다.

그곳에는 양키 물건이 종류별로 많이 있었다. 양담배, 통조림, 과자, 껌, 양말, 군복, 설탕, 커피 할 것 없이 거의 없는 물건이 없었다. 그래서 값을 대충 알아보았다. 그리고 다시 역전과 영도, 당감동 등 다른 곳에서는 얼마나 하는 지 값을 대충 알아보았다. 거의 20~30% 차이 나는 곳도 몇 군데 있었다. 그곳을 잘 기억해 놓았다. 어느 다방에 들어가 그 마담 아주머니에게 인사를 하고 물었다.

"아주머니 저 고학하는 학생인데유, 미제 커피 캔 큰 것, 한 깡통을 팔고 싶은데, 얼마에 사실 수 있어유?"

"네가 가지고 있니?"

"제가 가지고 있는 것이 아니라 친구가 가지고 있어유."

"우리가 900환에 사는데 1,000환 줄께 가지고 와."

"예, 그렇게 친구에게 말해 볼게유."

하고 밖으로 나와 숨을 크게 쉬면서 미소를 지었다. 잘만 하면 여기서 금년 4/4 분기까지의 학비를 벌 수 있을 것만 같았다. 그래서 나는 집에 와 아주머니께 이야기를 하고 돈을 빌렸다. 아주머니도 돈이 많지 않아 옆집 아주머니께 빌린 돈과 합해서 5,000환을 빌렸다. 그리고 자갈치 양키시장으로 가서 그 커피 캔을 찾았다. 어저께는 여러 개 본 것 같았는데, 오늘은 아무리 돌아보아도 그 시장에 딱 한 개밖에 없었다. 어제는 분명히 600환이었는데, 오늘은 700환이었다. 그것을 700환에 사서 검정 보자기에 쌌다. 그리고 쏜살같이 어제 갔던 그 다방을 찾아 갔다. 그 마담 아주머니를 찾아, 커피 캔을 가지고 왔다고 하니 주방 안으로 들어오라고 했다. 물건을 보고 나서

"이것 하나 밖에 없어? 더 없어?"하고 묻기에

"지금은 하나 밖에 없대유."

"그럼 다음에 또 있으면 꼭 가지고 와 응? 그리고 설탕도 사줄게."

"알았어유."

"다음에 꼭 가지고 와야 해?"하며 1,000 환을 주었다.

300환을 금세 벌었다. 다음 날 또 갔다. 그런데 아무리 돌아 다녀도 그 커피 캔이 눈에 띄지 않았다. 그래서 양담배를 네 보루 사 가지고, 역전 어느 가게에 들어가서 귀띔을 했더니

"싸면 사지!"하는 것이다.

"양담배 럭키인데 얼마에 사실 수 있어유?"

"한 보루에 250환이면 살 수 있어"

"300환은 주셔야지유?"

"그건 너무 비싸 우리도 조금 남겨야지? 270환 줄게 팔고 가, 응"하는 것이다.

"그렇게 주세유." 그렇게 해서 1,080환 받고 팔았다.

첫 날 병원에서 300환, 어제 커피로 300환, 오늘 양담배로 120환 모두 720환을 벌었다.

다음 날에는 저녁을 먹고 아주머니와 함께 자갈치 시장에 갔다. 커피가 네 개나 나와 있었다. 그것을 빨리 샀다. 그것을 당감동에 있는 K다방에 2개, 영도에 있는 S다방에 2개, 이렇게 해서 다 팔았다. 그렇게 커피를 나오는 대로 700환, 750환에 사 모아, 그것을 1,000환, 900환, 800환 닥치는 대로 팔았다. 설탕도 1,000환에 사서 1,300환, 1,400환에 팔았다. 그렇게 근 2주일을 보냈다. 그리고 아주머니께서 빌린 돈도 갚고 계산을 하니 17,000환을 벌었다. 그리고 형님이 학비에 보태라고 3,000환을 따로 주셔서 모두 20,000환을 챙겼다. 이 돈이면 외사촌 형님한테 빌린 돈도 갚고, 학비를 내고도 남을 돈이었다. 큰 부자가 된 양, 마음이 흐뭇하고 푸근했다.

졸업할 때까지 학비는 걱정이 없고, 이제는 마지막 공부에 열중하여 일생의 마지막 성적을 높여 내 노력의 금자탑이 되게 해야겠다고 굳게 마음먹었다. 그래서 서점에 가서 내가 그렇게 사고 싶던 총정리 책을 샀다.

집으로 돌아가기 위해 서울행 야간 급행열차를 탔다. 다행히 내 자리가 창가였다. 밤이지만 그래도 창밖을 볼 수 있어 좋았다. 차창에 앉아 부산에서 있었던 일을 뒤돌아보며, 부산에는 참 잘 왔다고 생각하였다. 학비를 마련해서 그런지 마음이 가볍고, 행복한 기분까지 들었다.

출발 시간이 가까워지고 내 옆 좌석은 비어 있었다. 갑자기 누가 내 옆자리에 앉을까? 궁금해지기 시작했다. 기왕이면 예쁜 여학생이 앉게 해달라고 마음속으로 빌었다. 그런데, 한 50대 되는 아저씨가 내 옆자리에 앉았다. 실망스러웠다.

그때 학생복 차림의 아리따운 아가씨가 들어오는 모습이 눈에 띄었다. 자리를 여기 저기 두리번거리더니 바로 내 앞자리에 앉는 것이다. 나는 기분이 무척 좋았다. 학교 배지를 보니 서울 S여고 학생이었다. 처음에는 서로 얌전빼느라고 힐끗힐끗 쳐다보고도 못 본채 창밖을 내다보다가 또다시 힐끔 거리다 눈이 마주쳤다.

어색함을 떨치기 위해 내가 먼저 미소를 지었다. 그랬더니 그 여학생도 미소를 지어 보였다. 그리고는 다시 침묵이 이어지고 시간은 흘러가고 있었다. 옆 사람들은 모두 잠이 들었으나 우리 둘은 두 눈이 말똥말똥 반짝이고 있었다. 누가 먼저 말을 붙일 것인가 하는 소리 없는 자존심 싸움이 계속되고 있었다. '아쉬우면 먼저 말하겠지' 하는 듯했다.

나는 먼저 말을 걸어 주는 것이 남자답다는 생각이 들었다. 나는 먼저 말을 걸어볼 심산으로 여학생을 똑바로 쳐다보았다. 여학생은 무안했는지 얼굴을 돌려 시선을 창밖으로 향했다. 나는 용기를 내어 말을 걸었다.

"어디까지 가세유?"

"서울까지 갑니다. 그 쪽은 어디까지 가는데요?"

"나는 대전까지 가유." 이렇게 우리는 서로의 말문을 열어 대화를 시작하고 각자의 희망에 대한 이야기도 나누었다. 내 모자에 사(師)라는 모표를 보고 그 뜻이 무엇이냐고 물었다. 그래서 나는 사범이라는 뜻이라고 했다. 그녀는 내게 훌륭한 선생님이 될 수 있을 거라고 격려를 해 주었다. 그리고 본인은 이대나 숙대에 진학 할 것이라며 자랑했다.

나는 내가 대학교에 진학하기에는 어려운 형편임을 밝히기 싫었다. 아마 여자 앞에서 자존심을 잃기 싫었는지도 모른다. 그래서 나도 대학에 진학 할 것이라고 거짓말을 했다. 그러면서 내가 가지고 있는 총정리 책을 보여주었다. 그녀도 그 책을 보고 있다고 했다.

같은 책을 보며 공부하고 있다는 것이 동질감을 느끼게 했을까? 우리는 우정이라도 생긴 것 마냥 웃고 떠들며 서로의 주소도 교환했다. S여고 3학년 2반 황미숙, 그리고 꼭 편지하기로 약속했다. 그렇게 이야기 하는 사이에 어둠 속을 달려온 야간열차는 금세 대전역에 도착했다. 내가 기차에서 내릴 때 밖에까지 나와 작별인사를 하고 악수까지 나누며 들어갔다.

예쁜 처녀와 총각이 오랫동안 깊이 사귄 것처럼 서로 서로가 헤어짐을 아쉬워했다. 참으로 흥분되고 가슴 설레는 청춘의 즐거운 야간열차 여행이었다.

사범학교 졸업

1955년 3월 31일 졸업식이다.

졸업식 날에 사범학교 졸업장과 국민(초등)학교 2급 정교사자격증, 그리고 우등상장을 받았다. 그것들은 부모님의 무한한 사랑 특히 어머니의 끊임없는 헌신적인 고된 모성애의 대가요, 나의 소중한 만고의 인내력과 노력의 소산이요, 내 쓰디쓴 노동력의 대가요, 나의 정신력이요, 내가 나를 믿게 하는 귀중한 원동력이 되었다. 그러나 가만히 생각해보면 그 어려운 고비마다 내가 슬기롭게 헤어나갈 수 있었던 것은 분명 내 의지와 인내와 노력만으로는 불가했던 일도 많았다. 어딘가 보이지 않는 높은 곳에서 거룩하고 전능하신 분이 나를 도와주신 것이 분명하다는 생각이 들었다. 그래서 감사기도를 드리고 싶었다. '고마우신 하나님 아버지 이처럼 저를 불쌍히 여겨 보살펴 주셔서 감사합니다.' 그때부터 나는 공부는 계속해야 한다는 향학

의지가 끝없이 꿈틀거리고, 꺼지지 않았다. 그러나 우선 가족들을 위해 사는 것이 급선무였다. 교사발령을 기다리는 수밖에 없었다.

어느 날이었다. 우리 동네 큰 길에서 우리 집으로 들어오는 좁은 길로 막 들어서는데, 이웃 집 미지꼬 어머니가 자기 집 마루에 걸터 앉아 있다가 웃으면서 나를 부르는 것이다.

"학생 이리 와 봐."

"왜 그러시유?"

"어제 누가 찾아 왔던데 맞나 봤어?"

"누가 찾아 왔어유?"

"그럼 만나지 못 했어? 분명히 어떤 예쁜 처녀가 찾아와서 이현석을 찾았는데.. 그래서 저기 저 집이라고, 집을 가리켜 주었는데…"

"그랬어유? 그런데 말씨가 대구 말 같았어유? 서울 말 같았어유?"

"분명히 서울 말 같았는데"

"옷은 무슨 옷을 입었던가유? 교복을 입었던가유?"

"아니, 사복을 입었던데, 그것도 양장으로 아주 멋있게 입고 왔던데… 애인이 맞지?"

나는 서울 S여고 그 학생이 집으로 찾아 온 줄 금방 알게 되었다.

"아마 이제는 찾아오지 않을 거요."

"왜? 싸웠나? 아가씨는 예쁘고 참 좋아 보였는데…"

"그게 아니고요, 게딱지만한 우리 집 꼬락서니를 보고 누가 다시 찾아 오겠어유?"

"사람이 중하지, 집이 뭐 그리 중요한가?"

"아주머니 같으면 딸을 우리 집에 시집 보내겠어유?"

"보내고말고! 우리 미지꼬가 18살만 되어도 학생이 달라면 주겠네. 학생은 이제 곧 선생님이 되는데 신랑감으로는 최고지, 얼마나 좋아, 사모님이 되는데."

"그런데 서울에서 이대나 다니는 학생이 우리 집에 시집와서 나만 보고 살겠어유?"

"그러면 그 처녀가 이대 학생이야?"

"아마, 그럴 거유."

자기 마지막 성적을 보고 이대나 숙대에 간다고 했는데, 이대에 들어간 것이 분명했다. 이대에 들어가고 보니 서울행 야간급행열차 안에서 만난 이현석이 생각이 났을 거고, 그 때 전등 불빛으로 보니 인상도 괜찮았고, 생각도 건전한 것 같아 일단 한 번 만나고 싶었고, 그리고 자랑하고 싶었겠지? 그러나, 여자가 먼저 편지하기는 자존심이 상할 것이고, 전화가 없으니 할 수도 없고, 시험공부 하느라고 지친 몸도 풀고, 바람도 쐴 겸 여행 삼아 찾아 온 것이리라! 그리고 또 집은 얼마나 하고 사는지? 혹 부자는 아닐까? 대학 진학도 한다고 했는데 어느 대학에 갔을까? 혹 서울에 있는 대학은 아닐까, 궁금한 것이 많아 내가 준 주소를 들고 찾아 와 본 것이 분명했다. 그러나 찾아와서 물어 보니 저 집이라고 했으니, 우리 집을 보고는 아연실색할 수밖에 없었을 것이다. 왜냐하면 자기가 상상한 그런 집이 아니기 때문이다.

초라하고 다 쓸어져 가는 양철집, 전기도 안 들어오는 보잘 것 없는 그 집을 보고 세상에 어떤 처녀가 나를 만나고 싶었겠는가? 그래서 실망한 나머지 혹시라도 만날까 두려워서 뒤도 돌아보지 않고 서울로 도망치듯 뒤돌아 간 것이 눈을 감아도 훤히 보이는 것 같았다. 그리고 그녀는 꿈속에서도 볼 수 없었다. 나도 인간이다. 중학교 사춘기도 있었고, 혈기가 왕성하고 희망과 꿈으로 벅찬 고등학교의 학창시절도 분명히 있었다. 두 번 다시 오지 않는 인생의 절정인 약관의 청년기를 보내면서 남들처럼 멋도 부리고 싶었고, 여행도 많이 하고 싶었고, 좋은 친구들도 많이 사귀고 싶었고, 영화구경도 많이 하고 싶었으며, 온갖 운동 경기도 구경하며 응원도 하고 싶었고, 마음에 드는 여자 친구들과 아름다운 추억을 만드는 데이트도 많이 하고 싶었다. 그러나 내 처지를 너무도 잘 알기 때문에 나는 그것을 모두 희망의 뒤안길로 돌리고 한 많은 학창시절의 막을 내렸다.

참으로 멀고도 긴 터널을 빠져 나온 것이다.

충령탑 밑 쉼터에서

사범학교를 졸업한 나는 교사발령이 나기를 기다리며 차일피일 놀고 있었다. 학비걱정이 없으니 품팔이도 하지 않고 팔자 좋게 계속 놀고 있었다. 목동 충령탑 밑, 한적한 숲속에 작은 공원 같은 쉼터가 하나 있다. 그 안에는 놀이터가 있고 그 놀이터에 탁구대를 여러 대 설치해 놓고, 빌려 주는 탁구장이 하나 있었다.

하루는 철민이와 함께 그 탁구장에 탁구를 하러 갔다. 학교를 다닐 때도 한두 번 그곳에 가서 철민이와 같이 탁구를 한 적이 있다. 그런데, 그 곳에 탁구대 대여 비를 받는 소녀가 둘이 있었는데, 하나는 키가 좀 작고 살이 포동포동하지만 뽀얀 살결을 가진 순희라는 소녀였고, 또 하나는 얼굴이 좀 까무잡잡하게 생겼으나, 키가 늘씬한 균형잡힌 영자라는 소녀였다.

우리는 그곳에 탁구를 하러 가끔 가곤 했다. 아마도 그녀들이 있었기 때문인지도 모른다. 졸업 후 자주 가는 바람에 그녀들과 많이 친해졌다. 그래서 가끔은 게임도 함께 했다. 그들은 우리들의 실력이 월등함을 잘 알고 있기 때문에 스코어 반을 접어주는 한팔접이로 게임을 하자고 했다. 철민이가 탁구공을 왼쪽으로 보냈다가 오른쪽으로 돌리면 그 공을 받아넘기기 위해 이리 뛰고 저리 뛰던 순희가 숨차하다가 공을 놓치기 일쑤였다. 그러면 우리는 재미있다고 깔깔거리고 웃었다. 이렇게 이성간의 교제가 자연스럽게 시작되었다.

그녀들도 우리가 그리 싫은 눈치는 아니었다. 우리에게 대여료도 좀 깎아 주곤 했다. 그녀 둘 모두 D여중을 졸업하고, 가정이 여의찮아 고등학교는 못 가고 그곳에서 아르바이트를 하고 있었다. 그리고 그들도 우리가 사범학교를 졸업하고 발령을 기다리고 있다는 것을 알고 있었다.

우리는 밤늦게까지 탁구를 하고 게임장 문단속을 도와주고 그들과 같이 귀가하곤 했다. 우리는 더욱 가까워지고 서로 손을 잡고 악수를 할 정도로 친해졌다. 그녀들은 우리에게 밤늦게까지 탁구를 해도 기본료만 받았다. 그러면 우리는 뒷정리하는 것을 도와주었다.

나는 순희와, 철민이는 영자와 더 가까이 지내며, 서로 좋아했고 그들과 함께 자주 나들이도 나갔다. 하루는 계룡버스 터미널에서 만나 유성온천에 가서 온천욕을 하고, 군인가족 휴양소 공원에 들어가 놀다가 올 때는 유천 냇가 둑길로 걸어서 온 적도 있었다. 또 회덕면 오정리 뒷산 조용한 숲속으로 소풍가서 노래도 하고 재미있게 이야기도 하며, 그들이 싸 가지고 온 음식과 과자를 같이 나눠 먹기도 했다.

순희는 우리 집까지 자주 찾아오곤 했다. 우리 집에 오면 스스럼없이 부엌에 들어가서 설거지도 하고 우리 식구들과도 친하게 지냈다.

그런데 우리 집에 다니러 온 누나는 순희의 키가 너무 작다며 싫어했다. 나는 순희의 작은 키가 그렇게 싫지 않았다.

어느 날, 나는 철민이와 같이 저녁을 일찍 먹고 그녀들이 근무하는 탁구장을 찾아갔다. 그곳에는 다른 청년들도 와서 탁구를 하고 있었다. 탁구를 한참 하다 보니 시간이 많이 흘렀다. 시간이 11시라 문단속을 하고 집으로 오는데, 그 청년들이 순희와 영자를 뒤 따라 왔다. 우리는 그들을 따돌려 골목길로 도망쳐 겨우 목동 방송국 근처까지 왔는데, 이리 숨고 저리 숨고 하느라 시간을 많이 허비했다. 결국 문제가 생겼다. 12시 통금시간이 너무 촉박해서 도저히 집에까지 가기에는 불가능하게 되었다.

"큰일 났다. 통금시간이 다 되었는데?."하고 걱정을 하니, 순희가 하는 말이

"할 수 없다, 우리 집으로 가자"

"우리가 너의 집에 어떻게 가냐?"

"괜찮아, 우리 어머니가 전주에 가시고 지금 집에는 아무도 없어."

"우리 엄마는 내가 안 돌아오면 순희네 집에서 자고 오는 줄 알아." 하고 영자도 한마디 거들었다.

"너희 어머니가 전주에 가시고 안 계신다고? 그래 ? 그러면 할 수 없다. 밖에서 날을 새울 수도 없고…" 뒷 생각 없이 철민이도 한 마디 거들었다.

"이거 참 어떻게 하지 큰일 났네, 부모님도 안 계신데, 다 큰 처녀 집에 총각들이 들어가서 자고 간다는 것은 도리 상 말이 안 되고"

"………………"

"차라리 가다가 통금으로 붙들리면, 파출소에서 하루 밤을 새고

가는 것이 낫지 않을까?"

"아니야, 우리 집으로 들어 가, 괜찮아." 이렇게 밀고 당기다가 결국 순희네 집으로 들어가게 되었다.

"순희야, 미안하게 됐구나, 이웃집 사람들 몰래 조용히 들어가자." 나는 걱정스럽게 말했다. 우리는 순희를 따라 그녀의 집으로 들어갔다. 일본식으로 지은 적산 가옥인데 이웃집이 좀 떨어져 있고, 주위에 나무들이 많아 그래도 다행이다 싶었다. 우리는 빵을 사다가 저녁 대신 먹고, 과일과 과자를 먹으며 트럼프 놀이도 하고 재미있게 놀았다.

새벽 2시까지 놀다가 잠자리를 보는데, 나와 순희가 경계가 되어 내 오른쪽에 순희가 자고 순희 오른쪽에 영자가 자고, 내 왼쪽에 철민이가 자게 되었다. 자는 도중 순희의 다리가 내 허벅다리 위에 올라오면 어쩐지 가슴이 두근거리고, 순희를 꼭 끌어안아 보고 싶은 충동이 용솟음 쳤지만 그래도 옆에 있는 친구들의 체면을 생각하여 간신히 참고, 가만히 그녀의 다리를 내려놓으며 볼때기에 살짝 키스하고 잠을 또 청해 보았다.

나는 결국 뜬눈으로 밤을 샜다. 아마 다들 그랬을 것으로 생각된다. 나는 혹시라도 이웃집에서 보면 안 되겠다 싶어 새벽 다섯 시에 철민이를 깨워 일으키고 순희와 가볍게 입맞춤을 하고 그녀의 집에서 조용히 나왔다.

처음 부임한 학교

4월 19일 초등학교 교사로 임명되는 인사 발령이 T일보에 발표되었다. 임지는 당진군 M국민(초등)학교로 되어 있었다. 그리고 철민이는 당진군 S국민(초등)학교로 발령이 났다. 발령일로부터 10일 이내에 임지 교육청으로 부임하라는 통지서를 받고, 나와 철민이는 간단하게 짐을 꾸리고 임지인 당진교육청을 찾아 가기 위해 은행동 시외버스 정류장에서 아침 일곱 시 당진 행 버스에 올랐다. 순희와 영자가 정류장까지 나와 우리들을 환송해 주었다.

"현석씨, 잘 가, 그리고 여름방학 때 다시 만나!"

"그래, 잘 있어, 살 뺀다고 굶지 말고, 방학 때 다시 만나자."

우리는 그들에게 작별 인사를 하며 손을 흔들었다. 버스가 부르릉 소리를 내며 출발했다. 유성을 거쳐 숲이 우거진 고갯길을 넘고 또 넘어 공주, 예산, 덕산, 유구를 거쳐, 넓은 들판 합덕을 지나 이리 구불 저리 구불 부옇게 먼지를 날리며 비포장도로를 달리는데, 덜커덩 거리는 차창 틈으로 부연 먼지가 스며들어 머리, 옷 할 것 없이 온통 먼지 투성이었다. 우리는 당진교육청 앞에서 내려 옷에 묻은 먼지를 털고 교육청 안으로 들어갔다. 그곳에는 M초등학교에 같이 발령을 받은 권유준이가 벌써 와 있었다. 반갑게 악수를 하고 같이 발령장을 받아 들고, 또다시 각각 자기 임지학교로 갔다. 철민이는 S 초등학교로 가고, 나는 유준이와 같이 M초등학교로 갔다.

학교 앞 버스정류장에서 내려 교문으로 들어서는데, 교문 옆 두 그루의 고목 느티나무 수령이 가히 수백 년은 더 되어 보였다. 그리고 조정관이라고 하는 오래 된 건물이 새 교실과 연결되어 있었고, 옛날 원님이 관청으로 쓰시던 그 조정관을 고쳐 교무실로 꾸며 쓰고 있었다.

교무실에 들어서니 큰 기둥들이 서 있었고, 천장에는 한아름이 넘는 굵고 긴 대들보가 가로 놓여 있었다. 그런데 낮에도 언제나 불을 켜 놓고 사무를 보아야 할 정도로 어두웠다.

우리들은 먼저 교장, 교감 선생님을 뵙고 인사를 드렸다. 교장 선생님은 친절하게 M초등학교의 여러 가지 역사와 현황을 친절히 알려 주셨다. 조정관 남쪽 뜰은 그렇게 넓지는 않으나 전교생이 아침 조회정도는 할 수 있을 작은 운동장이 있었다.

동쪽 끝에는 은행나무가 두 그루 서 있었는데 그 수령이 1,000년이 넘는다고 하고, 그 앞에는 큰 제석이 두 개가 나란히 놓여 있었다. 그 나무를 심은 복(卜)씨에게 제를 올리는 제석이라고 하였다. 그러나 지금은 제를 올리지 않고 있다고 한다. 학급이 스물 네 학급이나 되는 큰 학교로 교사(校舍)가 긴 것 두 채 짧은 것 한 채 이렇게 석 줄로 되어 있었다. 그 교사 뒤쪽, 즉 북쪽에 아주 넓은 운동장이 또 하나 더 있었다. 그리고 그 운동장 북쪽 끝에 샘이 하나 있는데, 낮고 긴 돌로 네모나게 둘레를 만들어 놓았다.

그 물이 곧 유명한 두견수라는 샘물이다. 이 물은 그 옛날 원님이 계실 때부터 이 곳 읍내사람들이 다 기르다 먹고, 두견주를 만들어 먹었던 그 물이다. 지금도 그 동네사람들이 아침마다 기르다 먹고, 또 학교에서도 그 물을 기르다가 식수와 교실청소 물로 쓰는데도 언제나 넘쳐흐른다. 아무리 가물어도 그 생물은 마르지 않는다고 한다. 참으로 희한한 샘물이다.

이조 때부터 이곳의 특산물로 유명한 두견주도 말린 진달래꽃과 찹쌀, 그리고 이 두견수로 빚어 왔다. 그런데 그 술맛이 너무 좋아 그 때부터 관리들이 충청도 일원에 볼일이 있으면 이 두견주를 맛보러 일부러 들린다는 곳이 바로 이 곳이다.

이 학교는 일제 초기에 세워 진 학교라 역사가 매우 깊었다. 교무실에 걸려 있는 졸업사진 중 제1회 졸업생의 사진을 보니 학생들은 두루마기를 입었고, 선생님들은 순사 같은 정장을 하고 금테 모자를 쓰고 긴 칼을 차고 있었다. '아마도 일본이 식민지정책을 정착시키기 위해서 경찰권까지 준 것이 아닐까?' 하고 생각해 보았다.

학교 앞 뜰 동쪽 언덕 밑에는 연못이 하나 있고 그 연못 가운데는 두 개의 작은 섬이 있고, 그 섬에도 고목 버드나무가 한 그루씩 서 있었으며 연못 둘레에도 오래 된 고목 버드나무가 여러 그루 서 있었다. 그 옛날 원님과 관리들이 이 곳 연못가에 앉아 시조를 한 수 지어 놓고, 두견주를 마시며 여흥을 즐겼으리라 짐작이 간다. 그것들이 이 고장과 이 학교의 긴 역사를 짐작하게 해 주었다.

나와 유준이는 회계주임선생님의 소개로 학교에서 좀 떨어져 있는 어떤 초가집으로 하숙집을 정하고 그 곳에 여장을 풀었다. 방은 남향이라 밝고 따뜻하였다.

다음 날 아침 일찍 식사를 하고 찻길을 따라 학교에 들어서니 벌써 소문이 나서 우리가 새로 부임하는 선생님이라는 것을 알고 아이들이 모두 "선생님 안녕하세유."하고 인사를 했다. 나는 손을 들어 답례를 해주었다. 아침 조회 때 풋내기교사로서 부임하는 첫 인사를 하기 위해 교단에 올라섰다.

올망졸망한 얼굴, 얼굴들에 박힌 그 수많은 까만 눈동자들이 반짝거리며 나에게 집중되어 있었다. 나는 기가 죽었는지 아니면 실수하지 않으려고 긴장해서인지 알 수 없으나 준비했던 인사말의 서두가 생각나지 않았다. "차려! 경례" 아이들의 경례를 받고, 정신을 가다듬어 말을 시작하였다.

"여러분! 참 반갑습니다. 나는 이현석입니다. 오늘부터 여러 분과 같이 이 아름다운 학교에서 생활하게 된 것을 참 기쁘게 생각합니다. 우리 서로 힘을 합쳐 공부도 더 열심히 하고 몸도 더 튼튼히 해서 우리 학교를 더욱 더 좋은 학교로 만들어 가는데 다 같이 노력 합시다." 나는 무슨 말을 했는지 기억이 나지 않았다.

처음 와 보는 이곳에서 나의 교편생활은 시작되었다. 나는 3학년 2반 담임을 맡고, 유준이는 4학년 2반을 맡았다. 부임한지 석 달도 안 되었는데 유준이가 하는 말이

"현석아, 나는 아마 내년에 대전으로 나가게 될 거야."

"그렇게 빨리?"

"도장학사 한 분을 우리 할아버지가 잘 알고 계시는데, 내년에는

꼭 해 주신다고 하셨대."

"그러니? 너는 참 좋겠다." 그런 배경도 없는 나로서는 참 부러웠
다.

아슬아슬한 수업 공개

우리 학교가 사회과 연구지정학교로 선정되었다.

아마도 교감선생님이 사회과 전공이시기 때문인 것 같았다. 그런데 어느 날 교감선생님이 나를 교무실로 불렀다.

"선생님, 우리 학교가 사회과 연구지정학교라는 것은 알고 계시지유?"

"예, 알고 있습니다."

"그래서, 우리 학교가 수업을 공개해야 하는데, 선생님이 좀 하시면 안 되겠습니까?"

"글쎄요, 제가 할 수 있을까유? 아직 수업경험도 짧고, 실수를 하면 어떻게 해유? 경험이 많으신 선배님도 많은데… "

"그래도 새로운 교육을 받은 젊은 선생님이 더 나을 것 같은데유."

"하게 되면 사회과를 공개해야 되겠네유?"

“물론 그렇지유.”

“좀 생각해서 구상해 보시유.”

“이거 큰 일 났네유.” 나는 부담이라는 큰 짐을 지고 교실로 왔다. 아이들을 하교시키고, 텅 빈 교실에서 혼자 앉아 사회과 교과서를 뒤적거리며 공개수업을 할 단원을 찾아보았다.

6월 둘째 주라면 학습 진도 상 아무래도 ‘가게 놀이’가 알맞겠다고 생각하고 ‘가게 놀이’를 구상해 보기 시작했다. 가게의 종류와 가게에서 팔 물건, 그리고 그 값을 표시하는 가격표, 장바구니, 그리고 가게 놀이에 쓰일 돈, 그리고 사고 팔 때의 주고받는 말과 인사말, 가정을 꾸미는 분단 조직을 짜는 것 까지 모두 구상 해 보았다. 공개단원은 ‘가게 놀이’로 하고, 가게 놀이에 사용되는 돈은 현찰을 이용하기로 하고 수업 준비에 들어갔다. 우선 교실환경을 가게 놀이에 알맞게 꾸몄다.

가게 이름과 물건 값을 알리는 가격표도 만들고, 장바구니도 준비하고 물건 진열대도 여러 개 만들고, 가게 종류에 따라, 실제 시장 가게처럼 물건도 수집 했다. 그리고 수업안도 잘 짜 보려고 애를 썼다. 그리하여 수업안도 결재가 났다. 월요일에 수업을 공개하게 되었는데, 토요일 오후에 갑자기 편지가 한 장 날아 왔다. 순희에게 온 편지였다. 일요일에 자기가 천안 역 앞에 있는 ‘알프스’ 다방에 올 것이니, 꼭 천안 역 앞에 있는 알프스 다방으로 나오라는 것이다 내용이었다. 당황스러웠다. 일요일에 아직 못다 한 가격표도 만들어야 하고, 분단별로 순이네 집, 영희네 집 같은 집 문패도 만들어야 하는데 전화도 없고, 편지로는 늦고, 전보도 쳐 봐야 일요일 오후에 받게 된다니, 연락 할 길이 없었다.

나는 이렇게 순희의 서신 약속을 아무 대답도 못한 채 일방적으로 깨고 말았다. 내 사정을 잘 알지 못하는 순희는 아마 그 일요일 날, 천안 알프스 다방에서 하루 종일 눈이 빠지도록 나를 기다렸을 것이다. 마음이 참 아프고 안타까웠으나 어찌할 도리가 없었다.

드디어 참관 수업 날이 되었다. 돈도 현찰을 사용하기로 하여 분단별로 백 환, 오십 환, 십 환, 오 환짜리 등 큰돈, 잔돈 섞어서 어머니 격인 분단장에게 나누어 주었다. 교실과 교실 사이 간 막이 벽 문을 열고 두 교실을 하나로 터서 강당을 만들어 참관하는 선생님들이 꽉 들어찼다. 시작종이 울렸다.

"오늘은 우리들이 얼마나 공부를 잘하는가 보시려고 많은 선생님들이 오셨어요. 여러 분들은 평소와 같이 재미있게 공부하기로 해요, 오늘 우리가 공부할 것은 물건을 사고파는 가게 놀이를 해 보려고 합니다. 그래서 우리 교실이 오늘은 청과물 가게와 학용품을 파는 문방구로 꾸몄습니다. 집집마다 꼭 필요한 물건이 무엇인지 적어 보세요. 그리고 물건을 사고 팔 때 인사는 어떻게 해야 할까? 거스름돈은 얼마인지 잘 챙겨 가며 물건을 사고팔아 봅시다." 가게 놀이가 시작 되었다.

"어서 오십시오."

"이 필통 얼마입니까?"

"60환 이오."

"연필은 한 자루에 얼마입니까?"

"연필은 한 자루에 10환이고, 공책 한 권에 20환입니다."

"그러면 필통 한 개, 연필 한 자루, 공책 한 권을 주십시오."

"여기 있습니다."

"모두 얼마입니까?"

"모두 90환입니다."

"여기 100환 있습니다."

"여기 거스름 돈 10환 받으세요."

"예, 감사합니다. 안녕히 가십시오. 또 오십시오."

"안녕히 계십시오." 그런데 철수네 집에서는 철수가 쓸데없이 필통을 두 개나 사는 바람에

영철이가 크레용을 살 돈이 모자라 크레용을 살 수가 없게 되었다. 아버지 격인 용만이가

화가 나서 철수를 꾸짖다가 철수어머니와 아버지가 싸움이 벌어졌다.

"철수어머니는 그까짓 필통 한 개 더 샀다고 애한테 그렇게 야단을 칩니까?"

"그까짓 돈 내가 드릴게요."

"아이들 교육을 어떻게 시켜 쓸데없는 물건을 사도록 합니까? 내일 당장 필통 한 개는 물러와요." 철수는 울고, 철수네 집에는 아직도 싸움이 끝이 나지 않았다. 나는 너무 당황했다. 그리고 그 싸움이 너무 진지해서 싸움도 말리지 못하고 우두커니 서서 듣고만 있었다.

그런데, 아이들도 선생님들이 모두 놀라서 쳐다보고 있으니 마구 욕을 하지 못하고, 경어를 써 가며 집에서 부모님들이 싸우는 것처럼 흉내를 내며 싸우는 것이다. 마치 연극으로 꾸민 장면 같았다. 나도 이때가 좋은 기회라고 생각이 들어 때를 놓치지 않았다.

"물건을 살 때는 부모님과 먼저 상의를 하고 꼭 필요한 것만 사고, 필요 없는 것을 사서 낭비를 해서는 안 되지유? 그리고, 가족은 서로

사랑하고 도우며 싸우지 말아야 합니다. 철수는 집에서 의논도 하지 않고, 필요 없는 물건을 샀기 때문에 꼭 필요한 크레용을 사지 못해서 싸움이 벌어지고 말았습니다.”

결국 철수네 집 싸움이 오히려 경제생활을 바르게 지도하는 데 좋은 기회가 되었다. 이렇게 수업은 하나의 드라마처럼 흘러가고 끝이 났다. 수많은 선생님들 앞에서 아이들이 자연스럽고 활발하게 잘 표현 해 주기를 간절히 바랬는데 갑자기 울음이 터져 나오는 바람에 참으로 당황했었다. 수업까지 전폐하고 참관 해 주신 다른 선생님들께 송구스럽기도 했다.

내 일생의 가장 큰 행사로서의 ‘갑종공개수업’ 이 아슬아슬하게 대단원의 막을 내렸다. ‘그래도 철수가 울고 철수네 집에서 싸움이 벌어졌기 때문에 미쳐 생각지 못 했던 가정의 화목과 소비생활에서의 낭비를 억제하는 학습을 더 자연스럽게 강화 보충하게 되었잖아?’ 하고 스스로 위로하며 오히려 고맙게 생각되었다.

종합강평시간이 되었다. 교장선생님들과 장학사선생님들, 그리고 참관하러 오신 선생님들 모두 강당으로 모이셨다. 나는 어떤 평가를 받게 될지 몹시 불안하고 초조했다. 그러나 뜻밖에도 그 철수네 집 싸움의 처리과정이 잘 되었고, 현찰을 사용한 것도 실제생활에 더 접근되어 학습효과가 훨씬 컸다는 좋은 평가를 받았다. 참으로 다행이었다. 내 일생 일장의 큰 행사 하나가 끝이 났다.

인연은 참 질기다고 했는데

　연구수업이 끝난 뒤, 잊고 있던 순희 생각이 나서 그날 천안에 못 나간 사정을 편지로 자세히 전했으나, 그가 편지를 받았는지 못 받았는지 알 수는 없었다. 그녀와는 그 후 다시 연락이 없었다. 시간은 흘러 그렇게 기다리고 기다리던 여름방학이 되었다. 대전에 사는 우리 두 사람을 위해 학교당국에서는 일직과 숙직을 미리 당겨 이틀씩 하도록 주선해 주었다. 우리는 그 당시 유행했던 대만제 파나마 중절모자를 사 쓰고, 잘 피우지도 못하는 백양담배를 꽂아 물고 대전행 버스에 올랐다.

　그 옛날 어릴 적에 초등학교에서 사환노릇을 하던 그 때를 생각하면 마치 내가 한양에서 과거에 급제하고 금의환향하는 심정같이 흐뭇하고 행복했다. 집에 돌아오니 어머니가 무척 반가워하셨다. 어머니는 그때까지도 떡 장사를 하고 계셨다.

"어머니, 이제 떡 장사 안 해도 먹고 살자나? 이제 그만 하세유."

"놀면 아픈 데만 생기고, 그냥 놀아가면서 하는 것이다. 내 걱정은 하지 마라, 그래도 요새는 팔리지 않아도, 예전처럼 다급해 하지 않아도 되니 참 좋다. 그때야 팔리지 않으면 당장 굶는 판이니, 얼마나 마음이 쓰였는지…" 그 말씀 한 마디에 나는 눈물이 핑 돌면서 할 말을 잃었다.

집에 돌아 온 철민이가 나를 찾아 왔다. 우리는 순희와 영자를 찾아보기로 하고 먼저 순희의 집을 찾아가 보았으나, 전주로 이사를 가고 없었다. 영자 네는 집 주소 적힌 쪽지를 잃어버려 알 수 없다는 것이다. 그렇게 그들과의 인연이 끝이 났다. 사람의 인연은 참 질기다고 했는데 이렇게 쉽게 끝이 날 줄은 미처 몰랐다. 우리 집에 자주 찾아왔던 그녀, 우리 집 사정을 잘 아는 그녀였는데…

'아마도 우리 집이 너무 보잘 것 없어 그런 것이 아닐까? 혹시 그럴는지도 모르지 뭐…' 나는 나에 대한 그녀의 생각을 가만히 헤아려 보았다.

길만이의 학습 비법

5학년 2반인 우리 반에 양길만이라는 학생이 있었다.

어느 일요일 장날 장터에서 우연히 땔나무를 팔려고 나무 짐을 세워 놓고 서 있는 길만이를 보았다. 그도 나를 보고 부끄러워하며 숨는 것이다. 그래서 나도 못 본척하고 지나갔다. 그는 집이 몹시 가난하여 일요일에 나무를 해다 팔면서 학교에 다니고 있었다. 그리고 공책 살 돈을 아끼기 위해 갱지전지를 사서 공책으로 엮어 쓰고 있는 아이였다. 그런데도, 공부는 언제나 일등이었다. 비록 좋은 옷은 아니나 깨끗하였고, 시험만 보면 언제나 100점 아니면 98점이었다. 그는 어떻게 이처럼 공부를 잘 할까? 나는 길만이를 유심히 관찰하기 시작하였다. 길만이네 동네에 우연히 들리게 되어 길만이네 집을 찾아 갔다. 그런데 길만이는 집에 없고 길만이 동생 밖에 없었다.

"너는 누구니?"

“길만이 형 동생인대유”

“부모님은 어디 가셨니?”

“모두 남의 집에 일 하러 가셨어유.”

“그럼 길만이 형은?”

“산에 나무 하러 갔시유” 마침 이웃 집 할머니가 오셨다.

“아이구, 길만이 선상님이셔유?”

“예, 그렇습니다.”

“길만이가 참 불쌍한 아이지유.”

“지거 아버지는 머슴살이를 하고, 엄마는 품팔이를 하고, 지가 나무해서 팔아 가며, 학교를 다니는 불쌍한 아이지만, 아주 효자지유. 선상님 길만이 좀 잘 봐 주셔유.”

그러한 환경에서도 어떻게 공부를 잘 할까? 밤에 혼자 밤늦게까지 공부할까? 나는 길만이의 집안 사정을 알고 나니 더욱 궁금하였다. 다음 날 학교에 온 길만이를 불러

“너 공부는 언제 하니? 어제도 보니까 산에 나무하러 갔었던데?”

“예, 참 어제 저의 동네 오셨었다면서유?”

“그래”

“저는 시간이 없어 숙제 밖에 못 해유”

나는 그가 공부를 열심히 해서 그렇게 잘 하는 줄로만 알았다. 그의 공부하는 방법이 점점 더 궁금해 졌다. ‘선천적으로 머리가 좋아서 일가? 아니야, 천재도 99% 는 노력이라고 했는데!’ 어느 날 사회과 수업시간에 내가 칠판에 요약판서를 하고 있을 때였다. 길만이가 판서를 공책에 옮겨 쓰는 것을 보았다. 다른 아이들은 칠판 한 번 보고 공책에 쓰고, 또 칠판 보고 공책에 쓰는데, 길만이는 필기를 하지

않고, 가만히 앉아서 칠판 위에 써 놓은 내용을 뚫어지도록 보고만 있는 것이다. 내가 판서를 끝내고 설명을 하기 시작하면 그제야 엎드려 쓰기 시작하는 것이다. 내 설명을 들으면서 쓰는데, 이상해서 유심히 쳐다보았다. 그런데, 한 번도 칠판을 쳐다보지 않고, 다 외워서 쓰는 것을 알게 되었다. 결국 그는 그 시간에 배우는 것은 다 외워서 갱지 공책에 쓰는 것이다. 그래서 다른 사람보다 늦게 쓰기 시작하지만 먼저 끝낼 수 있었던 것이다. 쉬는 시간에 길만이를 불렀다. 그 시간에 배운 것을 질문하니 다 알고 있었다. 자기 머릿속에 외우기가 힘든 내용이 있을 때만 선생님에게 질문하고 자기가 이해되면 학습 내용을 외워 버리는 것이다. 다 외우는 힘, 즉 이해력과 암기력이 매우 뛰어나다는 것을 알게 되었다.

"너 언제부터 그렇게 외우면서 공부 했니?"

"2학년 때부터 외우기 시작했는데유"

"집에 와서 공부 할 시간이 없슈, 그래서 학교 공부시간에 외우기 시작 했시유"

"아, 그랬었구나!"

"그렇게 짧은 시간에 그게 잘 외워지니?"

"예, 외워 버릇해서 지금은 잘 외워져유, 그런데 잘 외워지지 않은 것도 있어유"

참으로 대단한 암기력이었다. 하루는 길만이의 암기력이 얼마나 될까? 시험 해 보고 싶은 충동이 생겼다. 그래서 점심시간에 그를 불렀다.

"길만아, 너 점심 먹었니?"

"예"

“도시락 싸 왔었니?”

“고구마 2개 싸 와서 먹었어유”

“너 오늘 청소 당번이지?”

“예, 맞구먼유”

그 날 수업이 끝나고 청소하는 길만이를 불러,

“너는 청소하지 말고, 교문 앞에 나가면 게시판에 농림부장관이 발표한 산림녹화에 대한 담화문이

있는데, 그거 한 번 외워 가지고 와 봐, 다 못 외우면 외울 수 있는 데 까지 외워서 와 봐 “

“한 번 해 보지유” 하고 나갔다. 길만이는 나간 지 10분이 조금 지나서 돌아 왔다.

“너 벌써 다 외웠니?”

“외우기는 했는데유, 말이 너무 어려워서 잘 외워지지 않는구먼유”

나는 시험지를 주면서 외운 것을 써보라고 했다. 길만이는 시험지를 가지고 제 책상으로 가더니 채 5분도 지나지 않아 가지고 나왔다. 그렇게 긴 문장을 어떻게 그렇게 빨리 외워서 썼는지 참으로 신통한 암기력이다. 다만 네 군데 낱말만 비어 있었다. 그 낱말은 어려운 낱말이라 외우기가 좀 힘들었던 모양이었다. 진실로 놀라운 암기력과 속기력이었다. 이런 아이가 계속 공부를 해서 진학하게 된다면 그 우수한 머리로 국가에 공헌할 수 있는 큰 일꾼이 될 수도 있을 것인데… 가난이 문제로다.

옛날 흔도들의 흔육 노하우

　그 당시에는 반공통일교육이 강화되어 학교마다 통일동산을 꾸미게 되어 있었다. 우리 학교에도 운동장 가장자리에 통일동산을 꾸미기로 하고, 좀 떨어져 있는 밭에서 흙을 날라 와 동산을 만들기 위해 흙을 쌓아 올리고 있었다.

　우리 반에서 작업을 할 차례가 되었다. 흙을 퍼 나르기 위해 손수레, 바지게, 들것, 삽 등이 동원되었다. 우리 반 반장 상민이도 바지게를 지고 왔다. 밭에서 흙을 파서 그 흙을 손수레로, 들것으로, 바지게로 열심히 나르기 시작하였다. 흙이 점점 높이 쌓이기 시작하였다. 내가 밭에 있을 때에는 흙을 모두들 많이 들고 갔다. 자리를 바꿔 내가 손수레에 흙을 잔뜩 싣고 동산에 갖다 부었다.

　시간이 지나면서 힘이 드는지 아이들이 꾀를 부리기 시작하였다. 바지게에 담은 흙이나, 들것에 담은 흙이 점점 적어지기 시작 하였다. 그래서 나는 조금만 더 열심히 하자, 시간이 얼마 남지 않았다고 독려 했다. 그런데, 반장인 상민이가 흙을 두 삽을 가지고 와서 붓는 것이 아닌가? 나는 화가 나기 시작 했다. 그래도 참고 "상민아 반장인 네가 그러면 다른 아이들이 다 꾀를 부린다. 다음에는 더 많이 가지고 와라" 하며 타 일렀다. 그런데, 다음에도 역시 두 삽을 갖다 붓는 것이다.

"너 정말 이렇게 할래?"

"아니유, 다음에는 많이 가지고 올께유" 하며 도망갔다. 그런데 이번에도 또 두 삽의 흙을 갖다 붓는 것이다. 담임을 무시하고 반항한다는 느낌이 들어서 참을 수가 없었다. 나도 모르게 상민이의 지게 작대기를 빼앗아 상민이 엉덩이를 마구 때리고 있었는데, 교감선생님이 보고 말리셨다. 아마 서너 대는 때린 것 같았다. 작업을 끝내고 모두 집으로 돌려보냈다. 상민이도 절뚝거리며 집으로 갔다. 교실에 앉아 있는 나도 어쩐지 기분도 좋지 않고 걱정이 되었다. 교감선생님이 교실로 오셨다.

"이 선생님, 상민이네 집에 가서 때린 것은 잘 못 되었다고 가서 사과하는 것이 좋지 않겠어유?"

나는 분이 풀리지 않아 "저는 가지 않겠어유"라고 답했다.

"세상에 반장이란 놈이 선동해서 작업을 방해하니 이거 어떻게 공부를 가르치겠어유? "

"그래도 가서서 사과 해야지유" 나는 가지 않으려고 하다가 끝까지 참지 못하고 체벌을 가했으니 사과를 해야 할 것 같아, 교감 선생님과 같이 상민이네 집으로 갔다. 상민이 아버지는 들에서 돌아오지 않았고, 상민이 엄마는 화가 나서 힐끗 나를 보고 인사도 하지 않고 부엌으로 들어갔다. 나는 사랑방으로 들어가 상민이 할아버지께 인사를 드린 후 무릎을 꿇고 정중히 사과를 했다. 상민이 할아버지는

"선생님 왜 이러십니까? 편히 앉으세유, 버릇없이 키운 부모가 벌을 받아야지유"

"제가 사랑의 매를 대야 하는데, 그것이 순간적인 감정으로 가한 체벌이 되어 참으로 몸 둘 바를 모르겠습니다. 용서하세유"

"학생들의 잘못된 생각이나 행동을 교사나 부모가 엄히 꾸짖어 바로 고치지 못한다면 교육이 바로 서지 못하고 그로 인해 장차 일어날 사회 혼란은 어떻게 합니까? 선생님은 아무 잘 못이 없어유."

"다만 기술이 필요해유. 나도 옛날 서당에서 훈도를 좀 했었지유. 그래서 그 마음을 잘 알아유. 선생님 제가 선배로서 참고로 한 말씀 드려도 될까유?"

"그럼요 말씀하세유"

"선생님 오해하지는 마시유, 혹시라도 선생님 앞날에 도움이 될까 해서 말씀 드릴께유. 옛날 훈도들이 훈육으로 벌을 세울 때, 회초리를 만들어 가지고 오느라, 대님을 풀어라, 바지를 걷어 올려라, 목침에 올라서서 기다리라, 네가 왜 맞는지를 생각해서 말해 보아라, 왜 이렇게 많은 절차를 만들어 놓았는지 알고 계시유?"

"저는 아직 풋내기 교사라서 잘 알지 못하니 말씀해 주세유."

"그렇게 절차를 여러 단계로 만들어 시간을 끌도록 한 것은, 본인은 자기 잘 못을 스스로 깨닫고, 선생님과 친구들에게 미안함을 느끼도록 하고, 다른 학생들은 그렇게 하면 안 되겠다는 타산지석의 교훈을 얻게 되고, 교사도 순간적인 감정을 갈아 앉히고, 교육적으로 스승이 제자를 사랑하는 마음으로 훈육하도록 하기 위한 교육자적인

기술, 말하자면 교편을 사용하는 올바른 방법을 익히도록 하는 것이
지유. 교사도 인간이라 감정이 있지유. 교사의 말을 무시하고 반항하
며 잘 듣지 않고 어기는 제자는 감정적으로 대할 수가 있지 않겠슈?
바로 그 감정을 누그러뜨리는 것이지유. 그 옛날부터 오랜 세월 훈도
들이 터득한 노하우이지유."

"상민이 할아번님! 참으로 감사해유. 오늘 소중한 훈육의 노하우
를 잘 배웠슈."

상민이 누나가 술상을 가지고 들어 왔다. 갑자기 너무 부끄러운 생
각이 들어서 술상 앞에 무릎을 다시 꿇고 앉아 술을 따라 상민이 할
아버님께 먼저 올리며

"참으로 죄송하게 되었어유. 용서 하세유. 다시는 그런 일이 없을
거유." 하고 술잔을 권했다.

"아니유, 그럴 수는 없슈. 손님이 오셨는데 어찌 주인이 술잔을 먼
저 받겠슈?"

"교감선생님이 먼저 받으시유."

"이번에는 상민이 할아버님이 받으시유."

"자 이 선생님도 한 잔 받으시고 편히 앉으시유. 이야기를 들어보
니 내 손자 녀석이 많이 잘못했던 것 같유."

"아녀유, 정말 부끄럽네유. 상민이 부모님께도 깊이 사죄를 드리
고 싶네유."

끝내 상민이 어머님은 뵙지 못 한 채 학교로 돌아 왔다. 그러나 참
으로 소중한 것을 배웠다고 생각했다.

질투하는 선배님들

시간이 흘러 또 여름방학이 되었다.

대전 집으로 돌아 온 나는 심심해서 옛날에 살면서 놀던 동광동으로 놀러 갔다. 늘 자주 가던 남탁이네 집으로 가서 남탁이 어머니께 인사를 하고 남탁이와 노는데, 마침 그 때 남탁이 삼촌이 오셨다.

"안녕하세유."

"너 현석이 아니냐?"

"예"

"너 참 선생님으로 나갔지?"

"예"

"지금 어디에 있니?"

"당진 M국민(초등)학교에 있어유"

"이제 대전으로 나와야 하지 않겠니? 부모님들이 다 여기에 계신데…."

"나오면 좋겠지만, 어떻게 그것이 내 마음대로 되나유? 신문에도 보도 되었잖아유, 대전에 전입 하려면 백일기도해도 될까 말까라고유."

"당진 M초등학교라고 했지?"

"예"

"대전으로 나오면 참 좋을 터인데…"

마침 점심에 칼국수를 했다고 국수상이 나왔다. 칼국수를 맛있게 얻어먹었다. 남탁이와 이런 저런 이야기하며 놀다가 집으로 왔다.

그리고 나는 또 다시 임지인 M 초등학교로 돌아 왔다. 그런데, 그 해 여름방학이 지나고 개학한지 일주일도 안 되었는데, 갑자기 뇌염이 번져 결석하는 학생들이 점점 많아졌다. 그리고 교육청에서 갑자기 휴교령이 내려졌다. 뇌염으로 인하여 근 한 달이나 학생들이 등교를 하지 않고 쉬게 되었다.

그러나 우리 교직원들은 매일 출근하여 아이들이 등교하면 늦어진 수업진도를 만회하기 위하여 여러 가지로 궁리 끝에 2학기 동안 교과전담제를 하면 진도를 좀 더 빨리 나갈 수 있겠다고 생각하게 되었다. 그래서 협의 끝에 나는 사회과를 맡아 가르치기로 하였다. 그때 사회과 5학년 2학기 교과서는 '먼 나라의 생활' 이라고 해서 주로 유럽과 아메리카의 인문지리였다. 5학년이 네 개 반까지 있으니 교재연구를 해서 수업준비를 하면 네 번이나 반복해서 설명을 하게 된다. 그래서 수업하기가 훨씬 쉽고 자신이 생기고 또 아이들도 잘 이해 할 수 있을 거라 생각하게 되었다.

그 당시의 수업방식은 주로 칠판에 요약판서를 하고 설명하는 경향이 많았다. 그리고 그 때만 해도 젊고 기억력이 왕성하여 판서자료를 만들면 거의 외워서 쓸 수 있었고, 또 설명도 책을 보지 않고도 자연스럽게 설명할 수 있었다. 그래서 책을 보지도 않고 영국지도를 칠판에 그리면 아이들이 와! 하고 소리를 질렀다.

나는 아이들에게 인기가 있었다. 그런데 그 인기는 다른 선생님들에게 질투를 부르게 하는 원인이 되기 시작했다. 국어를 가르치는 S선생님이 아무 이유 없이 나를 미워하기 시작하는 것이다. 한 번은 공무원 기록 카드를 새로 만들 때인데 명함판 사진이 필요하였다. 그래서 사진관에 가서 명함판 사진을 찍고 얼마냐고 물으니 네 장에 40환이라고 해서 40환을 주었다.

다음 날 아침, 교무실에서 서로 이야기하다가 그 사진관의 사진 이야기가 나왔는데 S선생님은 50환을 주고 찍었다고 하기에 내가 하는 말이 "나는 40환에 찍었는데요?"라고 했는데, S선생님이 오해를 해서 "그러면 내가 10환을 남겨 먹으려고 50환이라고 했다는 말이유?" 하며 막 대드는 것이었다. "아니유, 그런 게 아니라 나는 40환에 찍었다는 것 뿐인데유." 그 선생님은 사사건건 토박이들과 짜고 객지에 온 나를 마구 받아 치는 것이다. 큰일이었다. 어떻게 하면 이들과 친해질까? 참으로 말조심을 해야겠다고 마음을 단단히 먹고 S선생님과 U선생님을 모시고 함께 술을 한잔 사면서 절대 그런 생각으로 한 것이 아니라고 사죄하고 마음을 풀어 드렸다.

그러나 여전히 어린놈이 너무 잘난 체한다는 마음은 변하지 않은 것 같았다. 사실은 그것보다는 우리가 부임하기 전에는 자기네들이 학생들에게 가장 젊고 인기 있는 선생님들이었는데, 이제는 학생들이 갓 나온 총각 선생들을 더 좋아하니 시기심도 날만 했다. 더군다나 갓 나온 놈이 갑종공개수업으로 칭찬도 받으니 비사계(非師系) 출신으로 나이가 많아진 자신들의 초라함을 스스로 발견하고 그로 인한 질투심이 발로된 것이 아닐까? 생각하면서도 선배님들께 언제나 정중하게 대해야겠다고 마음먹었다. 내가 생각해도 나는 다른 선생님들의 입장을 생각하지 않고 어떻게 하면 학생들이 나를 좋아할까? 그것만 생각한 것이 결국 화근이 되었다는 것을 알게 되었다.

뜻밖에 받은 발령장

한 해가 지나 새 학기가 되었다.

유준이는 금년에 대전으로 발령이 날 것이라고 자랑을 하더니, 하루하루 전근발령장만을 기다리고 있었다. 그 당시는 전근발령은 항상 3월 초에 났다. 나는 다시 5학년 3반 담임을 하고, 유준이는 3학년을 또 맡았다. 유준이 마저 떠나보내고 나 혼자 있게 된다면 저 토박이들의 등살에 어떻게 지낼까? 생각하니 마음이 좀 허전해 지는 느낌이 들었다. 이제부터는 더욱 조심해서 행동하고 겸손하게 아는 것도 모르는 척하며 숨 조이고 살아가야겠다고 다짐을 하고 나니 마음이 좀 씁쓸했다.

교육청에 간 유씨(학교 관리인)가 오면 아마도 유준이의 전근 발령장을 가지고 올 것이었다. 지난 해 통일동산을 꾸민다고 터를 잡아 놓고 흙을 높이 쌓아 놓았는데, 그 위에 잔디를 입히는 일을 우리 반에서 하게 되었다. 나는 점심을 아이들과 같이 교실에서 먹고, 오후에 삽을 들고 잔디를 떼러 학교 뒷산으로 올라갔다. 잔디를 각자 하나씩 다 떼어 놓았다. 이제 산을 내려가야 하는데 어쩐지 내려가기가 싫었다. '내려가 봐야, 유준이는 대전으로 발령을 받아 좋겠지만 나는 속만 상하지 뭐…' 그래서 잔디밭에 빙 둘러 앉아 아이들과 씨름을 하고 있었는데, 학교에서 일하시는 유씨 아저씨가 헐레벌떡 산으로 올라오는 것이 보였다. '저 친구가 벌써 교육청에서 왔나?' 손짓을 하며, 무엇인가 말을 하는데 너무 멀어서 들리지는 않았다. 가까이 올라와서

"선생님, 발령 났슈, 빨리 내려 오시래유?"

"아니, 권 선생님이 발령이 났는데, 내가 뭣 하러 빨리 가유?"

"아니유, 이 선생님도 같이 났슈"

"뭐 나도 났다구유? 그럴 리가 있나유?"

나는 아무리 생각해도 도저히 이해되지 않았다. '어떻게 내가 발령이 난단 말인가? 우리 부모님이 누구에게 부탁을 할 리는 만무이고, 도대체 어떻게 된 것일까? 여하튼 내려가면 알겠지'

"자, 모두들 자기가 뗀 잔디 판을 깨지지 않게 잘 들고 내려 가야 한다. 넘어지지 말고 질서 있게 잘 내려가자" 아이들과 함께 산에서 내려왔다.

"각자 가지고 온 잔디는 통일동산에 내려놓고, 교실로 들어가서 갈 준비하고 기다려라"하고 나는 교장실로 들어가는데, 교감선생님은 나를 보시더니 웃으면서

"이 선생님은 소문도 없이 그렇게 호박씨를 까는 거유"

"글쎄요, 저는 도저히 알 수가 없슈. 정말 제가 발령이 나긴 났

슈?”

“그럼요, 얼른 교장실로 들어가 보셔유” 나는 교장실로 들어갔다.
교장선생님이 나를 보시더니

“이 선생님, 영전을 축합니다.”하며 발령장을 주시는 것이었다. 권유준은 대전 S초등학교로, 나는 대전 D초등학교로 발령이 났다. 뜻밖에 발령장을 받은 나로서는 도저히 이해할 수가 없었다. 전화가 없으니 전화를 할 수도 없고, 누가 이렇게 어려운 전근운동을 했을까? 우리 집에서는 아무도 할 사람이 없는데, 정말로 궁금하였다. 송별연에서 선생님들이 나에게 하는 말이

“무슨 빽이 그렇게 세서 소문도 없이 단번에 꼴인 하는 거유?”하고 부러워했으나, 도저히 알 길이 없었다. 다음 날 조회 때 이임인사를 하고 그 이튿날 아침 일찍 유준이와 나는 첫차로 2년간 정들었던 곳을 떠났다. 당진 M초등학교에서 2년이란 짧고도 긴 생활을 거쳐 이제 부모님이 계시는 대전으로 돌아 왔다. 먼저 부모님께 인사를 했다.

“대전으로 발령이 나서 왔습니다.” 하였더니 반가워 하셨으나 누구에게 부탁한 일이 있었다는 말은 하지 않았다. 그래서 아버지께 여쭤보았다.

“아버지, 혹 누구에게 전근시켜 달라고 해 본 적이 있어유?”

“아니다, 내가 누구에게 그런 부탁을 할 사람이 있겠니?”

아무리 생각 해 봐도 도저히 알 수 가 없었다. 그런데, 문득 지난 여름방학 때에 남탁이 삼촌이 한 말이 생각이 났다.

“너 지금 어디에 있니?”

“당진 M 초등학교에 있는데요.”

"대전으로 나오면 좋을 텐데"

"그게 제 마음대로 되나유" 그것 밖에는 한 말이 없었는데? 그래도 그냥 있을 수가 없었다. '하여튼 백일기도를 해도 전입할 수가 없다는 대전전입이 나도 모르게 전입이 되었다' 는 것은 누가 도와 주셨던 간에 참으로 기적이 아닐 수 없었다. 나는 그때까지도 기독교인은 아니었지만, 하나님께 감사하다고 기도를 드렸다.

"하나님 참으로 감사합니다. 저 같이 부족하고 무능한 사람을 불쌍히 여기시여 이처럼 부모님 곁으로 전근케 해 주시니 참으로 감사합니다. 이 기적을 영원히 잊지 않고 소임을 다 하겠습니다."

마지막으로 남탁이를 찾아 갔다. 남탁이 집에 갔으나 그의 삼촌은 없었다. 그래서 남탁이 방에 들어가서 그에게 물어 보았다.

"남탁아, 너의 삼촌이 무엇하시니?"

"몰라, 요즈음은 신문사에 다닌다고 한 것 같은데, 왜?"

"너의 삼촌 언제 오시니?"

"글쎄, 대중없어, 밤중에도 오구"

"그럼 내가 저녁 먹고 다시 올게"

"왜, 그러는 데?"

"하여튼 집에 오시면 내가 왔다 갔다고만 해?"

"알았어" 그 날 저녁을 먹고, 남탁이네 집에 다시 갔다. 그러나 남탁이 삼촌은 귀가 전이었다. 남탁이 방에서 책을 보고 있으니 그의 삼촌이 왔다.

"안녕하세유? 저 현석이입니다."

"오, 너 현석이? 참 대전으로 발령 받았지?"

"예"

"내가 K 장학사에게 좀 부탁을 했지?"

"삼촌 참 고맙습니다."

남탁이도 그제야,

"너 그러면 대전으로 나왔니?"하고 물었다.

"그래, 너의 삼촌 덕택으로 대전 D초등학교로 왔다."

"거기면 네가 졸업한 그 학교 아니냐? 참 잘 되었다. 축하한다."

"그러면 삼촌이 M일보사 도정출입 기자셔유?"

"그래, 그 K장학사가 나하고 좀 친하거든, 그래서 네 사정만 이야기 했지"

"그런데, 이 은혜를 어떻게 갚는 대유?"

"별 말을 다 한다. 내 조카 친구이고, 너의 집안을 내가 잘 알고 있는데!"

"하여튼 감사합니다. 은혜는 꼭 갚겠습니다."

집으로 돌아와서 그 사실을 부모님께 말씀 드리니 그냥 있을 수 없다고 하셨다. 그래서 다음 날 금은방에서 금 3돈 짜리 반지를 하나 만들어 남탁이네 집으로 갔다. 그리고 그 반지를 남탁이 삼촌에게 드리니 그가 말하기를 "내가 그런 것을 바라고 한 것이 아니다. 그저 한 동네 살았던 정이 있고, 네 어머니가 우리 누나 집에서 고생한 일도 있고, 네가 살아 온 그 과정을 내가 다 알고 있기 때문에 너를 도와주고 싶었다"하며 사양하는 것이었다. 그래도 감사의 표시니 꼭 받아 달라고 사정을 하여 남탁이 삼촌에게 반지를 건네주었다.

'어려운 고비가 있을 때마다 언제나 하나님이 나를 도와주고 계시는구나!' 생각되어 마음속으로 기도를 했다. '하나님의 은혜에 진심으로 감사를 드립니다. 아멘'

교장선생님의 망신

D초등학교로 발령을 받고 출근 첫날, 내가 졸업한 모교이기에 감회가 더욱 새롭다. 직접은사는 없었고 간접은사는 두 분이나 계셨다. 대부분의 선생님들이 거의 선배님들이고 후배들도 몇 사람 있었다. 동기인 강만길 선생도 거기에 있었다. 참 반가웠다. 나는 4학년 5반 담임이 되었다.

내가 다닐 때는 붉은 벽돌 건물뿐 이었고 그 건물의 남쪽에 큰 운동장이 있었는데, 지금은 그 곳에 여러 개의 교사(校舍)가 줄 지어 들어 서 있고, 그 북쪽의 논밭을 운동장으로 만들어 더 큰 학교가 되어 있었다. 교무실에서 각 교사(校舍) 를 연결하기 위해 남북으로 가로질러 복도를 길게 만들어 놓았다. 교장선생님은 언제나 그 가로 복도를 통해서 이 교사(校舍) 저 교사(校舍)의 복도를 다니시며 교내순시를 자주 하신다.

어느 날이었다. 3학년이 공부하는 세 번째 교사(校舍) 복도에서 한 아이가 뛰어가다가 그 가로 복도로 건너가시던 교장선생님과 맞부딪쳤다. 아마 세게 부딪친 것이 분명하다. 깡마르신 교장선생님의 옆구리를 단단한 머리로 힘껏 쥐어박았던 것 같다. 노인이 얼마나 아팠겠는가? 노인이 잠시 주저앉아 신음하다가 일어섰다. 화가 나 있었다.

"야, 이놈아! 여기서 그렇게 뛰면 어떻게 하냐?"하시며 그 아이의 등을 손바닥으로 한 대 때리고, 발로 허벅다리를 가볍게 한 번 찼다. "이놈아 또 다시 뛰면 혼날 줄 알아?" 혼이 난 아이는 교실로 돌아갔다. 그런데 그 아이가 집에 가서 그 이야기를 했던 모양이다.

다음 날, 갑자기 교장실에서 큰 소리가 들렸다. "그래 우리 고장의 최고 일류학교 교장선생님이 어린 제자를 발길로 찼다니 말이 됩니까?" 어떤 젊은 사람이 의자에 다리를 꼬고 앉아 늙은 교장선생님 앞에서 버르장머리 없이 담배를 꽂아 물고 뻐끔뻐끔 피우면서 교장선생님을 혼내고 있는 것이다.

참으로 가관이었다. 바로 어제 교장선생님과 부딪친 그 3학년 아이의 삼촌인 듯하였다. 교장선생님은 쩔쩔매시면서 "예, 내가 잘 못하였으니 용서하시고 마음을 푸십시오"하고 빌고 있었다. "다른 선생님이 그런 짓을 하면 못하게 하실 교장선생님이 어떻게 그런 행동을 할 수 있습니까?" "그것도 손도 아니고 발로 제자를 찬단 말입니까?" 그래서 나는 회계선생님께 묻기를 "저 사람이 어느 신문사 기자래요?" "R일보사 기자라고 하던데" 언젠가 후배 최 선생님의 동기 하나가 그 신문사 기자라는 말을 들은 기억이 나서 최 선생님을 찾아가 사실을 알려 주었다. 최 선생님이 자기 친구한테 전화를 하더니 얼마 후에 그 친구가 왔다. 그래서 서로 상의 끝에 무마되고 일단락이 되었다.

　나는 그 기자가 참으로 괘씸하였다. 젊디젊은 사람이 제 조카가 다니는 학교 교장선생님한테 좀 훈육을 받았다고 해서 그렇게 무례하게 꾸짖을 수가 있단 말인가? 자기 할아버지뻘 되는 교장선생님 앞에서 다리를 꼬고 앉아 담배까지 피우면서 반말 비슷하게 지껄이는 그 모습이 가정교육을 제대로 받지 못한 막대 먹은 자가 분명하였다. 나중에 들은 이야기지만 그 못돼 먹은 기자는 아직 정식발령도 받지 못한 견습기자였다. 결국 그는 견습기자에서 자격미달로 퇴출되었다는 이야기를 듣고 안도감을 느꼈다.

　교육과정에서 학생의 잘 못을 바로 잡는 훈육방법으로 약간의 체벌은 가할 수 있겠지만, 발로 차는 것은 마땅히 삼가야 할 일이다. 그러나 사회의 비리를 세상에 알리어 그것을 고치고 정화시키는 기자들의 고귀한 취재도 정당하겠지만, 그 과정은 엄정하고도 정중하게 사심을 버리고 예의 바르게 해야지, 마치 깡패들처럼 가볍게 행동하는 그 가짜기자처럼 해서는 절대 안 되겠다는 생각을 마음 속 깊이 느껴 본 일이다.

해인사에서 있었던 일

어느 해 가을 대운동회가 모두 끝난 뒤였다.

최고학년이라 언제나 뒷정리를 도맡아 하는 6학년 학생들도 정리를 다 마치고 귀가하였다. 그렇게 떠들썩했던 학교 운동장이 이제는 텅 비어 쥐 죽은 듯이 조용해졌다. 직원들도 손발을 씻고 모두 직원실로 모였다. 평소보다 좀 늦게 직원종례가 시작되었다. 이윽고 교장 선생님이 자리에서 일어나시며

"오늘 선생님들 모두 수고가 참 많았습니다. 운동회를 여러 번 치러 봤지만 이번처럼 성대하고 짜임새 있는 훌륭한 운동회는 처음입니다. 참 수고들 많이 하셨습니다. 고맙습니다." 크게 칭찬을 하시면서

"학부모님들께서 수고하신 선생님들 저녁식사라도 하시라고 금일봉을 주셨는데, 우리 식구들이 너무 많아 한자리에서 회식하기도 어

렵고 하니 학년별로 회식비를 조금씩 나누어 드리겠습니다. 즐겁게 맛있는 식사라도 하십시오, 그리고 내일은 하루 쉽니다.”

그래서 우리 4학년 담임교사들 중 총각 처녀 선생님들 넷이 똘똘 뭉쳐서 해인사 단풍 나들이를 하자고 주임선생님을 설득하기 시작하였다.

“주임선생님, 요즘 단풍이 한창이랍니다. 우리 해인사 단풍구경 한 번 갑시다.”

“어떻게 그 비용으로 갔다 올 수 있을까? ”

“밤기차를 이용하면 갈 수 있습니다.”라고 설득하였다.

“당일치기가 될까?”

“밤차로 가서 밤차로 오면 가능합니다.”

“그렇게 모두들 원한다면 한 번 해 보지 뭐!” 마침내 주임선생님의 허락이 떨어졌다. 열 분 중 두 분을 제외하고 여덟 분의 동의를 받아 같이 해인사 나들이를 하기로 결정하였다. 대구까지 기차로 가서 버스로 해인사까지 가는 코스를 택했다. 저녁 10시 30분 부산행 급행열차를 타기로 하였다. 그 당시에는 자가용이 있는 교사가 없고, 고속도로 같은 큰 길도 없고, 국도도 비포장이었다. 교통이 불편하여 교통기관이라고는 기차와 완행버스가 전부였다. 그래서 모두 집으로 돌아갔다가 저녁 10시까지 대전역으로 모이기로 약속하였다. 나와 강 선생님이 먼저 나와서 기다렸다. 열 시 정각에 모두 모였다. “자 개찰 시간이 되었습니다. 모두들 개찰구로 나가시지유” 오래간만의 동료직원들과의 기차여행이었다.

기차 안에는 손님들이 꽉 차 있었다. 주임선생님과 선배선생님들은 술을 마시며 즐기시고, 우리 젊은 총각처녀 교사들과 여직원들은 한 곳에 모여앉아 게임도 하며 웃고 시시덕거리며 즐기느라고 시간 가는 줄도 몰랐다. 야간열차 안에서 처녀총각들이 모였으니 얼마나 희희낙락했으랴? 참으로 순간순간 알 수 없는 가슴 두근거리는 젊음의 열정이 오고 가는 밤이었다. 너무 깔깔거리다가 주위의 시선이 집중되는 바람에 잠시 멈추고는 또 웃는다. 이렇게 즐기는 동안에 어느덧 시간이 흘러 대구역에 도착을 했다. 시간을 보니 새벽 3시를 가리키고 있었다.

어느 큰 식당에 들어가서 "우리가 여기서 아침 식사를 할 건데, 잠시 쉴 방 좀 하나 주실 수 없나요?" 물었더니 "예 드리고말고요. 이 큰방으로 들어 가이소" 그 방에 들어가 모두들 길게 다리를 뻗고 잠이 들었다. 잠시 눈을 붙였다가 여섯 시에 일어나, 나와 강 선생님이 버스정류소에 가서 해인사로 가는 첫 버스표를 샀다. 나오는 버스표도 사려고 하니 그것은 현지에서 사야 한다고 했다.

아침 식사를 마치자마자 첫차를 타고 해인사로 향하였다. 단풍놀이 구경꾼과 고향을 오가는 시골아낙네들을 가득 실은 시골 완행버스는 발을 움직일 틈도 없이 초만원이었다. 그래도 우리 일행은 모두 앉았다. 이리 구불 저리 구불 아름다운 단풍잎 고갯길을 오르고 내리기를 반복하였다. 그리고 벼가 누렇게 익어, 가을바람에 물결을 치는 황금들판 길을 뽀얗게 먼지를 일으키며 미끄러지듯 달린다.

마을과 마을을 스쳐 지나가는 낯선 길이 어찌 이렇게 정겹고 평화로운지 모르겠다. 오래간만에 고향 땅에 온 것처럼 마음이 설레고 서로 웃음 띤 얼굴로 쳐다보다가 또 다시 시선을 창밖으로 돌리곤 한다.

이윽고 고령을 지나 가야산 계곡으로 접어들었다. 골짜기로 접어드니 산세는 더 높고, 울긋불긋 물든 단풍의 아름다움이 극치를 이루고 있었다. 파란 하늘 아래 붉고, 불그스름하고, 노랗고, 노르스름하고, 파랗고, 파르스름하고, 연분홍색의 온갖 색실로, 수놓은 아름다운 계곡의 벽계수를 누가 어떤 말로 표현할 수 있단 말인가? 참으로 이렇게 아름다운 단풍은 내 생전 처음 맛보는 경험이었다. 모두들 입을 벌리고 "야! 아름답다!"라고 감탄의 소리가 여기저기에서 터져 나왔다.

이 모양 저 모양 계곡의 크고 작은 돌들이 수천 년의 긴긴 세월 물결에 구르고 다듬어져 한결같이 동글납작하여 모진 것 하나 없는 동글 둥글한 뭉우리돌들이었다. 참으로 신기한 계곡의 돌들을 감상하면서 산길을 굽이쳐 올라갔다. 마침내 종착역인 해인사 주차장에 도착하고 승객들은 모두 내렸다.

그 넓은 주차장에는 관광버스가 빽빽하게 들어 차 있었다. 우리 젊은 교사들은 모든 일정을 주임선생님께 일임하고 오후 네 시까지 주차장으로 집합하기로 하였다. 그리고 산속 계곡으로 올라가기로 하였다.

"주임 선생님 잘 부탁합니다."

"잘 들 놀고 시간 늦지 않게 내려 와"

"위험한 데는 가지 말고"

"예 걱정 하지 마십시오."

"그럼 선생님들도 술 한 잔 하시며 구경도 하시고, 재미있게 노십시오."

주임 선생님과 그 일행에게 인사를 하고, 우리 젊은 교사들은 산으로 올라갔다. 산속 아름다운 계곡에서 폭포소리를 들으며 노래도 부르고 사진도 찍고 젊은 청춘들이 설레는 마음으로 정겹고 행복한 한 때를 만들고 있었다. 강 선생님은 동료인 N 선생님을 마음에 두고 접근하려고 애를 쓰지만 그 선생님은 좀처럼 틈을 주지 않는 듯하였다. 이렇게 젊음을 과시하는 듯 청춘의 오가는 말과 웃음으로 온 정신이 팔려 맑고 맑은 계곡 물에 발 담그고 물장구치며 시시덕거릴 때 가냘 프게 스피커에서 방송 소리가 들리는 듯하였다. 제일 먼저 여선생 한 분이 그 스피커 소리를 들었다.

"대전에서 오신 D초등학교 선생님들께서는 속히 주차장으로 내려 오십시오."

"다시 한 번 말씀 드립니다. 대전에서 오신 D초등학교 선생님들께 서는 속히 주차장으로 내려오십시오." 우리들은 "아직 시간도 되지 않았는데 왜 내려오라는 거야?" 툴툴 거리며 주차장으로 내려 갈 수 밖에 없었다. 그 때였다. 주임 선생님께서 헐레벌떡 숨 가쁘게 다가 오시면서 하시는 말씀이 "큰일 났어! 대구로 나가는 버스표가 매진되 어 살 수가 없어! 그렇게 빨리 매진될 줄은 몰랐어." "큰일 났네." 강 선생님과 나는 오늘 나가는 관광버스를 찾아다니며 통사정을 하기 시작하였다. 그러나 누구 하나 딱한 우리의 사정을 살펴주는 사람이 없었다.

관광버스기사는 본인들은 탑승을 허락할 수 있는 권한이 없으니 버스를 전세내서 타고 온 책임자를 찾아보라는 것이다. 그 책임자는 좀처럼 나타나지 않았다. 이윽고 손님들이 타는 버스가 있어 책임자 를 간신히 찾아 사정을 하였으나 "한 두 사람도 아니고 여덟 사람을 어떻게 태워 줄 수 있습니까? 안됩니다." 하며 거절했다.

오늘 나가는 버스가 서른다섯 대인데 그 모든 버스를 다 찾아 간청 해 보았으나 허사였다. 이제는 오늘 나가는 버스는 단 한 대 밖에 없다는 것이다. 그 버스는 바로 K대 사범대학 학생들이 나들이 나온 버스였다. 마침 교수 한 분이 계셔서 그 교수님에게 정중히 인사를 하고, "우리가 오늘 못 가면 내일 사백 여명의 학생들이 수업을 받지 못하게 됩니다. 어떻게 좀 함께 타게 해 주십시오." 하고 간청하였더니, "학생대표에게 이야기를 해 보십시오."라고 하였다.

그래서 학생대표를 찾아 사정을 하였으나 그가 하는 말이 "인원이 너무 많고, 또 학생들이 싫어하니 내 마음대로 태워 드릴수가 없습니다. 미안합니다." 어떻게 할 도리가 없었다. 이제는 별 도리 없이 하루 더 숙박하고 가는 수밖에 없었다. 어린애를 시어머니에게 맡겨 두고 온 여선생님은 어떻게 하냐고, 발을 동동 구르면서 울고 있었고, 주임선생님은 얼굴이 시퍼렇게 질려 있었다. 시말서 감이 아니라 파면 감이라고 중얼거리며, 우리 젊은 선생님들을 원망하는 듯하였다. 참으로 난감하고 송구스럽기 짝이 없었다.

강 선생과 나는 하는 수 없이 경찰지서를 찾아가서 사정을 해 보기로 하였다. 우선 담배 한 보루를 사 가지고 지서 주임님을 찾아 갔다. 그러나 지서 주임이 자리에 없었다. 수소문 끝에 지서주임이 있는 곳을 알아냈다.

"주임님 살려주십시오, 우리가 오늘 가지 못하면 큰 일 납니다. 사백 여명 학생들이 내일 수업을 받지 못합니다. 어떻게든지 오늘 나갈 수 있도록 도와주십시오."

"걱정 말고 좀 기다려 주십시오, 내려가는 차가 아직 두 대나 있습니다."

걱정 말고 기다리라는 것이다. 우리는 초조한 마음으로 기다릴 수밖에 다른 도리가 없었다. 그런데 마침 버스 한대가 지서 앞을 지나고 있었다. 지서 앞에서 세우고 우리들의 이야기를 하는 것 같았다. 그러나 손을 저으며 거절 하는 것이 아닌가? 그래도 혹시나 하였는데, 또 실망하고 말았다. 이제 마지막 버스만 한 대 남았다. 그런데 그 마지막 버스가 바로 그 사범대학 학생회 버스가 아직 나가지 않고 있었다. 이 때 정복경찰관 한 분이 올라와서는 학생대표를 찾아 그 학생 대표에게 경례를 하고

"대전에서 온 선생님들 좀 같이 타고 가면 안 되겠습니까? 같은 교육계 선배님들인데 좀 도와주십시오." 라고 부탁하는 것 같았다. 그러나 학생대표는 거절하는 듯 보였다. 경찰관은 다시 지서로 내려갔다.

우리는 서로들 죄인처럼 쳐다보며 웃지도 울지도 못하고 있었다. 그 때 다른 학생들이 학생회장에게 우르르 다가 와 "야, 똥파리 새끼가 와서 뭐라고 하더냐?" 라고 물었다. 바로 그 때다 어느 신사 차림의 젊은이가 그 학생을 지목하며, "학생 지금 뭐라고 했어?" 하고, 되묻는 것이 아닌가! 학생들은 아무 말도 못한 채 서로 쳐다보기만 했다.

"대한민국의 경찰관이 학생 눈에는 똥파리 새끼로 보입니까?"

"소위 2세 교육을 짊어지고 나갈 사대학생들이 경찰관을 똥파리로 본다면 성분이 의심스럽다"며 지서로 같이 가자는 것이다. 그 당시에는 극소수이지만, 시민들이 조그마한 규칙위반이라도 하면 서민의 호주머니를 노리는 경찰관이 좀 있다고 하여 그들을 똥파리로 비유하는 경우가 좀 있었다. 사복 경찰관인 듯한 그 젊은 사람이 그 학생을 경찰지서로 데리고 내려갔다.

우리는 혹시 다른 버스가 내려가는 것이 없을까? 하고 아직 정류

소 앞에서 서성거리고 있었다. 시간은 점점 흘러갔다. 이윽고 지서로 끌려갔던 그 학생이 올라왔다. 또 학생들이 모여 "야, 어떻게 됐니?" 하고 물었다. "응, 다음부터 조심하라고 훈방조치를 받았다."라고 하며 모두들 차에 올라탔다. 야속하게도 그 마지막 사대학생들의 버스도 출발하고 말았다. 참 허탈하고, 내일 일이 보통 걱정이 아니었다. 버스표를 미리 사 두지 못한 불찰을 많이 후회하며, 젊은 선생들이 깊게 생각하지 못하고 추진한 단풍놀이 때문에 많은 학생들이 담임도 없이 하루를 보낸다고 생각하니, 학부모님들에게 미안하고, 교장 선생님께 죄송스러웠다. 또 사회에서 지탄을 받아 마땅한 무책임한 교사가 되는구나! 생각하니 안타깝고, 한심스러웠다. 어리석은 철부지가 된 기분에 쥐구멍이라도 있으면 숨고 싶은 심정이었다. 모두가 말을 잃고 서로를 쳐다보며 실망하고 있는 바로 그 때 그 사대 학생 회장이 헐레벌떡 올라 와 우리를 찾고 있는 것이 아닌가!

"선생님들 여기에 계셨네요, 한참 찾았습니다."

"왜요?"

"선생님들을 우리 차에 모시려고요"

"예 ? 그러면 우리를 태워 주시려는 겁니까?"

"예, 그래서 이렇게 찾아 왔다 아닙니까?"

"그런데 한 가지 할 일이 있습니다."

"그게 뭔데요?"

"여기는 오지 산악지대라 오후 5시가 지나면 출발 금지 교통 규정이 있다고 하네요, 그런데 아까 그 '똥파리 새끼' 라고 한 학생이 취조 받는다고 시간을 허비해서…하여튼 5시 넘어서 저희 차를 내려 보내지 못한다고 하네요."

바로 그것을 우리가 해결 해 주면 모시고 가겠다는 것이다.

"선생님들께서 경찰지서에 가서 말씀 좀 잘 하셔서 같이 나가도록 해주세요." 도리어 우리에게 애원을 하는 것이다. 그들도 그럴 수밖에 없는 것이 근 50여 명 학생들이 당일일정으로 예산을 세웠다가 하루를 더 숙박을 한다면 그 숙박료에, 식대에, 또 버스 대절 비용을 배로 부담해야 하고, 내일 수업도 결강해야 하는 형편이니 그들도 다급해졌다.

"겸손하게 우리가 말을 한다고 경찰지서에서 들어 줄까요?"

"그래도 한 번 통사정 해 보이소."하며 간청하는 것이다.

"그러면 한 번 해 봅시다."

그래서 나와 강 선생님 둘이서 지서로 다시 내려갔다.

"많은 어린 아이들이 내일 수업도 받지 못하고 공치게 생겼으니 어떻게 좀 봐 주십시오. 또 사대 학생들도 우리들을 태워 준다고 하니 도와주십시오."하고 통사정을 했다. 그러나 담당 경찰관이 하는 말이 "사정은 딱한 줄 알고 있지만 지금 지서주임님도 안 계시고, 우리들 마음대로 할 수가 없습니다."

마침 그 때 지서 주임님이 들어오고 있었다. 그 경찰관은 주임께 우리들 이야기 하는 것 같았다. 지서 주임님이 하시는 말씀이 "그 많은 아이들이 수업도 못하고 하루를 공치게 되었다니 선생님들을 태워 준다면 '안전 운행' 잘 하라고 당부하고 버스를 내려 보내 주지 뭐" 그 말을 학생회장도 같이 들었다. 다행스러운 일이지만 우리는 은근히 걱정되었다. 왜냐하면 오늘 이런 사건이 생긴 것은 우리들 때문에 생겼다, 그래서 혹시 가는 도중 학생들이 우리에게 불만을 표출한다면 어떻게 하나 걱정이 되어 우리 일행들에게

“혹 차 안에서 자리를 양보 해 준다고 해도 사양하고 서서 가기로 합시다.”라고 당부를 하고 모두 차에 올랐다. 우리들이 극구 사양했지만 자리를 모두 양보 해 주어 앉아서 가게 되었다. 버스는 깊은 산 골짜기를 굽이굽이 불을 밝히며 미끄러지듯 굴러 내려가고 있었다. 어느 듯 고령을 지나 조그마한 주막 앞을 지날 때였다. 갑자기 앞 타이어 쪽에서 ‘펑’ 하고 소리가 나더니 차가 기우뚱거리며 멈춰 섰다.

타이어 하나가 펑크 난 것이다. 기차시간을 맞추기가 촉박한 가운데 시간을 더 지체하게 되었다. 학생들이 서둘러 타이어 교체하는 것을 도왔지만, 아까운 시간은 또 20분이나 흘렀다. 우리들의 기차시간을 염려하여 학생들은 버스기사에게 속력을 더 내라며 재촉했고, 학생회장은 “선생님들 기차시간이 무척 촉박하니 대구시내에 진입하더라도 교수님을 제외하고는 자기 집 가까이에서 내리지 말고, 모두 대구역까지 직행하기로 한다.”고 선언하면서 학생들의 양해를 구하는 것이었다.

우리들은 시간이 촉박하고 아쉬웠던지라 사양하지 못하고, 오히려 그렇게 해 주기를 은근히 마음속으로 바라고 있었다. 얼마나 고맙고 감사한 일인가! 복잡한 시내 길을 질주하여 드디어 대구역 광장에 도착하고 우리들은 그 학생들에게 제대로 인사할 겨를도 없이 “학생들 고맙습니다.” 한마디 남기고 쏜살같이 역 개찰구로 뛰어 들었다. 계단을 뛰다시피 걸어 플랫폼에 다다르니 정차했던 서울행 야간급행 열차가 서서히 움직이기 시작했다. 바로 우리가 탈 그 기차였다.

우리는 뒤돌아 볼 사이도 없이 움직이고 있는 기차에 뛰어 올랐다. 복잡한 기차 안이지만 우리일행이 모두 탔는지 궁금하였다. 주위를 살펴서 인원을 점호하니 다행히도 모두들 승차하였다. 정신을 차려 우리 좌석을 찾기 시작했다. 복잡한 차안을 요리 조리 빠져 가며 5호차 좌석 번호 21~28번까지를 모두 찾았다.

그러나 한 좌석은 노인이 앉아 계시는지라 차마 내 좌석이니 비켜 달라고 할 수가 없었다. 내가 서서 가기로 했다. 모두들 좌석에 앉고, 나는 강 선생님 좌석 팔걸이에 걸터앉았다. 모두들 초조하게 마음 졸였던 걱정이 해소되고 긴장이 풀리고 심신의 피로가 한꺼번에 몰려, 자리에 앉자마자 졸음이 쏟아져 내렸다. 기차를 타고 내려올 때와는 달리 모두들은 깊은 잠에 곯아떨어지고 말았다. 나도 한참 졸다가 깨어 보니 벌써 옥천역을 지나 대전역에 도착을 앞두고 있었다. "선생님들 일어나세요. 대전 다 왔어요." "어! 벌써 대전역이라고?" 모두들 깨워 대전역에 내리니 새벽 3시였다. 택시를 타고 집에 가서 눈도 붙일 사이도 없이 아침을 먹는 둥 마는 둥 하고 집을 떠났다.

학교 교문을 들어서니 어제 일이 꿈만 같았다. 학교 직원실에 들어서니 직원조회 시간이 되었다. 우리 4학년 선생님들이 모두 자기자리에 앉아 눈을 감고 꾸벅꾸벅 졸고 있었다. "4학년은 어제 해인사를 다녀왔다구?" 하며 교장선생님이 묻는데도 모두들 조느라고 아무도 대답하는 사람이 없으니 얼마나 우스운 일인가!

고개 숙여 졸고 있는 우리 4학년 선생님들을 보고 모든 직원들이 한 바탕 폭소가 터졌다. 내 평생 잊지 못할 설레고 흥분되었던 나들이인 동시에 두렵고, 긴장되고, 초조하고, 아슬아슬했던 가을단풍 놀이였다.

집에 오신 귀한 손님

그 해가 지나가고 새 학년이 되었다. 나는 3학년 3반을 담임하게 되었다.

아이들이 반장으로 김승호를 뽑았다. 공부도 잘하고 발표력이 왕성한 학생이었다. 그 때 그 시절은 반장이 되면 그 아이 어머니가 제일 먼저 찾아 와 학급 일도 도와주시고, 담임과 친해보려고 애쓰는 것이 일반적인 초등학교 자모님들의 경향이었다. 그러나 승호 엄마는 화분 하나만 사람을 시켜 보내고 한 번도 학교에는 오지 않았다. '오지 못할 어떤 이유가 있겠지, 나 역시 예전에 부모님이 한 번도 학교에 오시지 못했잖아' 생각하며 생활기록부를 뒤져 보았다. 그런데 뜻밖에도 그의 아버지는 내가 졸업한 D중학교 교장선생님이셨다. 물론 내가 다닐 때 계셨던 분은 아니었지만 반가웠다. 하지만 한편으로 담임교사인 나를 너무 무시하는 것만 같아 섭섭한 마음이 없지는 않았다. 그래서 전 담임인 여자선생님께 알아보았더니, 그 집은 원래 그렇다며 기대하지 말라는 말을 전했다. 승호는 모든 행동, 마음가짐, 공부하는 태도, 그리고 용의까지 단정하여 그 어느 하나 나무랄 곳이 없는 참으로 칭찬만 받아도 모자랄 아주 훌륭한 모범생이었다. 특히 일류 중학교교장선생님 아들이면서도 아주 겸손하였다. 또한 어려운 아이를 배려할 줄 아는 착한 아이였다. 그래서 아이들은 승호를 참 좋아했다. 나도 승호가 밉지 않고, 믿음직스럽고 좋았다.

　어느 날 옆 짝이 크레용이 너무 닳아서 그림에 색칠하기가 어려움을 보고, 자기의 크레파스를 선뜻 빌려 주며 그림을 같이 그리는 그 모습을 보았다. 그 마음 씀씀이가 갸륵하고 사랑을 나눌 줄 아는 아이로 가정교육을 참으로 바르게 잘 받았구나! 하는 인상을 깊이 느꼈다.

　갑자기 옛날 내 생각이 났다. 내가 초등학교 6학년 때 내 물감이 나빠서 그림이 잘 안될 때 정달수가 자기의 좋은 물감을 빌려 주어 좋은 그림을 그릴 수 있었던 것을 생각하며 달수에게 고마운 마음을 가지면서 승호의 마음가짐을 칭찬해 주고 싶었다.

　한 학기가 다 지나고 여름방학이 되도록 승호 어머니는 학교를 한 번도 방문하지 않았다. 나는 나의 교육방법이 승호네 부모님께 흡족하지 못해 내가 무시를 당하는 것이 아닌가 하는 생각이 들었지만, 개의치 않고 승호를 미워해서는 안 된다고 마음을 굳게 먹었다. 조금도 편애하지 않고 공정하게 최선을 다해 아이들의 학습에 열중하였다. 그러나 승호는 언제나 모범생이고 학업성적도 최우수 일등이었다. 어느 모로 보나 도저히 미워할 수가 없는 아이였다. 학년이 바뀌었다. 승호는 4학년으로 올라가고, 나는 또 다시 3학년 담임을 맡게 되었다.

어느 일요일이었다. 집에서 쉬고 있는데 누가 찾아왔다. "계십니까?" 낯선 목소리였다. 방문을 열고 나가 보니 뜻밖에도 승호 부모님이 승호를 데리고 그 먼 길을 걸어서 누추한 우리 집에 찾아 온 것이다. 그 때는 중학교 교장선생님도 차가 없었고, 유성까지 가는 계룡버스는 있었으나, 대전에는 시내버스가 없었던 때였다. 뜻밖에 어려운 손님을 맞이하니 어찌할 바를 몰랐다. "아이고, 교장선생님! 이 누추한 곳까지 찾아 주시니 정말 몸 둘 바를 모르겠습니다. 방이 좀 누추하지만 들어오십시오." 방에 들어오더니 승호가 나에게 와이셔츠와 넥타이가 든 선물상자를 내놓으며 큰절을 하는 것이다.

"그래 승호야, 고맙다. 올해도 건강하게 공부 잘해라"라고 덕담을 한 다음 나는 승호 부모님께

"4학년 승호 새 담임선생님이나 찾아뵙지 뭐 하러 저까지 찾아 주셨습니까?" "아니지요, 일 년 동안 참으로 잘 가르쳐 주셔서 고맙습니다. 그리고 선생님의 교육방법이 마음에 들었습니다."

"제가 뭐 남달리 잘 가르친 것도 없는데, 그렇게 칭찬을 해 주시니 더욱 몸 둘 바를 모르겠네요."

"아니오, 선생님은 사랑으로 모든 아이들을 내 자식처럼 잘 가르쳐 주셨습니다. 그것이 얼마나 어려운 일인데요. 그런 것은 아이들이 더 잘 알고 있거든요."

"글쎄요, 저도 인간인데 그렇게 공정했겠습니까? 부끄럽기 짝이 없습니다."

"나도 교장이 되기 전에 아이들을 많이 가르쳐 보았습니다. 우리 교사도 인간이기 때문에 편애가 없다고 볼 수는 없겠지만, 그래도 선생님은 비교적 공정하셨어요. 저는 우리 아이를 통해서 그것을 늘 느

졌어요. "

"그렇게 좋게 보아주셨다니 참 고맙습니다."

"모든 학부모님들이 학기 초나 학기중간에는 찾아오지 못하게 했으면 좋겠어요."

"그것은 왜요?"

"학기 초에 찾아오는 어머니들은 우리 애만 특별히 잘 봐 달라는 속마음이 들여다보여서요."

"교장선생님, 그렇게만 볼 수 없습니다. 그 아이의 성격이나 지병 그리고 나쁜 버릇, 행동 등에 대한 상담도 필요하고, 또 일 년간 지도하는데 도움이 되는 내용을 어머니와 서로 이야기하는 것이 그 학생을 지도하는데 얼마나 큰 도움이 된다고요!"

"그 아이의 성격이나 행동은 학교생활을 통해서 관찰하면 알 수 있고, 특별히 교사가 알아보고 싶은 사항이나, 부모님이 교사에게 알리고 싶은 사항은 전화로나 서신으로도 서로 연락 할 수 있으니 말입니다." 이렇게 서로의 의견을 나누면서 이야기 하다 보니 정작 승호의 학교생활에 대하여는 아무 말도 하지 못했다. 그래서 내가 먼저 말을 꺼냈다.

"승호 어머님, 승호를 가정에서 어떻게 지도해 주셨기에 학교에서 그렇게 행동이 바르고, 생각이 바르고, 친구를 위하는 마음이 갸륵하고, 또 공부도 그렇게 잘하는지 참 궁금했어요. 그러니 급우들이 모두 승호를 좋아하지 않을 수가 없습니다. 저는 승호가 공부를 잘 해서기보다, 착한 마음으로 남을 배려할 줄 아는 그 예쁜 마음씨에 더 많은 호감이 갔습니다. 이 모든 것이 가정에서 부모님들의 생각과 마음가짐과 언행을 보고 배우고 익힌 결과가 아니겠어요? 그래서 부모님께 감사를 드리고 싶고, 또 부모님을 존경합니다. 늘 마음속으로 승호네 부모님은 어떻게 아들을 이렇게 훌륭하게 키우고 계실까? 한 번 뵙고 그 지도방법을 듣고 싶었습니다.”

“우리 승호를 선생님께서 좋게 보셔서 그렇지요, 우리 집이라고 특별히 잘 가르치는 것이 있어야지요, 다만 승호 아버지가 교육자이시니까, 늘 하시는 말씀이 학교에서 남에게 폐를 끼치지 말고, 서로 사랑하고, 사이좋게 지내라 하시고, 저는 늘 우리 아들 건강만 챙겨 줄 뿐입니다.”

“오늘에서야 훌륭한 부모님 밑에 훌륭한 자녀가 난다는 것을 알게 되었습니다. 이렇게 담임을 할 때는 한 번도 찾아오지 않으셨던 학부모님이 학년이 지난 뒤에 전 담임을 찾아오시는 경우는 승호네가 처음이십니다. 또 한 해가 지난 뒤에 잘 가르쳐 주었다고 칭찬 해 주시는 학부모님도 승호네가 처음이십니다. 마치 정말로 제가 잘 가르친 것처럼 기분이 이렇게 좋을 수가 없습니다.”

내 말이 끝나자마자 교장선생님은 이어서 “참스승이 되기가 얼마나 어렵습니까? 교사도 인간이기 때문입니다.” 라고 하셨다.

“교장선생님 말씀처럼, 교사는 공정하게 편애하지 말고 당당하게 모든 아이들을 내 자식처럼 사랑으로 최선을 다해 엄정하게 가르치고, 아이들이 선생님을 진심으로 존경하고, 한 해 동안 배운 뒤에 잘 가르쳐 주셔서 고맙다고 인사하는 그런 참된 학부모가 점점 많아지면 많아질수록 바른 교육, 밝은 사회가 되지 않겠어요? 교장선생님의 말씀 평생 교훈으로 삼고 최선을 다 하겠습니다. 감사합니다. 이렇게 갑자기 오셔서 뭐 대접 할 것도 없고, 겨우 차 한 잔으로 대하니 너무 송구스럽습니다. 용서하십시오.”

“아닙니다. 뭐 제가 대접을 받으러 왔습니까? 오늘 우리들의 대화
는 참 유익했습니다.”

서로 인사를 나누고 그 일행은 돌아갔다. 훌륭한 학부모를 만나 소
중한 대화를 나누고 배운 점도 많아 마음이 흐뭇하였다. 더군다나 사
석이지만 훌륭한 선배교육자로부터 칭찬을 받았으니 참 행복하였다.
그러나 마음 한 구석에서는 ‘네가 참으로 칭찬을 받을 만한 교육자이
었느냐? 고 되묻고 있었다. 나도 다른 교사들과 똑같은 평범한 교사
라고 생각하니 칭찬 받은 것이 좀 부끄러웠다. 그런데, 다음 날 학교
에서 돌아오니 누가 땔 나무를 한 수레 싣고 찾아 왔다는 것이다. 바
로 어제 다녀가신 그 D중학교교장선생님이 사서 보낸 것이다. 그 땔
나무는 제재소에서 나오는 자투리 나무였다. 부엌에 가득했다. ‘세상
에 이렇게 감사한 일이 또 어디 있단 말인가!’ 그 분은 내가 사는 형
편을 보고 동정심을 느꼈고, 무엇을 도와줄까? 살피다가 부엌에 땔나
무가 없는 것을 보고, 땔나무를 사서 보낸 것이었다. 승호 아버지의
사려 깊은 베품에 감사했다.

우리 집은 큰 부자가 된 것만 같았다. 비록 전기도 들어오지 않는
오두막집에서 살지만, 이처럼 훌륭한 학부모님에게 칭찬 받으니 부
끄럽지만 마음은 행복하였다.

늦깎이 대학생

내가 할 일은 부지런히 돈을 모아 전기가 들어오는 좀 더 큰 집으로 이사를 하는 것이었다. 그러나 박봉으로는 아무리 쪼개고 절약을 해도 돈을 모으기는 어려운 일이었다. 그리고 날이 갈수록 이사를 해야 한다는 생각은 희미해지고, 마음 속 깊숙이 잠겨 있던 향학열병(向學熱病)이 또다시 도지고 있었다. 젊어서 배우지 않으면 때를 놓치고 만다는 생각이 내 마음을 충동질 하고 있었다. C대학 야간부에 들어가야겠다는 결심을 했다. 무슨 과목을 택할까? 궁리 끝에 법학을 전공하기로 했다. 법률을 열심히 공부해서 고등고시를 보고 합격된다면 변호사가 되어 힘없고 억울한 서민을 위해 변호하는 일을 해야겠다고 생각했다.

법학과에 지원하고 합격이 되어 법률공부를 하기 시작했다. 나는 25세 늦깎이 대학생이 되어 고개 너머 문화동에 자리한 C대 야간부에 나갔다. 낮에는 가르치고 밤에는 배우는(敎學) 올빼미 학창 생활이 또다시 시작되었다. 박봉이라, 돈 벌어 큰 집으로 이사하기는 요원한 일이고, 부지런히 공부하여 변호사가 된다면 큰돈도 벌 수 있겠지! 하는 희망 오직 그것뿐이었다. 그렇다고 가르치는 본분을 잊어서는 안 된다고 생각하고 조금도 소홀하지 않게 노력하였다. 그리고 대학공부도 정신을 집중하여 열심히 했다. 법학과 야간부 1학년 1학기 성적이 게시판에 발표되었다. 2학기 국비장학생 명단도 같이 발표가 되었는데, 뜻밖에도 내 이름이 그 속에 있는 것이 아닌가! 놀랍고, 가슴 벅차도록 기쁘고, 다행스러웠다.

나는 장학금 수급에 필요한 서류를 제출하고 학비감면을 받으니 수업료 5만환이 감면되고, 육성회비 1만 2천환만 납부하게 되었다. 살림살이도 큰 지장 없이 잘 해 나갔다. 당시 아버지는 시골 큰 조카네 집에 계시고, 내 동생 숙자는 서울로 직장을 옮겨 처음에는 큰집에서 지내다가, 직장이 너무 멀다고 하여 셋방을 얻어 자취를 하였다. 어머니가 숙자의 수발을 들기 위해 서울로 올라가셨다.

나는 자전거로 통근을 했는데, 아침에 나와 밤늦게 집에 들어가서 자고 나오는 하숙생 같은 생활이었다. 가족들에게 미안하기 짝이 없었다. 그리고 하루하루의 일상은 다람쥐 쳇바퀴 돌듯 직장에서 학교로 학교에서 집으로 반복되고 있었다. 그런데 다행이도 법학과 동급생인 김달근이 우리 학교로 전근을 왔다. 달근이와 함께 일과 후 날마다 대학식당에 들려 국수를 한 그릇씩 사 먹곤 했다. 이렇게 낮에는 선생님이 되어 가르치고, 밤에는 학생이 되어 배우는 바쁘고 힘든 세월을 보냈다.

계속 장학금을 받기 위해서는 고시과목도 아닌 심리학, 서양사, 논리학까지 열심히 공부해야 했다. 그래서 4학년 2학기까지 장학금을 계속 받으며, 대학을 졸업하고, 법학사 학위증을 받았다. 그리고 중등학교 사회과 2급 정교사 자격증도 받았다. 그런데 같은 법학과에서 공부하던 S초등학교 임 선생님과 후배인 D초등학교 양 선생님이 함께 고시공부를 하자고 제안을 했다.

그들은 K사범학교와 D사범학교에서 각각 1등으로 졸업한 수재들로 미혼이었다. 나도 그 우수한 학생들과 같이 공부를 하고 싶어 함께 하겠다고 했다. 그래서 우리 셋은 대흥동에 깨끗한 셋방을 하나 얻었다. 퇴근하여 집에서 저녁을 먹고 그 공부방으로 셋이 모여 밤늦게까지 같이 공부를 했다. 그렇게 한 6~7개월은 주말을 제외하고 같은 방에서 자면서 같이 공부를 했다. 그러나 임 선생님이 결혼을 하고 서울로 전근을 가는 바람에 각자 공부를 하기로 했다.

용이네 가정교사로

내가 대전 Sh초등학교에서 근무할 때 일이다.

6학년 주임 선생님이 내게 와서 한 해 동안 6학년 남학생의 과외를 부탁했다. 과외 수당뿐 아니라 숙식은 따로 제공해준다는 것이었다. 그 학생의 부모님은 인동 시장에서 어물점포를 크게 운영하는 부자였다. 한 번도 가정교사를 해 본 적이 없는 나로서는 귀가 솔깃했지만, 내 공부에 지장이 있을 것 같아 생각해 보겠다고만 했다. 그런데, 그 주임선생님이 또 오셔서 간곡히 부탁했다. "집에서 다녀도 좋고, 그 집에서 숙식을 해도 좋으니 하루에 한 시간만 돌보아 주시유" 어차피 내 공부는 금년 일 년으로 결론이 나는 문제도 아니니, 일 년만 유예하기로 마음을 먹었다. 그래서 주말을 제외하고, 그 집에서 숙식을 하며 그 아이를 지도하기로 하고 그 집으로 들어갔다.

그 집에는 식구가 아주 많았다. 그 6학년 학생 이름이 용이고, 그의 부모님과, C여고 2학년에 다니는 누나 복순이와 초등학교 3학년 응식이, 4살 된 여동생 남순이가 그 집 식구들이고, 나머지는 가게에서 일하는 삼촌, 점원 그리고 식모로 일하는 시골 처녀가 둘이 있었다. 돈을 어떻게 많이 버는지 해마다 시골에 논을 산다고 소문이 나 있었다. 내 생전 처음으로 가정교사 일을 해보는 것이었다.

용이네 식구들과 같이 저녁을 먹고, 2시간씩 가르치기 시작했다. 예상과 달리 그 아이의 학습 진도가 좋지 않음을 하루 만에 알 수 있었다. 그래도 비용을 감수하면서 가정교사를 두는 것은 D중학을 목표로 하는 것이 분명한데, 그의 실력은 너무나 뒤져 있었다. 숙제를 먼저 다 마치고 문제집을 새로 하나 풀어 가며 공부를 시켰는데, 도저히 D중학교 응시 실력은 되지 않았다. 그래서 담임선생님께 '최선을 다 하겠지만 D중학은 불가하다'고 솔직히 말하고 그만 두겠다고 했다.

그 집에서 큰 기대를 하고 있는데 잘못하면 큰 원망을 들을 것 같아 시간이 더 흐르기 전에 그만 두는 것이 좋을 듯싶어 간곡히 의사를 표현했다. 그런데 그 담임 선생님도 알고 있다면서 그 부모님도 나중에 후회하는 일이 없게 하기위해 해보는 것이니 큰 부담을 갖지 말라고 했다. 어쩔 수 없이 과외를 맡기로 하고 최선을 다해 하나하나 짚어 나갔다.

과외 시간은 꽤 많이 걸렸다. 처음에는 1시간이라고 했는데 2~3시간이 소요 되었다. 숙제가 많은 날에는 더 많이 걸렸다. 이렇게 그 수업이 끝나면 내 자유 시간이 확보되어야 하는데, 그렇지 못했다. 왜냐하면 수고 했다며 꼭 과일을 가지고 용이 어머니가 들어 오셔서 이야기를 시작했다. 그리고 어떤 날은 온 식구가 다 들어와서 한참을

이야기하기도 했다. 온 식구들이 나하고 이야기 하는 것을 큰 낙으로
여기는 것 같았다.

선물로 받은 넥타이

어느 날이었다.

설악산으로 수학여행을 갔다 돌아온 용이의 누나, 복순이가 나에게 "선생님 선물이유, 받으세유"하고 납작하고 길게 포장되어 있는 박스 하나를 내밀었다.

"고마워, 수학여행은 재미있었어?"하고 받아 펴 보았다. 넥타이였다. 그런데, 그 넥타이 전면에 수놓인 무늬그림이 참 특이했다.

그 선물 때문에 그 집 식구들이 많이 다투었는데, 그녀의 아버지는 다른 선물로 더 좋은 것을 사 줄 테니 그것은 주지 말라고 했다고 용이가 실토하였다. 그 넥타이에는 예쁜 하트가 그려져 있고, 그 하트를 화살촉으로 꽂아 뚫는 그림무늬이었다 '복순이가 왜 나에게 이런 선물을 골라 나에게 주었을까? 나에게 정말 이성간의 감정을 가지고 이런 선물을 선택 했을까? 아니야, 복순이는 지금 한참 물이 오른 사춘기이잖아? 그래서 오빠같이 젊은 내가 가까이 있으니 그냥 좋은 거지, 마치 여학생들이 젊고 앳된 미혼 남자선생님을 좋아 하듯 말이야…나를 사랑의 상대로 생각하고 그런 선물을 고른 것은 아닐 거야. 내가 유부남이라는 것을 복순이도 잘 알고 있는데, 뭐' 복순이의 넥타이 선물을 받고 나는 이런저런 생각이 들었다. 용이는 그 넥타이 때문에 복순 누나가 삼촌에게 대들기까지 했다는 얘기를 전했다. 넥타이 무늬가 남녀 사랑을 고백하는 그림인데 점잖은 유부남 선생에게 어떻게 그런 선물을 하냐고 삼촌이 복순이 누나를 나무랐더니, 복순이 누나가 부모님이나 삼촌이 걱정하는 그런 것 아니라고 했다는 것이었다.

"그랬었니? 용이야, 그러면 나 이것 매지 말까?"

"아니유 누나가 선물로 준 것이니 꼭 매고 다녀야 해유"

"누나도 그렇게 생각 할까?"

"그럼유" 그러나, 부모님들이 어떻게 생각하실까? 조심스러워서 다음 날 그 넥타이를 차마 매지 못하고 다른 넥타이를 매고 학교에 갔다. 그리고 저녁에 집에 돌아 와 내 책상에 앉으니 편지 쪽지가 하나 놓여 있었다.

"선생님, 제가 생각해서 고르고 골라서 산 것인데 그렇게 마음에 안 들어유? 내 마음이 섭섭해지려고 해유, 내일은 꼭 매고 가세유? 알았지유?" 복순이가 써 놓은 것이다. 용이도 같이 보았다.

"선생님, 보세유, 누나가 몹시 섭섭한가 봐유"

"그러게 말이야, 할 수 없이 내일은 매고 가야겠다."

그래서 다음 날 그 넥타이를 매고 학교에 갔다. 아침 직원 조회가 시작되기 전에 남녀 젊은 선생님들은 곧잘 양호실에 모여서 서로 처다보며 옷 자랑도 하고 넥타이 평가도 하고, 또 수염이 길면 길다고, 머리에 기름을 바르면 발랐다고, 웃기 위해 헐뜯고 칭찬하는 담소를 했다. 그런데 그 날 아침에는 내 넥타이가 화제가 되어 이야기꺼리에 올랐다. "야! 이 선생님 넥타이 참 멋져! 그런데, 좀 수상 해, 이런 넥타이 본인이 직접 산 것은 아닐 텐데… 그렇다고 사모님이 사지는 않았을 거고, 누가 선물로 주었다면 그것은 분명히 사랑을 고백하는 선물인데…누구한테서 받은 선물인지 ? 말하지 않으면 사모님한테 이를 거야"

여선생님들이 더 설치는 것이었다. 나는 무슨 큰 죄를 지은 것처럼 아무 말도 못하고 웃으며 "내가 샀어, 왜 멋있지 않아?" 솔직히 복순이 선물이라고 말하기에는 너무 여운이 클 것만 같았다. 그래서 나는 웃기만하고 있었다. 그러자, 마침 아침 직원조회 시작종이 울렸다. 참 다행이었다. 모두 하는 말을 멈추고 직원실로 들어갔다. 그리고 다음 날에는 양호실에 가지 못했다.

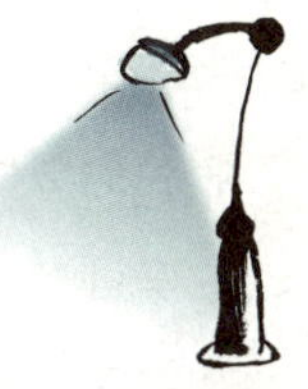

활짝 핀 한 송이 인화

한참 더운 여름철이었다.

그 때는 에어컨은 물론 선풍기도 없던 시절이었다. 더위를 피하는 길은 찬물로 목욕하고 부채를 부치는 것이 전부였다. 그리고 모기가 들어오지 못하게 문이라는 문은 전부 모기장으로 팽팽하게 발라 붙여 통풍을 시키고 팬티만 입고 자는 것이 피서의 전부였다.

어느 토요일 날 아침이었다. 지난밤에 너무 더워 모두들 늦게 잠이 들었다. 아침이 되었는데도 모두들 늦잠을 자고 있었다. 어젯밤 더위에 늦게 잠이 든 것이었다. 가정 도우미를 하는 두 처녀만 일어나 부엌에서 식사준비를 하고 있었다. 내가 일어나 세수를 하고 들어가는데 복순이가 자는 방안이 모기장을 통해 훤히 들여다보였다. 그런데, 그녀가 덥다고 바람이 잘 통하는 문 쪽으로 바짝 다가 와서 삼각팬티만 입고 거의 알몸으로 양 다리를 벌리고 자고 있는 것이 아닌가! 백

옥같이 희고 볼록한 젖가슴을 드러내고 오동통한 허벅다리를 벌린 채 누워있는 그 모습이 마치 꿈속에서 본 무릉도원의 예쁜 선녀가 맑은 물에서 목욕하는 알몸 같기도 하고 세상에서 가장 아름답다는 양 귀비꽃이 활짝 핀 한 송이 인화였다. 신비스러움마저 느끼게 하는 그 요염한 자태에 내 혼이 쏙 빠져 들었다. 정신이 없도록 아찔한 찰나였다. 내가 이 아름다운 인화를 훔쳐보고 있는 내 모습을 누가 볼까 봐 정신을 차려 방으로 얼른 들어갔다. 그리고 방에서 꼼짝도 못했다.

참으로 가슴 뜨겁게 흥분되고 매혹적인 아름다운 모습이 내 가슴 속 깊숙이 새겨진 것 같았다. 어떤 화가가 말했던가! '세상에서 가장 아름다운 꽃은 여자의 나체' 라고 했던 그 예술가의 말을 실감했다. 한 번 더 보고 싶은 감정이 솟구쳤지만 이 엉큼한 내 마음을 누가 알아챌까 무서워 참았다. 시간이 얼마나 지났을까? 복순이의 엄마가 그 모습을 보았는지 기겁을 하고 들어가 옷을 입혔다. 식구들이 모두 일어나 세수를 하고 식당으로 모였다. 나도 태연하게 그들 식구들과 한 식탁에 앉아 아침 식사를 하면서도 큰 죄를 지은 것처럼 그녀를 차마 똑바로 쳐다보지 못했다. 그 날은 토요일이라 쉬는 날이어서 집에 갈 수 있는 날이었다.

아내와 아이들에게는 참으로 미안한 마음이 들었다. 부부간의 정이 없는 것도 아니고, 한참 나이에 주말 부부로 지내면서, 아버지와 남편으로서 소임을 다하지 못하는 무책임한 가장이 되고 있었다. 그래서 주말에는 아무 일도 못하고 오로지 집에서 시간을 보냈다. D중학교 합격자 발표일이 되었다. 용이와 같이 그 중학교에 갔다. 아무리 찾아봐도 용이 이름은 보이지 않았다. 예상은 했지만 참으로 허탈

한 마음이 들었다. 나는 용이 부모님께 죄송하다고 정중히 사과했다. 용이 담임선생님께도 사과 말씀을 드렸다. 그리고는 다시는 가정교사는 하지 않기로 마음먹었다.

전근발령

어느 날 오후였다.

뜻밖에 후배 하나가 찾아 왔다. C 대학교 농대에서 조교로 있는 K 라는 친구였다.

"이형, 나 좀 도와 주시유, 내 아내가 대구에서 초등학교 교사로 있는데, 대전으로 데리고 오고 싶은데, 도간 교류로 희망하는 사람이 있으면 좀 알려 주시유?"

"알았어, 내가 한 번 알아 봐 줄게." 그리고 나는 그 일을 까맣게 잊고 있었다. 그런데, 어느 날, K 라는 친구로부터 또 전화가 왔다.

"이 형 내가 부탁한 일 좀 알아보았소?"

"응 알아는 보았는데, 아직은 없네, 계속 알아볼게"

여름방학을 앞두고 1학기 말 성적을 내고 있을 때였다. 그 K 라는 친구가 이번에는 직접 찾아 왔다. 수업을 마치고 성적을 내느라고 비지땀을 흘리고 있었는데, 또 사정을 하는 것이다. 그런데, 사실 나도 10년 로테이션에 걸려 내년에는 시골로 쫓겨 날 판이었다. 도서관도 없는 시골로 가서 공부하는 것 보다는 오히려 대구로 가서 K대 옆에 가서 대학 도서관도 이용하면 좋겠다는 생각도 들었다. 지금 간다고 해도 서류를 꾸미고 하다보면 내년 학년 초에 발령이 날 것으로 알고 그 친구한테 "내가 한 번 가 볼까? 아니, 내가 알아보고 갈 사람이 없 으면 말이야?" 그렇게 나는 그냥 우스갯소리로 했다. 그런데, 그 친 구는 그것을 내가 가겠다고 확답을 한 것처럼 생각 한 것이었다. 그 래서 며칠이 지난 뒤 그는 모든 서류를 내 대신 다 만들어서 도장을 찍으러 왔다. 참으로 당황스러웠다.

"아니, 나는 좀 더 알아보고 갈 사람을 찾아보겠다고 했는데…아 니 이 형, 어차피 10년 로테이션으로 시골로 가야 한다고 하지 않았 어? 시골로 가느니 대구에 가 있다가 대전으로 다시 올라 오는 것이 낫지 않겠소?"

"대전으로 다시 올라 오는 것이 그렇게 쉬울까? "

"대구는 광역시라 시골로 가는 일도 없고, 도간 교류로 다시 대전 으로 올라 올 수 있어요. 내가 적극 도와줄게요. 5년만 지나면 서로 교류가 가능하다고 했어. 그리고 내 처남이 대구시 장학사인데, K대 학교에서 가장 가까운 대구 S초등학교로 보내 준다고 했어요."

나는 마음속으로 '지금 도장을 찍어 주어도 이번 학년은 마치고 내년 봄, 학년 초에 발령이 나겠지!' 하고 도장을 찍어 주고 말았다. 그런데, 이게 어찌 된 일인가? 여름 방학 중 8월 1일자로 발령이 났 다. 그가 말한 대로 대구 S초등학교로 났다. 이렇게 빨리 날 줄은 꿈 에도 생각하지 못했다. 어쩔 도리가 없게 되었다.

페니실린 쇼크

여름 방학 중에 대구 S초등학교에 가서 교감, 교장 선생님을 뵙고 인사를 했다. 그리고 K대학교 정문 언덕 너머 새 동네에 하숙집을 정해 놓고 왔다. 5학년 3반을 맡았다. 이 학교는 학급이 103개나 되는 아주 큰 학교였다. 이사 할 형편이 안 되어 혼자 하숙을 하면서 대전 집까지 왕래하며 생활을 했다.

고시공부도 다시 시작했다. 오후에는 교실에서, 저녁에는 K대학교 도서관에서 꾸준히 공부를 했다. 잘 먹지도 못하며 너무 무리를 했는지 열이 나며 목이 아프고 목젖이 내려앉았다. 고질적인 편도선염 때문에 지난번에 가서 페니실린 주사를 맞았던 학교 앞 그 G약국에 갔다.

"선생님 또 왔습니다. 편도선이 또 부운 것 같아요."

"어디 좀 봅시다. 많이 부었네요. 이번에는 단위를 좀 더 높여서 맞아 볼까요?"

"낫게만 해 주십시오."

그 때만 해도 약사들이 곧잘 주사를 놓아주는 경우가 많았다. 병원비가 비싸니 서민들이 약국에서 약사에게 물어 보고, 약으로 치료하거나 주사를 곧잘 맞았다. 그 날도 페니실린 주사를 맞으러 온 것인데, 아마 단위를 좀 더 높여서 놓아 준 모양이다. 약사도 지난번에 페니실린 주사를 맞았으니 내가 페니실린 쇼크를 일으키리라고는 전혀 예상을 하지 못했다. 그런데, 주사기로 찌를 때 따끔한 느낌을 받은 후 기억이 없었다. 기절을 했던 것이었다. 시간이 얼마나 흘렀는지 알 수는 없었으나, "선생님, 선생님!"하는 소리가 모기소리같이 들려왔다. 그리고 눈을 뜨니 약사가 땀을 뻘뻘 흘리면서 나를 부르는 것이었다. 내 입 속에는 거품이 가득했다. 내가 깰 때까지 강심제인지 무엇인지 계속 주사를 놓았던 모양이었다. 한참을 누워 있었다.

시간이 많이 흘러 정신이 다시 돌아왔다. 그리고 집으로 돌아오는데, 몸이 으스스하고 좀 어지러웠다. 때마침 한 방에서 같이 하숙하던 K대학병원 인턴인 의대학생 백군이 나를 보더니 "선생님, 어디 아프세요?" 하며 내 눈을 까 보더니, 왜 이렇게 됐느냐며 급히 택시를 불러 가까운 H병원으로 데리고 가서 응급처치를 받게 해주었다.

그런데 계속 혈압이 떨어져 실신하고 깨나고 반복하더니 1주일이 지나서야 겨우 회복이 되었다. 의사선생님이 나에게 말하기를 "앞으로 어디가 아프던지 병원에 가면 페니실린 쇼크를 받는다고 이야기해야 합니다."라고 신신 당부를 하셨다. 그 때 나와 한 방에서 하숙하던 그 의대학생 백군이 아니었더라면 아마 나는 그 날 혈압이 떨어져 아무도 모르게 조용히 숨을 거두었을 것이다. 다행히 몸이 회복이 되었다.

　어느 날 경찰서에서 형사 한 분이 나를 찾아왔다. 그 G약국 약사가 불법 의료행위를 한 일을 H병원에서 고발했기 때문이었다. 그 약사도 내가 쇼크에서 깨나기는 했지만 다시 혈압이 떨어져 죽을 수도 있다는 사실은 정확히 알지 못했던 것이다. 나는 내가 주사를 놓아 달라고 요구한 것이고 악의가 없으니 선처 해 달라고 부탁을 했다. 그러나 불법 의료행위에 대한 처벌은 면할 수가 없었다.

6학년 담임

한창 입학시험 경쟁이 심한 때였다. 그 때는 6학년 담임을 하면 시험지 대금도 받고, 과외 공부도 시켜 과외비도 받고 해서 수입이 꽤 짭짤하다고 들었다. 그래서 6학년 담임은 교장, 교감 선생님께 여간한 신임을 받지 않고는 아무나 할 수가 없었다. 그런데, 갑자기 서 주임이 우리 교실에 찾아 와서 "이 선생 나하고 6학년 한 번 안 해 볼래?" 하는 것이었다.

"6학년을 아무나 하나요?"

"교장선생님이 나보고 6학년 멤버를 짜 보라고 했어, 나하고 6학년 한 번 하자 내가 시켜 줄게." 6학년을 한 번도 해 보지 못한 나로서는 한 번 해 보고 싶은 마음이 있었다. 그래서 "시켜 주시면 한 번 해 보지요." 그 당시 이 학교에선 A학교와 B학교 출신들이 서로 주도권 다툼으로 다소의 시샘이 있었던 것 같았다. 그래서 교장이 그게 보기 싫어 A와 B학교 출신이 아닌 서 주임을 불러 6학년 멤버를 짜 보라고 했던 것 같았다. 뜻밖에 힘들이지 않고, 아무나 할 수 없었던 6학년 담임을 맡게 되었다. 그래서 학교 근처 좀 더 큰집으로 이사를 했다.

나는 6학년 지도가 처음이라 6학년을 많이 하신 옆 반 권 선생님이 하는 것을 배워 가며 열심히 가르쳤다. 지도요령도 많이 터득했다. 외워서 익혀야 할 문제는 연관을 지어 익히게 하였다. 예를 들어 푸른 리트머스 시험지가 붉게 변하면 산성이고, 붉은 리트머스 시험지가 푸르게 변하는 것은 알칼리성이다. 이 학습은 서로 혼돈하기 쉬워 아이들이 자주 틀린다. 그래서 '가을 산'을 익히게 하는 것이다. 가을 산은 푸른 잎이 붉게 변한다. 리트머스 시험지를 붉게 변하는 것은 산이라고 외우게 했다. 이렇게 열심히 지도를 하는 데도 시험을 치를 때 마다 채점을 해 보면 언제나 우리 학급이 가장 점수가 낮았다. 예를 들어 90점 이상이 다른 반에서는 20명 이상이 나오는데, 우리 반에서는 겨우 12~15명밖에는 나오지 않았다. 실망스럽고 속이 상했다.

6학년을 처음 맡아 보는지라 가르치는 요령이 부족해서 그런 줄로 알고 더욱 겸손하게 열심히 했다. 그래서 과외 공부도 늦게까지 열심히 시켰다. 드디어 입학원서를 쓰는 시기가 다가 왔다. 그 때 대구에서는 6학년 지도 결과를 평가하는 기준은 'K중학교에 몇 명이 들어 갔느냐?' 그것으로 결정을 짓는 때였다.

각 반에서 그 동안 공부하고 평가한 성적 형편에 따라 K중학교에 몇 명, 그리고 그 다음 D중학에 몇 명, 그리고 2차에 몇 명 이렇게 지원서를 썼다. 그런데 늘 90점 이상이 가장 많이 나오는 5반, 김 선생님이 자기 반 점수 자랑을 하면 나는 기가 죽어 그 반 김 선생님을 몹시 부러워했다. 김 선생님 반에서는 K중학에 8명, D중학에 12명, 이렇게 배정하고, 우리 반에서는 K중학에 3명, D중학에 12명이 배정되었다. 이 사실을 벌써 학부모들이 먼저 알고 "4반 선생님은 6학년을 처음해서 실력이 좀 떨어진다나 봐." 다른 반보다 훨씬 낮춰 지원서를 내는 것을 보고 안타까워하던 교무 선생님도 나를 보고

"왜 K중학에 좀 더 보내 보지 그래?"

"작년에 우리 학교 전체에서 3명밖에 못 들어갔다면서요?"

"올해는 성적이 더 잘 나온다며 그러니 더 많이 가지 않겠어요?"

"글쎄요, 제 반은 자신이 없어요." 나는 부끄럽지만 이렇게 배정하고 입학원서를 보냈다. 결국 6학년 지도를 잘 못 해, K중학에 다른 반에서는 7~8명을 지원하는데, 나는 겨우 3명만 지원시켰다.

입학시험을 치르고 발표가 났다. 남자 반 7개 반 중에서 K중학교에 겨우 2명만 합격되었다. 작년에는 3명이었는데, 올해는 2명밖에 안된 것이다. 성적이 가장 잘 나온다는 김 선생님 반 아이들은 K중학에 한 명도 안 되고, D중학에도 겨우 3명밖에 안 되고 말았다. 그것은 한 계단 높이 지원했기 때문이다.

우리 반에서는 K중학에 1명, D중학에 10명이나 되었다. 또 권 선생님 반에서 K중학에 1명, D중학에 8명, 이렇게 전교에서 K중학에 남자 반에서 겨우 2명밖에 되지 않았다. 그러나 K여중에는 여자 반에서 작년과 같이 4명이나 합격되었다. 결국 6학년 전체 14개 반에서 남자가 2명, 여자가 4명 모두 6명밖에 들어가지 못했다. 김 선생님은 평소의 성적처리를 할 때 감독과 채점처리를 엄정하게 관리하지 못하고 아이들에게 담임이 속았던 것이다. 결국 배정을 잘 못하여 D중

학에는 들어가고도 남을 아이들이 모두 2류 중학으로 떨어지고 말았
다.

　학년 주임 선생님도 나를 격려해 주시면서 내년에도 선생님은 자
동적으로 6학년 담임이 된다고 하셨다. 고시공부는 집어치우고 다음
에 또 6학년 담임을 맡았다. 전적으로 과외 지도도 열심히 하며 1학
기를 보냈다. 그런데 그 해 여름방학 때 중학교 평준화로 입시제도가
갑자기 폐지되고 말았다.

꿈같은 한국 전쟁사의 한 단면(상)

내가 대전에서 가정교사로 있을 때의 일이다.

여름철에 과외수업이 끝나고 대전천 뚝 길을 혼자 거닐면 어느새 용이네 식구가 다 나와서 동행하곤 하였다. 꼭 한 가족이 된 것 같았다. 용이 어머니도 이제 나한테 한 가족처럼 어려워하지 않고 무슨 이야기든지 스스럼없이 하셨다. 하루는 그 아랫동네에서 꽤 큰 벽돌 건물 주인집 이야기를 했다. 그 집 주인이 6.25 때, 그 자리에 조그마한 오두막 초가집에 살았는데, 식구들은 모두 시골로 피난을 가고 노인 부부만 집을 지키고 있었던 어느 날, 해가 지고 어둑어둑한 저녁에 어떤 군인 한 분이 국방색 큰 포대자루 두 개를 끙끙거리며 짊어지고 들어 와서는

"할아버지 이것 좀 잘 보관하여 주십시오. 이다음에 내가 오면 하나는 할아버지 것이고, 하나는 내 것이니 잘 보관만 해 주시오." 그리

고는 어디론지 그 군인은 사라졌다는 것이었다. 그 군인이 나간 뒤에 그 포대 속을 살짝 들여다보니 그것은 전부 돈(지폐)이었다. 깜짝 놀라 떨리는 가슴을 꾹 참고 그 포대자루를 얼른 엄밀한 곳에 감추어 두었는데, 잠시 후에 인민군이 들이 닥쳐서는

"할아바이 동무, 조금 전에 여기서 국방부 새끼를 보지 못했습네?"

"예, 무슨 포대 자루를 짊어지고 저쪽으로 지나갔습니다."

그래서 할아버지는 그 포대 자루를 고이고이 감추어 두고 자식들에게도 이야기를 하지 않았다는 것이다. 그렇게 무서운 폭격과 대포알이 쏟아져도 그 곳을 떠나지 않고 그 오두막집에서 공산군 치하를 보내고, 또 인민군들이 다시 철수하고 국군이 들어 올 때 까지 꼼짝도 않고 그 집에서 살았다는 것이다. 그리고 맡기고 간 그 군인이 오기만을 고대하고 있었다. 그 때 까지도 자식들은 아무도 그 일을 알지 못하였다. 그러나 아무리 기다려도 그는 오지 않았다.

세월이 많이 흘러 이제는 휴전이 되고 평화가 왔는데도 그 군인은 아무 소식이 없었고 결국 할아버지는 그가 다녀간 날을 헤아려 제사를 지내기 시작했다는 것이다. 그런데, 갑자기 화폐개혁을 한다는 말이 나오기 시작했고, 그러면 그 돈은 쓰지도 못한다는 생각이 들어 처음으로 아들들에게 군인과 돈에 대해 알리고, 일가친척과 형제들, 그리고 인척들에게도 부탁을 하여 그 돈을 바꾸는 데 성공을 하였다는 것이다. 물론 일 년 거치 상환이란 절차를 밟았지만 고스란히 그 돈을 모두 찾게 되었고, 큰 부자가 된 것이었다.

지금도 그 집에서는 그 날이 오면 제사를 꼭 지낸다는 것이다. 그런데, 그 할아버지가 노환으로 돌아가셨다. 그가 돌아가시며 유언으

로 "내가 죽은 뒤에라도 혹시 그가 돌아오면 재산의 반은 주어야 한다. 그리고 그가 돌아오지 않으면 언제나 그 제사는 지내 주어라 "라고 하였다는 것이다. 그리고 그 노인의 장례식은 호상으로 크게 잘 모셨다고 하였다. 놀랍고도 꿈같은 한국전쟁사의 한 단면이었다.

꿈같은 한국 전쟁사의 한 단면 (하)

내가 대구에 와 있을 때 일이다.

우리 동네 이웃집에 2군 사령부에 근무하는 이 중령이 있었다. 그는 군인이지만 동네일에 봉사적이고 헌신적이었다. 그리고 가정에서도 화목하고 아들이 하나 밖에 없어 그 아들을 위해 아주 헌신적이었다. 특히 그 아들이 우리 반은 아니지만 우리 학교 6학년 학생이라 더욱 가깝게 지냈다. 남자들이 출근하고, 아이들이 모두 등교하고 나면 부인들이 자주 모여 놀기 때문에 동네 분위기가 참 화목하였다.

동네 사람들끼리 어울려 소풍도 곧잘 가곤 하였다. 큰 부자도 없고 그저 고만 고만한 직장인들이 모여 사는 서민 마을이다. 돈 많은 부자라고 버티는 사람도 없고, 너무 가난해 못 사는 사람도 없다. 그래서 더욱 정을 나누고 서로 돕는 이웃으로 참 재미있는 동네였다.

어느 날 저녁을 먹고 동네 가게에서 이 중령과 가게 주인 셋이서 술을 한잔 하면서 옛날 6.25 전쟁 무용담이 벌어졌다. 나는 주로 듣기만 하였다. 가게 집 주인도 상이 용사였다. 서로들 주고받는 무용담에 시간 가는 줄도 모르고 밤늦게까지 이야기를 나누고 있었다. 나도 못 마시는 술을 조금씩 마시면서 그들의 이야기를 재미있게 듣고 있었다. 그런데, 이 중령이 대전 전투에서 있었던 이야기를 하는데 깜짝 놀라지 않을 수가 없었다.

한국은행 대전지점에서 은행권 지폐를 대구지점으로 안전하게 옮기라는 명령을 받았다는 것이다. 그래서 그 지폐의 대부분을 먼저 보내고, 나머지 남아 있던 지폐를 차에 가득 싣고 나오는데 차가 고장이 나 고치는 도중 적의 습격을 받았다는 것이다. 적과 대치하여 싸우다가 날이 어두워졌고, 대원 네 사람 중 두 사람은 전사하고 두 사람이 남았는데, 어둠을 틈타 그 많은 지폐 중 각자 2포대씩만 짊어지고 서로 다른 방향으로 도망을 갔다는 것이다. 도망을 가는데 인민군이 뒤를 쫓아오는 것 같아 더 이상 가다가는 적에게 붙들려 죽을 것만 같아서 얼마를 가다가 어느 초가집 굴뚝에서 연기가 나는 것을 보고 그 집으로 얼른 들어가 그 집에서 그 돈 포대를 맡기며

"할아버지 이것 좀 잘 보관 해 주시요, 그러면 하나는 어른께 드리리다." 말한 다음 쫓아오는 적을 피해 금산 쪽으로 남하하여 부대에 복귀하였다는 것이다.

"그래서 그 뒤 어떻게 되었어? 수복 뒤 그 집을 찾아 가지 않았어요?" 너무나 궁금해서 가겟집 주인이 성급하게 물었다. 그런데 수복하자마자 그 곳을 찾아 갔는데, 아무리 찾아보아도 그 초가집을 찾을 수가 없었다는 것이다. 그 때가 밤이라서 그 곳에 큰 나무가 한 그루 있었던 것 같고, 그 나무 밑에 있는 초가집이었는데, 그 나무가 보이

지 않았고. 거기가 거기 같아 도저히 찾을 수가 없었다고 했다. 더구나 폭격에 건물이 온통 다 파괴되어 어디가 어딘지 도저히 위치를 알 수가 없었다고 했다.

"그러면 그 때 그 돈을 맡길 때 그 할아버지 이름도 안 물어 보았소?"

"그럴 사이가 없었지? 뒤에 인민군이 쫓아오고 있는데, 우선 내 목숨이 위태로워 얼른 벗어 던지고 도망가야 할 판이니까 그럴 사이가 없었지. 다만 그 포대에 J K L 내 이름의 약자가 새겨져 있으니까 그 포대만 찾으면 증명은 되는 거지"

"참 아깝다. 그런데, 이 선생님은 아까부터 왜 아무 말도 안 해?"

그 이야기를 나도 어디선지 들은 것 같은 데, 내가 대전에서 가정교사로 있을 때 가르치던 용이 엄마가 한 이야기를 여기서 하면 이 중령이 돈을 찾을 수 있을까? 만일 이 중령이 용이 엄마를 찾아가서 묻는다면 사실대로 바르게 이야기 해 줄까? 돈 포대를 맡아 보관했던 그 노인의 아들들이 이 중령 말을 듣고 진정 고마운 마음으로 돈을 나누어 줄까? 유언까지 했다는데 혹시 알 수 없지? 잘 못하면 소설 같은 이야기를 하고 실없는 사람이 될 것만 같았다. 그 세월이 얼마나 흘렀는데, 법적으로는 아무 권리 의무가 없는데 말이야… 그러나 이 중령의 이야기는 분명 거짓 없는 사실인 것 같았다. 내가 실없는 사람이 되어도 이 중령은 평생 그 분들을 꼭 한 번이라도 만나보고 싶었을 것이다. 돈은 찾던지 못 찾던지 평생 지니고 오던 숙제를 풀어 주는 것이라고 보았다. 그리고 군에서나, 사회에서나, 마을에서나, 가정에서나 언제 어디서나 성실한 훌륭한 분이라는 것을 내가 잘 알고 있기 때문에 내가 들은 이야기를 사실대로 말해주는 것이 도리라고 생각했다.

"이 중령, 그 이야기를 내가 대전에 있을 때 어떤 아주머니한테서 들었는데, 그 군인이 찾아오지 않아서 제사까지 지내고 있다고 들었어요."

"그가 누구인지 지금 찾아 볼 수 있을까요?"

"제사를 지낸다는 그 집은 몰라도 나에게 이야기 해 준 그 아주머니는 찾을 수 있을 것 같은 데요."

"그 아주머니는 어디에 사십니까?"

"그 집 주소는 몰라도 그 집 가게 상호는 알고 있으니 찾을 수 있을 것입니다."

"그 상호 이름은 무엇입니까?"

"너무 오래 된 일이라서 실없는 사람이 되지 않을까 모르겠네요."

"이 선생님께는 조금도 폐를 끼치지 않게 할 것이니 염려하지 마이소."

"그 집 상호는 '강화 상회'로 어물 가게를 크게 하는데, 인동시장 안에 있어요."

"그러니까 대전 인동시장 안에 있는 '강화상회' 안주인을 찾으면 되겠네요, 그렇지요?"

"맞아요."

"잘 알았습니다. 꼭 한 번 찾아 가 보겠습니다."

"그런데, 그 분들이 그런 일이 없다고 하면 어떻게 해요?"

"내 평생 좋은 일을 한 번 했다고 생각 하지 뭐!"

그날 밤 늦도록 이야기했다.

다음 날 학교에서 퇴근하여 동네에 들어서는데 가게 앞에서 이 중령의 부인을 만났다.

"선생님 이제 오셔요?"

"예, 석이 아빠도 오셨어요?"

"아니오, 대전에 볼일이 있다고 올라 가셨는데요."

"무슨 볼일이 있다고는 말하지 않았어요?"

"예, 부대 일로 출장을 간다고 했어요."

"아 그랬군요."

그러니까 어제 저녁에 가게에서 우리끼리 한 이야기는 석이 엄마가 아직 모르는 것 같았다. 그래서 다행이라고 생각하고 나도 아내에게 그 이야기를 하지 않았다. 그 다음 날 학교에서 돌아오니 가게 주인이 나를 오라고 손짓을 했다. 가게에 들어가 보니 이 중령도 와 있었다.

"이 중령님 대전에 가신 일은 어떻게 되었소?"

이 중령님이 나를 보고 웃으면서 손을 저으며 하는 말이

"그 강화 상회 아주머니가 하는 말이 금시초문이라는 거야."

"내 이름을 대 보았어요?"

"이 선생님 이야기를 했더니 그 분은 잘 알고 있지만, 내가 그 분한테 그런 이야기를 한 적이 없다고 딱 잡아떼는 거야."

"결국 내가 쓸데없이 말을 잘 못해서 헛수고만 하셨네요."

"아니야, 틀림없이 알고 있는데 너무 오래 된 일을 들추어내어 한 동네 사는 사람에게 폐를 끼치지 않겠다는 심사가 분명해."

"이 선생님은 법을 전공했으니 이런 경우에 어떤 권리를 행사 할 수는 없는교?"

가겟집 아저씨가 나에게 물었다.

"글쎄요, 차용증을 받고 돈을 꾸어 주었다고 해도 소멸시효 기간이 10년이니까, 채권은 소멸되고 말았지요, 그러니까 본인을 찾는다 해도 그런 일이 없었다고 하면 그만이지요. 다만 그 할아버지의 유언이 있었으니까. 아들들이 그 아버지의 유지를 받들어 재산을 얼마간 줄 수는 있지요. 그러나 그 아들들이 부인하면 법적인 의무는 전혀 없지요. 이 중령님, 그 돈은 내 재산이 아니라고 생각하고 마음을 비우세요. 술이나 한 잔 하십시다. 오늘은 내가 살게요, 쓸데없는 말을 해서 이 중령님 마음만 상하게 했소. 미안하게 되었소."

"아닙니다, 그 돈도 국가의 돈이지 내 돈이 아니지요. 그리고 이제 그 숙제는 풀렸으니 원이 없습니다."

이렇게 이 중령이 평생 찾고 싶어 했던 그 돈 포대의 행방을 알았지만 찾을 수는 없었다.

그 날 늦게까지 이 중령의 허전한 마음을 달래 주었다.

Part 03

장년기

Wheresoever you go, go with all your heart.
어디를 가든지 마음을 다해 가라.
—공자

체력이 약한 순희

　서울에 와서 처음 1년 동안은 학교 도서실에서 사서로 근무를 했다. 새 학기가 되어 정식으로 교사 임명장을 받았다. 5학년 3반을 담임하게 되었다. 그런데 몇몇 학부모들이 교장실로 우르르 몰려와 도서실 사서교사가 어떻게 학생들을 가르칠 수 있느냐고 항의를 해 왔다. 교장선생님은 그들을 설득시켰다. 대구에서 6학년 담임도 여러 번 했고 초등학교, 고등학교 정교사 자격증을 소지한 훌륭한 선생님이라고 이해 시켜 무마 되었다.

　사립학교 학부모들이 몹시 드세다는 말은 들었지만, 이처럼 극성스러울 줄은 미처 알지 못했다. 그 때만 해도 학기 초에 가정방문이 실시되고 있을 때였다. 학구가 넓어 가정방문 기간 일주일 동안에 모두 방문하기에는 어려웠다. 난생 처음 큰 저택도 구경하기도 하고, 처음 맛보는 좋은 음식으로 대접도 받아 보았다. 공립학교에서는 가정형편이 어려운 아이에게 육성회비를 독촉하기가 너무 안쓰러워 참 싫었었는데 여기에서는 교사가 아이들에게 돈을 직접 받지 않아 그 것 한가지만이라도 얼마나 마음이 편한지 참으로 행복감을 느꼈다. 그런데 우리 반에 허순희라는 여학생이 있었다. 공부도 아주 잘하고 방송국 합창단원으로 노래도 아주 잘 하였다. 그 때는 외국에 나가기가 아주 어려운 때인데도 부모님과 함께 외국에 자주 갔다 오곤 하는 부유한 가정의 외동딸이었다. 그런데 체력이 몹시 약했다. 달리기도 잘 하지 못하고, 철봉 턱거리도 한 번도 못하고 넓이 뛰기, 줄넘기, 심지어 늑목에도 오르내리지 못하여 벌벌 떨고 있는 것이 아닌가? 그래서 내가 순희에게

"순희야, 너 지금부터라도 체력을 보강해야 한다. 이렇게 체력이 약하면 나중에 입학시험을 치를 때 마다 그것 때문에 마음이 아프게 된단다. 우선 아침 마다 줄넘기부터 시작하자, 너 지금 이 줄넘기 줄로 줄넘기를 한 번 해 보아라." 그러나 그녀는 줄넘기를 한 번도 하지 못하니 아이들이 웃었다. 그래서 줄넘기 방법을 지도해주며 줄넘기를 집에서 매일 하도록 권했다. 그러나 내 지도에 잘 따르지 않아 줄넘기도 겨우 한 번 밖에 못했다.

1학기 성적을 평가 하는데, 다른 학과는 모두 90점 이상으로 '수'였으나, 체육 과목을 이해, 태도, 기능으로 나누어 평가할 때인데, 이해와 태도는 '수' 였으나, '기능'은 아무리 후하게 평가 해 주어도 '미' 밖에 줄 수가 없었다. 성적 통지표가 발부되고 그 통지표가 집으로 전달되었다. 그런데 그 부모가 받아 보고 화가 내며 '지금까지는 체육이 모두 '수' 이었는데 어찌하여 담임이 바뀌면서 체육 기능평가를 '우' 도 아니고 '미' 로 주어 우리 아이 기를 이렇게 죽이느냐?' 그

것도 담임인 나에게 항의하는 것이 아니라 교장선생님께 전화로 항의하며 아이의 기를 죽이는 학교에는 더 이상 보내고 싶지 않다고 했다는 것이다. 그래서 나는 교장실로 불려갔다. 교장 선생님께 그 평가 자료를 제시하고 평가과정에는 하자가 없음을 말씀 드렸다. 그리고 순희 어머니를 학교로 불렀다. 오지 않겠다는 것을 한 번 오셔야 전학서류를 떼어 줄 수 있지 않겠느냐고 하면서 꼭 한 번만 오셔서 제 말씀을 들어 보시고 판단하시라고 했다.

다음 날 수업이 끝날 무렵 순희 어머니가 오셨다. 순희 어머니는 표정이 굳어 있었고, 화를 내며 전학서류를 떼어 달라고 했다.

"떼어 드릴 테니 일단 앉으셔요, 앉아서 제 말씀이나 한 번만 듣고 가세요. 체육 기능평가를 그 동안 '수'를 받았다면 그 평가는 잘 못된 것이고 학부모님께서 속은 것입니다. 저는 진심으로 순희의 앞날을 위하여 지금도 늦지 않았기 때문에 같이 노력하면 차츰차츰 나아지고 또 건강에도 큰 도움이 될 것 같아 조금 자극을 준 것입니다. 턱걸이는커녕 줄넘기도 겨우 한 번하고, 늑목에도 올라가지 못하고 벌벌 떠는 어린이에게 체육 기능평가를 '수'로 평가 했다면 누가 보아도 잘 못된 평가 아닙니까? 모든 과목은 다 '수'인데 체육 기능만 '미'로 평가 했다면 체육기능도 좀 더 노력하라는 진정한 권장이지 절대로 기를 죽이려는 것이 아닙니다. 앞으로 중학교는 무시험이지만 고등학교, 대학교 입학시험에서는 반드시 체력검사를 거쳐야 하는데 그 과정을 미리 준비해야 한다는 것을 알려 드리는 것이 그렇게 잘 못된 것이고, 또 그렇게 섭섭하셨습니까? 순희 어머님! 마음을 푸시고 순희의 건강과 장차 치러야 할 입학시험을 위하여 지금부터라도 같이 노력하는 것이 더 좋지 않겠습니까? 다른 학교로 전학을 했다고 합시다. 그 학교 선생님도 참 교사라면 아마 나와 똑 같이 평가하실 것입니다."

잠자코 듣고만 계시던 순희 어머니께서 말씀하시기를

"듣고 보니 선생님 말씀이 틀리지 않네요, 제가 너무 경솔했나 봅니다. 미안 합니다. 그러면 어떻게 하면 체력을 보강할 수 있을까요? 아이라고는 고것 하나 밖에 없어서 오냐 오냐 하고 키웠더니 밖에도 잘 안 나가고 책만 보고 운동하기를 싫어해서 그냥 두었더니 그 모양이 되었어요."

"음식은 골고루 잘 먹나요?"

"아니오, 많이 가려 먹어요."

"무엇을 잘 안 먹는데요?"

"채소와 김치도 잘 안 먹고 콩도 가려내요."

"체력에 좋은 것은 다 잘 안 먹네요."

"어떻게 해야 좋을지… 고집이 세서 내 말을 듣지 않아요."

"잘은 모르지만 음식 특히 채소와 과일 콩 같은 채식이 좋다고 하던데, 하여튼 음식부터 골고루 잘 먹도록 타 이르시고, 매일 정기적으로 운동을 하도록 시간표를 짜서 실천하도록 해 보십시다. 우선 줄넘기부터 해 봅시다. 그리고 가족 등산도 자주 하고요. 저도 학교에서 잘 타 일러 볼게요."

"자세히 일러 주셔서 참고가 많이 되었습니다. 감사합니다."

나는 웃으면서 "그래도 전학서류는 떼야 하겠지요?"하고 말을 건넸더니 "아이, 선생님! 제가 너무 경솔했어요, 이제 선생님도 마음을 푸세요."하며 같이 웃었다.

순희의 전학문제는 순희 엄마와의 대화로 간단히 해결이 되었다.

또 한 해가 가고 새 학기가 돌아 왔다. 새 학년에도 같은 반 아이들을 연임하여 6학년 3반을 다시 맡게 되었다. 2 년간 담임 연임제의 장단점은 분명히 있었다. 가정방문도 생략할 수 있고, 사제 간의 대화가 자연스러워 졌고 급우 간에 우정이 더 깊어 진 것 같았다. 그런데, 체육 기능이 약한 허순희가 등산도 자주하고 꾸준히 노력 한 결과 체력이 많이 좋아졌다. 이제는 달리기, 줄넘기, 늑목 오르기도 곧잘 하며, 턱걸이도 대여섯 개를 거뜬히 할 수 있게 되었다. 한참 성장하는 시기라 운동을 하니까 음식도 잘 먹게 되고, 체력도 빨리 성장되는 것 같아 참 다행이었다. 그런데 순희가 갑자기 마산으로 이사를 가게 되었다. 아버지가 마산 지사장으로 전근이 되었기 때문이었다.

한 해가 지나가고 내가 맡은 아이들이 6학년을 졸업하고 중학교에 무시험 배정이 되었다. 몇 년이 지난 어느 해 내가 3학년을 담임 할 때의 일이었다. 그 때, 마산으로 전학 간 순희에게서 편지가 왔다. 참 반가운 편지였다. 5학년 때 자기의 약한 체력을 바로 잡아 주셨기 때문에 마산 여고에 합격했다고 감사하다는 편지를 보낸 것이었다. 커트라인 선에서 겨우 1점 차이로 합격이 되었는데, 체력 점수를 1점이라도 덜 받았더라면 불합격이 될 뻔했다는 것이었다. '오늘의 영광이 선생님 덕택입니다.' 라며 참으로 감사하다는 순희의 편지를 받아 보고 얼마나 행복했는지 말로 표현할 수가 없었다. 교육은 백년대계(百年大計) 라고 했는데, 그것은 100년이 지나야 결과가 나타난다는 말일 터인데, 어쩌자고 4년 만에 그 효과를 본 것처럼 이렇게 흐뭇한지 내가 순희에게 오히려 고맙다고 답장을 했다.

민수의 견물생심

어느 날 학교에서 문제가 발생했다.

학생 한 명이 책상 속에 넣어 둔 돈을 잃어 버렸다. 그것도 큰돈이었다. 수업료를 몽땅 잃어버린 것이다.

"왜 학교에 오자마자 서무과에 내지 그랬니?"

"잠깐 화장실에 갔다 왔는데 없어졌어요."

눈을 감게 하고, 누구나 잘 못을 할 수 있는 것이지만, 그 잘 못을 뉘우치고 주인에게 돌려준다면 더 훌륭한 사람이 된다고 타 일러 보기도 해 보고, 여러 가지 방법을 다 써 보았지만 도저히 그 돈을 찾을 길이 없었다. 그리고 며칠이 지났다. 그런데, 어느 날 민수가 리모컨으로 움직이는 고급 모형자동차를 가지고 와서 신나게 놀다가 그것을 친구에게 거저 주는 것을 보고, 민수를 불렀다.

"너 그 자동차 얼마에 샀니?"

“만원(화폐 ; 환→원으로 바뀜) 주고 샀는데요.”

“그러니? 그런데 왜 그렇게 비싼 것을 친구에게 공짜로 거저 주니? 그 친구에게 빚졌니?”

“그것은 아닌데요, 그리고요 저는 또 다른 것을 사려고요.”

“그런 돈은 다 어머니가 주시니?”

“아니오, 삼촌들이 가끔 오시면 용돈을 많이 주셔요.”

“아, 그랬구나! 그러면 네가 이 장난감을 산 것을 어머니도 알고 계시니?”

“예, 알고 계셔요”

“그러면 그 비싼 장난감을 다른 아이에게 그냥 주어도 엄마한테 혼나지 않니?”

“예, 엄마는 내 돈으로 산 것은 아무 말 하지 않아요.”

“그러니? 알았다. 이제 그만 가 봐.”

그런데 그 다음 날 또 다른 탱크를 가지고 왔는데, 그것은 1만 500원이나 주었다고 했다. 그렇게 큰돈을 마구 쓰는 것이 어딘가 좀 이상했다. 그래서 그의 어머니께 전화를 걸어

“용돈을 얼마나 주시기에 그렇게 비싼 장난감을 사서 친구한테 그냥 주는지 모르겠어요?”

“예? 비싼 장난감을 친구에게 그냥 주다니요?” 하고 놀라는 것이다.

“저의 삼촌들이 가끔 오면 용돈을 많이 주기는 하지만… 그래도…”

“그러니 어머니께서 잘 살펴보시고 용돈을 아껴 쓰도록 잘 지도해 주셔요.”

"예, 그렇게 하겠습니다."

며칠 후에 민수 어머니께서 심각한 표정으로 나를 찾아 왔다.

"선생님 어떻게 하면 좋아요? 민수라는 놈이 삼촌이 준 돈보다 훨씬 더 많은 돈을 가지고 있어요. 그래서 너 이 돈 어디서 났느냐고 다그쳐 물으니 학교에서 친구 돈을 훔쳤다고 실토하니 어떻게 하면 좋습니까?"하며 우는 것이다.

"그렇지요? 어딘가 좀 이상 했어요, 우선 엄마와 저만 알고 어떻게든지 고쳐 보려고 노력 해 봐야지요. 먼저 돈을 잃어버린 그 어린이의 부모님을 찾아가서 그 돈을 돌려주시고, 정중히 사과부터 하세요. 그리고 반 아이들에게는 아무도 알지 못하게 하겠습니다. 아이들이 알면 놀림을 받을 수도 있고, 그러면 이 학교에 다니기가 어려워져요."

"어떻게 하면 고칠 수 있을까요?"

"글쎄요! 하여튼 같이 노력 해 나갑시다. 그런데 그 아이가 도벽성이 형성되기까지는 누구보다도 어머니 책임이 더 크다는 것은 알고 계십니까? 엄마가 돈을 경대 위나 서랍 속이나 아무 데나 함부로 두고 다니신 적이 있지요?"

"전에는 그랬는데, 요즈음은 잘 간수 하는데요?"

"아마 그랬을 것입니다. 돈을 아무 곳이나 두고 다니면 엄마가 없을 때 돈이 여기저기 내동댕이쳐져 있어, 저도 모르게 돈을 접하게 되고 그 돈을 갖다 쓰고 싶은 마음이 생기게 되고, 또 엄마 돈이니까 내가 조금 갖다 써도 괜찮지 않을까? 하는 마음의 충동을 받습니다. 이른바 견물생심하게 되는 것이지요. 그래서 어느 날, 학교 갔다 오다가 아이들이 길가에서 떡볶이를 사먹는 것을 보고 나도 돈이 있으면 사 먹을 수 있겠다는 생각이 들었는데, 집에 와 보니 엄마는 없고, 경대 위에는 여전히 7천 원이 놓여 있었던 것이지요. 그래서 천 원짜리 한 장을 빼서 자기 호주머니에 넣고, 다음 날 학교가 파하고 집에 돌아오는 길에서 떡볶이를 사먹었는데, 여전히 엄마는 그 돈이 경대 위에 놓여 있는 것조차 알아차리지 못하고 있으니, 아이는 집에서 엄마 돈을 훔치는 것이 누워서 떡 먹기처럼 쉽게 성공했다는 생각에 더욱더 자신과 용기가 생겼겠지요. 며칠 후에 우연히 엄마 경대 서랍을 열어 보니 만 원짜리가 여러 장 들어 있는 것을 보고 처음에는 너무 큰돈이라 망설였지만, 아이는 지난번 성공한 사례를 생각하여 만 원짜리 한 장을 빼서 자기 호주머니에 넣게 되는 겁니다. 이제 도둑질이 좀 더 커진 거지요. 그런데 여전히 엄마는 그것도 모르고 있으니 이번에도 성공이라 자만했을 것이고, 그 돈으로 사고 싶은 장난감도 사고 친구들에게 떡볶이도 사주니, 따르는 친구도 많아지고 제법 의젓해 진 것처럼 엄마 돈을 노리는 숙련공이 된 것이지요. 이제는 그 재미가 쏠쏠해지니 자주 엄마의 물건에 손을 대기 시작하고 엄마가 없으면 이 서랍 저 서랍을 열어 보는 습관이 생기게 되었을 겁니다. 그러다가 결국에는 엄마한테 들키게 되었을 것이고 엄마는 그 때부터 돈을 함부로 두지 않고 단속을 잘했겠지요. 그런데 문제는 그 아이의 도벽성이 끝난것이 아니라 장소가 학교로 옮겨지게 된 것이지요. 민수가 아마 이 단계에 와 있는 것이 아닐는지 생각이 듭니다.”라고 말씀을 드렸다.

  “선생님! 어떻게 그렇게 꼭 본 것처럼 말씀을 하세요? 민수가 3학년 때부터 그런 짓을 해서 저한테 혼 난 뒤 다시는 하지 않는다고 했는데 그것을 아직도 학교에서 하고 있는 줄은 정말 몰랐어요. 그리고 혹 용돈이 적어서 그런 줄 알고 용돈을 좀 올려 주기도 했는데요. 어떻게 하면 그 나쁜 버릇을 고칠 수 있을까요?"

"저도 전문가는 아니지만 우선 우리 어른들이 먼저 조심해야 할 일은 돈을 손에 닿는 곳에 두지 말아야 합니다. 또 아이가 쓸 수 있는 용돈을 주되, 꼭 금전출납부를 쓰도록 해서 돈의 낭비를 방지하고, 꼭 필요한 돈은 어머니께 언제든지 말할 수 있게 해야 합니다. 돈의 소중함을 알게 하기 위해 집안일을 하게하고 그 대가로 얼마씩 주도록 하여 스스로 예금케 하고 예금 통장에 자기 돈이 늘어나는 재미를 느끼게 해 주어야 합니다. 가족들 생일에, 자기통장에서 자기 돈을 찾아 조그마한 선물을 준비하여 가족들께 선물도 할 수 있는 경제생활을 배우도록 해 봅시다. 월말에는 꼭 결산을 하여 쓸데없는 물건을 사지 않았는지, 또 주전부리에 너무 많은 돈을 쓰지 않았는지 반성하는 기회를 가져 돈의 소중함을 알게 해 봅시다. 아이들에게 나타난 모든 나쁜 버릇은 아이에게는 10%, 나머지 90%는 모두 우리 부모님, 아니면 사회의 우리 성인들이 그렇게 되도록 길러 놓은 것입니다."

민수는 그 후에 그 나쁜 도벽성이 없어졌는지 알 수는 없지만 그의 나쁜 소식을 아직 듣지는 못했다. 아마 잘 교정이 되었으리라 믿고 싶다.

털모자와 스케이팅

어느 해 몹시 추운 겨울날 이었다. 겨울 방학이 되려면 아직 일주일이 더 지나야 했다.

한 번도 결석 한 일이 없는 윤석이가 결석을 했다. 왜 결석을 했을까? 궁금하여 집으로 전화를 했더니 어른들은 없고 식모가 하는 말이 병원에 입원을 했다는 것이다. 그래서 문병을 갔다. 지난 일요일에 동네에서 조금 떨어 진 논, 야외 스케이트장에서 서로 부딪쳐 넘어져 뇌진탕이 일어났다는 것이다. 응급처치로 뇌수술은 했지만 아직 의식이 없다는 것이다. 참으로 큰일이다. 그 날 윤석이를 태워 스케이트장에 갔다 온 그 집 운전기사가 하는 말을 자세히 들어 보니 그 날 일요일이라 사람들이 너무 많았는데, 그 중 특히 중고등 학생들이 너무 많이 나와서 자기네들끼리 치기 장난을 하는 바람에 질서유지가 잘 되지 않았다는 것이다. 즉 얼음판 회전 라인을 중심으로 좌회전,

같은 방향으로 타야 안전한데, 그 질서가 무너지고 말았다는 것이다. 그런데, 방송으로 계속 좌회전으로 회전하라는 스피커 소리가 나는데도 학생들이 지그재그로 달리며 치기 장난을 계속하고 있었고 그러다가 그들과 부딪혀서 윤석이가 넘어지긴 했지만 별일이 없었다고 했다.

윤석이는 몇 바퀴를 돌고 나와서 너무 덥다고 쓰고 있던 털모자와 털장갑을 벗어 놓고 타기 시작했는데, 아무래도 불안해서 그만 타고 가자며 불렀더니 한 바퀴만 더 타고 온다더니 갑자기 치기장난을 하던 한 고등학생과 머리와 머리가 맞부딪혔다는 것이다. 다행히 윤석이는 아무렇지 않은 듯 금방 일어나서 또 한 바퀴를 더 돌더니 좀 어지럽다며 집에 가자고 했다는 것이다. 그래서 스케이트를 정리하여 집으로 돌아왔고, 윤석이는 자기 방에 들어가 잠이 들었는데 저녁 식탁이 차려지고 식사를 해야 하는 윤석이가 나오지 않아 방에 가서 윤석이를 깨워도 꼼짝하지 않자 긴급구급차를 불러 병원에 갔다는 것이다. 휴일이라 뇌진탕을 검진 할 전문 의사가 없어서 긴급 수소문 끝에 의사가 와서 응급수술처치를 마쳤지만, 혼수상태라는 것이었다. 만일 털모자나 안전모를 썼더라면 아무 일이 없었을 터인데….

7개월 후, 윤석이는 반신불수가 되어 목발에 의지하여 절뚝거리며 학교에 나왔다. 반갑기는 하나 너무나 슬펐다. 그렇게 씩씩하고 튼튼하던 윤석이가 이렇게 되다니 내가 빙상안전 사전지도를 잘 못한 죄가 크다는 느낌이 들었다.

윤석이의 사고 이후에 겨울철이 오면 언제나 빙상 안전교육을 철저히 해 오고 있다. 이 글을 읽는 독자 여러분! 학부모 여러분! 스케이트장을 운영하는 업자 여러분! 그리고 스케이팅을 즐기는 학생 여러분, 부디 안전 수칙을 꼭 지켜 서로의 건강을 지켜요.

첫째, 스케이트장에서는 언제나 같은 방향으로 타야하고, 치기장난을 하면서 지그재그로 타면 절대 안 된다.

둘째, 스케이트를 탈 때는 아무리 더워도 털모자나 안전모를 꼭 써야 하고 무릎과 팔꿈치에 안전대를 끼고, 털장갑이나 스키장갑을 꼭 껴야 한다.

셋째, 깊은 곳이 아닌 안전한 스케이트장에서 타야하고, 서로 부딪치지 않게 언제나 9m 앞을 바라보며 타야 한다. 그리고 롤러스케이팅도 꼭 같은 규칙을 지켜야 한다.

이처럼 안전 수칙은 언제나 나와 다른 사람의 생명을 지킨다는 사실을 깊이 깨달아야 한다.

한이 아버지의 흔육

나는 월요일마다 일기장을 모아 검사를 하기로 하였다.

그런데 그 중에 유달리 눈에 띄는 일기가 있었는데 그게 바로 한이라는 아이의 일기였다. 이 어린이의 일기에는 언제나, "나는 참 행복하다"는 말로 시작되었다. 그의 일기를 잠깐 소개 해 보면 이렇다.

○ 월 ○ 일 일요일 맑음

나는 참 행복하다.

오늘은 일요일이라 예배가 끝난 뒤 예정대로 장애학생을 위한 특수학교를 아버지와 함께 찾았다. 선물로 양말 한 타를 사 가지고 갔다. 운동장에서 노는 아이들이 다 앞을 보지 못하는 맹아들이 아니면, 다리를 저는 불구아들이었다. 그래도 그들은 그들 나름대로 재미있게 공놀이를 하는 것을 보았다. 소리 나는 공을 쫓아 축구를 하는 아이들, 다리를 절뚝거리며 공을 차는 아이들, 모두들 땀을 뻘뻘 흘리면서 신나게 놀고 있었다. 아버지는 나에게 물었다. "너는 저 아이들을 보고 무슨 생각을 했니?" "참 불쌍해서 도와주고 싶어요." "어떻게 하고 싶은데?" "저런 맹아나 불구아가 많이 생기지 않게 했으면 좋겠어요." "어떻게?" "내가 커서 훌륭한 사람이 된다면 아니 정치인이 된다면 먼저 저런 불구아나 맹아들이 발생하지 않도록 보건위생관리를 잘 하도록 해야 하겠고, 각종 사고가 나지 않게 법과 규칙을 철저하게 준수하도록 안전관리도 잘 해야 하겠고, 그들의 교육, 취직 등에 관심을 주어 저들도 인간답고 복되게 살게 해 주고 싶어요."

"참 좋은 생각이다. 네가 커서 훌륭한 사람이 되면 꼭 도와주어라."

"예, 그렇게 하겠어요, 그리고 또 한 가지 더 있어요." "그게 뭔데?" "나는 이 세상에서 가장 행복한 사람 같아요." "왜 그렇게 생각하는데?" "나는 우선 건강하잖아요, 저 아이들처럼 눈 먼 봉사도 아니고, 절뚝거리는 불구자도 아니고, 말 못하는 벙어리도 아니잖아요, 어디든지 갈 수도 있고, 좋은 학교에도 다니고, 또 나를 사랑해 주시는 가족이 있고, 언제나 편히 쉴 수 있는 우리 집이 있으니 참 행복해요. 그리고 일요일 마다 우리 보다 못한 사람들을 찾아다니며 남을 돕는 아름다운 마음, 훌륭한 생각을 하도록 깨달음을 주시는 아버지가 계시니 참 행복해요. 세상 모든 아버지들 중에서 우리 아버지가 제일 훌륭하신 것 같아요."

"그래 네가 나를 그렇게 훌륭하게 생각 해 주니 참 고맙구나, 사람은 누구나 생각할 줄 알지만 그 생각은 모두 다 다르지…" 그 아버지의 훈육과 교육 방법이 퍽 인상적이고 또 내 마음속에 깊숙이 새겨졌다.

어느 겨울 추운 날 지하철 계단에 앉아 구걸하는 거지를 보고, 또 연쇄 살인마의 기사를 보고, 머나 먼 여행길에서 노모를 버리고 돌아온 짐승만도 못한 불효자식에 대한 기사를 읽고, 또 어느 노파가 평생 동안 번 돈을 몽땅 대학에 기부한 신문기사를 보고, 어느 공무원이 받은 뇌물, 또 어느 기업의 이중장부, 불법정치자금 등의 기사를 보고… 그들 부자(父子)의 대화는 언제나 진지했다.

마음 속 깊이 숨겨져 있는 감정과 생각과 각오와 의지와 결의를 이끌어 내어 어떻게 하면 더 살기 좋고 더 아름답고 더 여유 있고 희망이 넘치는 사회를 만들 수 있을까? 하는 미래의 희망찬 사회의 동량을 싹트게 하는 그들의 진지한 대화가 마치 어느 국가를 경영하는 국무회의에서의 훌륭한 장관들이 주고받는 듯한 내용을 그의 일기장에 고스란히 녹아 담겨져 있는 것을 보고 참으로 놀랍고도 감탄스러워졌다. 그렇게 훌륭한 아버지를 가진 한이가 한 없이 부러웠다.

나는 과연 2세 국민을 가르친다는 교사로서 그만한 비전을 가진 언행과 소견이 있었던가? 나는 과연 자식들의 아버지로서의 그만한 의지와 자질이 있었던가? 내 자신이 한 없이 초라해지고 견딜 수 없이 부끄러웠다.

지나친 잔소리 때문에 생긴 일

어느 해인가 5학년을 맡아 가르치고 있을 때 일이다

준표는 4학년 때부터 1등으로 올라 왔고, 또 급우들로부터 인기가 많아 반장으로 선출되어 활동하고 있는 아주 똑똑한 우등생이었다. 그런데, 어느 날 중간시험을 보는데 준표가 보통 때와 아주 다른 행동을 보여 이상 해 보였다. 열심히 문제를 풀다가 말고 갑자기 창밖을 쳐다보고 우두커니 앉아 있는 것이다. "야, 준표야, 너 시험 안보고 뭐 하는 거야?" 했더니 깜짝 놀라 나를 쳐다보더니 눈물을 주르르 흘리면서 울고 있는 것이다 "왜 그러니? 너 어디 아프니?" "아니유!" "그럼 왜 그러니?" 그래서 시험지를 보니 다 풀고 한 문제만 풀지 못하고 답안지를 내는 것이다. 시험이 다 끝난 뒤 쉬는 시간에 그 아이를 불러 자세히 물어 보았으나 영 대답을 하지 않았다. 그러고 나서 곧 하교 시간이 되었다. 그 때 마침 준표 동생인 은표가 "형!"하고 부르며 교실로 들어 왔다. 그래서 준표 동생에게 "은표야, 집에서 무슨 일이 있었니? 형이 시험을 보다 말고 멍하니 창밖을 내다보고 앉아 있으니 말이야!" "엄마한테 혼날 생각을 하고 걱정이 돼서 그러는가 봐요." "왜 혼나는데?" "우리 엄마는요 욕심이 너무너무 많아요, 그래서 우리가 한 문제라도 틀리면 왜 그게 틀리느냐고 꼬치꼬치 묻고 잠도 못 자게 해서 미칠 지경이여요. 아마 형도 그것 때문 일거요." 그래서 그 엄마를 학교로 불렀다.

"준표어머니, 준표가 공부도 일등이고, 생활도 모범생인데 무엇이 그렇게 부족하다고 준표의 기를 자꾸 죽여요?"

"선생님 그게 무슨 말씀이셔요? 내가 우리 아들 기를 죽이다니요?"

"아무리 천재라고 해도 시험을 보면 틀리는 수도 있지, 하나, 둘 틀렸다고 너무 다그치지 마세요."

"다른 아이는 맞았는데 우리 애가 틀리면 왜 틀렸느냐고 물어 본 것뿐인데요?"

"그래도 내버려 두세요, 준표는 가만히 두어도 잘 할 수 있는 우수 아이니 너무 지나친 간섭, 지나친 요구와 기대로 긴장하게 하여 스트레스를 쌓이게 하면 큰 일 나요." 하며 부탁했다. 그리고 그 엄마가 돌아 간 뒤에 그 아이의 생활기록부와 가정환경조사서를 찾아 그 집안을 알아보았다. 아빠는 S대 법대를 나오고, 큰 회사 중역이요. 엄마도 K대 법대를 나왔다. 준표는 엘리트 집안의 장남이었다. 그런데, 그러한 고학력 고소득의 부유한 집안에서도 문제는 있었다. 엄마의 지나친 욕심이 화를 불러일으키고 있었다. 준표는 공부를 지나칠 정도로 열심히 잘 하기 때문에 언제나 시험을 보면 만점이다. 그런데 사람이 신이 아닌 이상 항상 다 맞을 수는 없다. 어쩌다가 혹 한 문제가 틀리는 수도 있다. 그런데, 이 엄마는 이것이 용납이 안 되는 것이다. 어쩌다 한 문제가 틀리면, "너희 반에 다 맞은 사람도 있니?" "예, 한 사람 있어요." "그 애는 다 맞았는데, 너는 왜 틀렸니? 네가 일등이잖아?" 하고 그 답안지를 찾아보고 이것은 요것을 공부하면 알 것을 왜 안 했니? 왜 침착하지 안 했니? 왜 아는 것을 틀렸니? 다른 사람은 알고 있는데 너는 왜 몰랐니? 너희 아버지는 초, 중, 고 때 공부를 잘 해서 S 대 법대를 나왔는데, 너는 왜 이렇게 쉬운 문제를 못 풀고 틀리니? 이렇게 해서 어떻게 좋은 학교로 가겠느냐? 너의 아버지가 졸업한 S 대학교에 들어 갈 수 있겠느냐? 하면서 밤중까지 잠도 못 자게 붙들려 추궁당하고, 무시당하고 잔소리를 들어야 하는 불쌍한 아이였다는 사실을 동생을 통해서 알게 되었다.

두 세 달이 지난 어느 날, 하교 시간이 지난 오후 준표 어머니가 교실로 찾아 오셨다. 그리고 내 책상 앞에 앉자마자 엉엉 우는 것이다. 그것도 흐느껴 우는 것이다. 나도 깜짝 놀라 일어나면서

"준표 어머님! 왜 이러세요, 진정하시고 말씀해 주세요." 눈물을 닦으며 하시는 말씀이

"글쎄 우리 준표가 몽유병에 걸렸대요."

"몽유병이란 것을 어떻게 아셨어요?"

"아침에 아이 방에 가면 이상하게 아이 발바닥에 흙이 묻어 있어서 맨발로 밖에 나갔다 왔냐고 물었더니 아니라는 거예요. 그런데도 계속 발바닥에 흙이 묻어 있어서 어떻게 된 거냐고 물었더니 자기도 모른다는 거예요. 그래서 그 날 저녁부터 준표가 잘 때도 계속 지켜보았더니 한 밤중에 일어나더니 글쎄 방문을 열고 나가서 집 뒤 채소

밭에서 이리 갔다 저리 갔다 하고 돌아다니다가는 돌아와서 자기 자리에 들어가 다시 자는 것이 아니겠어요? 그것을 보고 얼마나 놀랐는지 모르겠어요. 그래서 발을 씻겨 주고 어디 갔다 왔니? 하니까 모른대요. 그래서 다음 날 병원에 가서 왜 그러냐고 물어 보았더니, 두말할 것도 없이 몽유병이라는 거예요."

"왜 그런 병이 걸리는데요?"

"내가 너무 잔소리를 하는 바람에 스트레스가 많이 쌓여서 그런 병이 걸린 거래요."

"그것 보세요, 제발 이제는 준표를 가만히 마음 편하게 공부하도록 자유를 주도록 하세요."

"그렇게 하고말고요. 선생님 말씀을 진작 들을 것을 많이 후회하고 있어요."

"치료는 잘하고 있겠지요, 마음을 편안하게 해주고, 충분한 자유를 주시고, 엄마의 진정한 사랑을 느낄 수 있도록 가슴으로 안아 주셔요, 빨리 낫게 해 주셔요, 그리고 다시는 더 이상 그런 병이 나지 않게 도와 주셔요." 부모님의 지나친 간섭은 이처럼 아이에게 스트레스를 많이 쌓이게 하여 몽유병이란 병을 일으키게 하는 수도 있다는 사실을 처음 알게 되었다.

스트레스가 자꾸 쌓이면 모든 병의 원인이 된다는 사실을 알아야 한다. 참으로 세상에서 가장 어려운 일은 사람을 바르게 건강하게 길러 내는 교육이라고 생각된다. 이 글을 쓰고 있는 필자 자신도 자기 아이들 교육에 성공하지 못했다고 생각된다. 그것은 그 실패의 원인이 무엇인지를 너무 늦게 알게 되었기 때문이다. 그래서 나 같은 부모가 되지 말라고 이 글을 쓰고 있는 것이라고 말하고 싶다.

학습능력의 차이는 왜 생길까?

새 학년이 되었다.

금년에는 서울에 와서 처음으로 1학년을 담임하게 되었다. 그런데 우리 반에 안준호란 학생이 있었다.

어느 날 수업 중에 갑자기 일어나

"선생님 나 어제 신촌 시장에서요 신발을 새로 샀어요." 하고 자기의 새 신발을 보이는 것이다.

모두들 폭소가 터졌다. 그러나 나는 그 아이가 무안 해 하는 것을 보고 얼른 "아, 그랬니? 그래 얼마 주고 샀니?" "얼마인가는 잘 몰라요, 할머니가 사 주셨어요." "야 ! 참 멋있다!"

칭찬을 해 주었지만 그 아이가 왜 그런 말을 갑자기 했을까? 서울대 Ls 박사가 쓴 '행동수정' 이란 책 속에서 읽은 내용이 생각이 났다. 집에서나, 유치원에서는 모든 사람들이 자기에게 관심이 집중되

어 있음을 늘 느끼며 살아 왔다. 그런데 갑자기 학교라는 낯선 곳에
오니 아무도 자기에게 관심을 주지 않는다. 그래서 자기도 모르는 사
이에 본능적으로 갑자기 돌발적인 언행을 하여 자기에게 관심을 집
중시킨 것이 아닐까 ? 마치 어린애가 큰 소리로 울어 엄마의 관심을
끌듯…,하여튼 나는 그 아이에 대해서 관심을 가장 먼저 가지기 시작
했다.

그 아이는 유달리 지능이 좀 뒤져 있는 것이 아닐까 의심을 갖게
되었다. 왜냐하면 신발도 바로 신지 못하고, 체육시간에 옷을 벗어
놓고 체육이 끝난 뒤에 다시 입을 때에도 옷을 뒤집어 입거나 앞뒤를
가리지 못하는 것이다. 뿐만 아니라 글씨를 쓰는데도 자음과 모음의
위치를 가끔 바꾸어 쓰는 것이다. 그래서 그 아이에 대하여 유심히
관찰하면서 그 원인을 찾아보기로 하였다.

우선 생활기록부와 가정환경조서를 통하여 가족관계를 알아보았
다. 5대 독자이고, 부모님은 출판인쇄소를 경영하는 관계로 내외가
매일 일찍 출근하고 늦게 돌아온다. 집에서 할머니가 혼자 준호를 키
우고 있었다. 유치원에 가기 전까지 늘 업고 다녔다고 한다. 준호네
는 그 당시 꽤 큰 인쇄소를 경영하는 비교적 부유한 가정이었다. 그
런데, 유치원을 2년이나 다녔지만 큰 진전이 없었다고 유치원 원장
님이 실토해 주셨다. 어느 날이었다.

“준호야, 너 아침 먹었니?” “네” “네가 혼자 스스로 먹었니?”

“아니오, 할머니가 먹여 주셨어요.”

“네가 혼자 밥 못 먹어?”

“아니오, 나도 먹을 수 있어요. 그런데 밥을 흘린다고 자꾸 할머니
가 먹여 주시는데요.”

"준호야, 너도 이제는 아기가 아니고 1학년 어린이가 되었으니 네가 할 일은 네가 스스로 해야지!

언제까지 할머니 손에 의지할거야?"

"너 신발을 벗어 봐, 그리고 네 오른쪽 발을 내 봐, 여기가 쏙 들어가고 이것도 여기가 쏙 들어갔지? 이것을 오른쪽에 신는 거야." 양쪽 신발을 다 벗겨서 흩어 놓고 다시 신게 했더니 이제는 제대로 찾아 신게 되었다. 이렇듯 이 아이는 만 여섯 살이 되도록 여섯 살 또래가 할 수 있는 일을 아직까지 제 스스로 별로 경험하지 못한 것 같다.

5대 독자를 기르는 할머니가 하나 밖에 없는 손자를 금이야 옥이야 불면 깨질까 모든 것을 대신 해주어, 아무 것도 아이 스스로 해 본 경험이 없었던 것이다. 너무나 사랑스러운 마음에 모든 것을 다 해주는 것이 참 사랑으로 잘 못 알고, 과잉보호에 과잉 참견에 맹목적인 사랑으로 스스로 아무 것도 하지 못하는 지진아로 만든 것이다. 참으로 한심한 일이었다.

초등학교 1학년이면 옛날과 달리 거의 모두가 만 여섯 살 같은 또래이다. 그 여섯 해 동안 가정과 유치원, 동네란 고장사회에서 생활하여 왔다. 그런데 이들 또래 집단을 상대로 1시간 동안 수업을 하여 그들이 새로운 낱말이나 새로운 지식을 배운다고 가정 해 보자. 확실히 개개인간에는 이해 터득하는 차이가 큰 것을 알 수 있었다. 어떤 아이는 100%, 어떤 아이는 80%, 50%, 15% 정도 밖에 이해하지 못하는 아이가 있었다. 칠판의 글씨를 쓰도록 하여도, 또 계산문제를 내 놓아도 그 속도의 차이가 그만치 난다. 그것은 왜 그럴까? 타고 난 지능의 차이가 있기 때문일까? 아니면 만 6년간의 생활경험에서 터득한 지혜의 차이에서 오는 것일까? 옛말에 천재도 99%는 노력이고, 영감은 1%밖에 없다고 했다. 태어나면서 지니고 나온 지능 즉 유전적인 요소는 불과 1% 밖에 없다면, 나머지 99%의 이해도의 차이는 뇌세포의 기능이 가장 활발히 확장되어 가는 그 6년 동안의 생활경험에서 터득한 지혜의 차이에서 격차가 벌어졌다는 것이 아니겠는가? 결국 학습능력이 높은 아이는 학습이해도 빠르고, 학습효과도 크다. 그러면 그 학습능력은 도대체 무엇인가? IQ와도 관계가 있는 것 같고, 그 학습능력의 차이는 무엇에서 오는 것일까? 참으로 많이 궁금해 졌다.

나는 관계학자들의 강의와 문헌을 보고 나름대로 하나의 결론을 터득했다. 그것은 과학적으로 검정된 것도 아니고 확신하는 근거도 없지만 그래도 전연 근거 없는 것도 아닐 것이다. 사람은 역시 태여나면서 지니고 나온 지능의 차이도 분명히 있는 것 같다. 즉, 부모님의 두뇌 발달의 지능정도와 정신 건강상태와 부부관계시의 정신적 건전상태(취중상태) 등 부모의 뇌세포가 쇠약하면 태아의 뇌세포의 기능형성이 좋지 않다는 것이다.

그러나 부모님이 모두 건전한 정신과 건강한 육체를 가졌다 해도 아이가 모태로부터 출생 진통의 정도와 시간의 차이에 따라 그 아이의 성격과 지능의 차이가 있다는 것도 문헌을 통하여 조금 알게 되었다. 그리고 태교는 어머니뿐만 아니라 아버지와 온 가족이 다 같이 해야 한다는 것이다. 왜냐하면 신성하고 성실하고 완벽한 좋은 정자를 주고받기 위하여 부부관계 한 달 전부터 부정한 생각과 행동을 삼가고 마음을 신성하고 건전하게 유지해야 한다는 것이다.

예를 들어 6.25 전쟁 때 태어난 아이들은 비교적 불안감과 공포심이 높다는 통계가 있었다. '임신부가 뱀을 때려잡으면 어린아이 피부가 뱀 허물같이 된다.' 는 옛말이 있는데, 그것은 태교의 중요성을 강조한 것이 틀림없다. 그리고 임신부는 선한 생각으로 큰 스트레스 없이 좋은 음악을 듣고, 아름다운 꽃과 경치를 감상하며 아름다운 그림을 보는 것도, 아름다운 글을 읽는 것도 태교에 좋다는 것은 누구나 다 알고 있다. 갓난아이를 모유로, 우유로, 젖이 없어 미움을 먹였느냐에 따라 다르고 모체의 건강 상태에 따라 다르고, 젖도 한 번도 울리지 않고 실컷 먹였느냐, 얼마간 칭얼거리고 울 때 주었느냐, 아니면 숨이 넘어 갈 때까지 울리고 나서 주었느냐에 따라 성격형성이 많이 달라진다는 것이다. 한 번도 울리지 않고 언제나 젖을 실컷 주었다면 게으름뱅이가 되기 쉽고, 숨이 넘어 갈 때까지 울리다가 젖을 주었다면 성질이 나빠져 자폐증 아이가 될 수 있다는 사실도 알게 되었다.

아기가 엄마를 알아보기 시작할 때 색깔과 모양이 다른 놀이기구를 자꾸 갈아 주어야 하고 청력의 발달을 위하여 소리 나는 놀이 기구와 아름다운 음악소리도 자꾸 바꾸어 들려주어야 하고, 아름다운 그림도 보여 주며, '엄마' 소리를 하기 시작하면 하나씩 좋은 낱말을 가르쳐 주어 어휘를 넓혀 가야한다.

지능계발에 필요한 놀이 감을 자꾸 갈아주고, 또 경치가 아름다운 좋은 곳을 많이 보여 주어도 그 아이는 나름대로 정서적 인성과 지능이 형성되어 간다고 한다.

말하기 시작하면 사회생활의 이치를 자꾸 이야기 해주어야 한다. 호기심이 생겨 질문을 자주하는 시기(question age)가 있다는데, 엄마가 하는 말이 "쉿! 조용히 해, 버스 안에서는 이야기 하면 안 되는 거야.” 했다면, 그 아이는 버스 안에서는 큰 소리로 이야기를 하지 않아야 한다는 공중도덕은 잘 배웠겠지만, 그 아이는 다시는 질문을 잘하지 않게 되고 호기심과 의문을 풀어 가는 활발한 자기지능 계발단계에서의 발전의 진도는 훨씬 뒤지고 만다. 그러나 작은 소리라도 조용조용히 그 아이가 알아들을 수 있도록 대답을 해 주어야 새로운 지식의 개념을 그만큼 더 얻게 되고, 또 다른 의문이 있을 때 또 다른 질문을 하게 된다. 그러면 다른 아이보다 지능이 그만큼 더 앞서가게 되는 것이다. 이처럼 같은 나이 또래 중에서 다른 아이보다 조금이라도 더 많은 이야기를 듣고, 조금이라도 더 많은 것을 보고, 더 많은 일을 해 보고, 더 많은 글을 읽고 더 많은 경험을 얻도록 하는 것이 지능계발에 더 많은 도움이 된다는 사실을 알게 되었다.

맹자 어머니가 아들의 교육을 위해 이사를 세 번이나 했다는 맹모삼천지교(孟母三遷之敎) 는 이것을 실천한 것이 아니겠는가? 그런데 준호라는 이 아이는 같은 또래 집단 중에서 지적이고 행동적인 체험이 남들 보다 훨씬 적음을 알 수 있었다.

같은 단위 시간에 학습한 결과 즉 학습효과가 높은 아이는 학습능력이 높기 때문이다. 학습능력은 곧 새로운 문제를 해결하고 새로운 지식을 받아들이는 힘이라고도 할 수 있다. 그 학습능력은 결국 그 아이가 가지고 태어난 선천적인 재능 즉 타고난 소질 같은 것과 후천적으로 모든 경험을 통해서 터득한 모든 것을 총동원하고 응용 활용해서 새로운 문제를 해결하고 새로운 학습을 받아들이는 힘과 그 능력이 바로 학습능력이라고 본다. 그것이 IQ 라는 것이 아니겠는가? 나는 그렇게 믿고 싶다.

그러면 출생 후 만 6년간 어린 아이들이 겪는 경험이 뭐 그리 중요하고 그리 많다고? 옛날에는 부잣집 아이들보다 가난한 집 아이들이 비교적 더 공부를 잘했었던 적이 있다. 그것은 왜 그랬을까? 가난한 집 아이는 일찍부터 심부름도 해야 하고 풀도 베고, 부엌에서 불도 때보고, 들에서 소에게 풀도 먹여 보고, 억새풀에 손도 베어보고, 옻나무를 잘 못 만져 옻도 올라서 혼이 나 보기도 하고, 풀밭에서 독충이나 쐐기한테 쏘여 쓰라림도 당해 보았다. 그리고 어머니를 따라 들에 나갔다가 벌에 쏘여 보기도 하고, 뱀 같은 무서운 동물과 대면한 적도 있었고, 논에서 거머리한테 물려 보기도 하고 냇물에서 고기도 잡고 미역도 감아보고, 자연환경의 변화를 스스로 체험하며, 모든 생물의 생태를 보고 느끼는 체험을 더 많이 한 아이가 된다. 그러나 옛날 부잣집 도령님은 집안에서 책만 읽고 그러한 체험의 기회가 비교적 적었기 때문이다.

뇌세포의 기능이 가장 활발히 확장되어 가는 이 유아기 6년간, 피아노를 즐거운 마음으로 가장 많이 쳐 왔다면 피아노 치는 능력은 분명 남들보다 훨씬 앞설 것이다. 이 같이 유아기 6년간 이 아이가 보고, 듣고, 읽고, 해 본 것이 무엇인가, 바로 그가 경험한 그 모든 것이 이 아이가 일생동안 살아가면서 새로운 학습을 하는데, 어려운 문제를 해결하고 새로운 지식을 얻는 지적성장을 해 가는데, 꼭 필요한 씨앗이요, 지능이요 지혜요 원동력이요, 밑천이 되는 것이라고 나는 믿고 싶다.

학년이 올라가면 학습을 통해 새로운 학습효과가 더해지면서 밑천도 점점 늘어나는 것이다. 그런데 밑천이 많은 상인의 이익률이 큰 것처럼 이 유아기의 밑천이 큰 아이는 그렇지 않은 아이보다 언제나 학습효과라는 이득률이 훨씬 더 높아 언제나 앞선다는 사실이다.

옛날과 달리 오늘날은 부자나 가난한 집 아이나 관계없이 부모가 현명하게 이 이치만 잘 알고 뇌세포 기능이 가장 활발히 확장하는 만 6세까지의 어린이들이 겪어야 할 여러 가지 경험 +∂ 만 충분히 잘 쌓아 준다면 나중에 많은 사교육비 들여 과외수업을 시키지 않아도 높은 학습능력으로 좋은 학습효과를 올릴 수 있다는 사실을 굳게 믿어 의심치 않는다. 그리고 이 기간에 남을 돕는 일, 이웃을 배려하는 마음도 함께 익혀 나간다면 장성하여 국가 사회를 위해 보다 더 공헌하는 훌륭한 인재가 되리라 확신한다.

대학원에 입학

서울에 올라 온지 5년이란 세월이 흘러갔다.

마음 속 깊숙이 갈아 앉았던 그 향학열(向學熱)이 다시 솟구쳐 올라 대학원 진학의지가 또 용솟음치기 시작했다. 겨울 방학이 되자 S대 법대 대학원을 찾아가 입학원서를 구입하여 집으로 돌아왔다. 합격이 될 만한 실력은 아직 갖춘 것은 아니지만 응시라도 한 번 해서 시험 경향과 수준정도라도 알아 볼 생각으로 원서를 살펴보기로 했다. 서류 속에는 학업 중에 직장을 가져서는 안 된다는 서약서가 들어 있었다. 그것은 전적으로 학업에만 열중케 하려는 학교당국의 의지였다. 그러나 나로서는 부양할 가족이 있어 직장을 팽개치고 학업에만 골몰 할 형편이 못 되었다. 그래서 다른 대학을 차례로 돌아보았다. 야간부 법과 학부과정은 있으나 법과 대학원과정은 모두가 주간부로 운영되고 야간부로 운영되는 곳은 한 곳도 없었다. 실망하고 집으로 돌아 왔다. 그래도 언젠가는 진학 해야지 하며 계속 준비를 하고 있었다.

그런데, 어느 날 동료 직원 U 선생님이 나에게 대학원에 진학하지 않겠느냐고 묻는 것이다. 그게 바로 G대학교 대학원이었다. 그 곳에서도 작년도부터 대학원에 법학과가 운영되고 있다는 것이다. 물론 그 곳도 주간부로 운영되고 있었다. 그러나 가까운 거리이니 수강하기에는 어쩌면 될 것만 같았다. 그래서 U 선생님은 국문과에 나는 법학과에 응시하게 되어 합격이 되었다.

또다시 대학원에서 최상급의 전문 학습이 시작되었다. 가르치랴, 배우랴 눈코 뜰 새 없이 교학(敎學)에 바쁘게 되었다. 이것이 내 팔자인지도 모르지만 이 나이에 이것은 지나친 과욕이 아닐까? 자책도 해 보았다. 그래도 사람은 끝까지 희망을 버리면 안 된다고 생각을 했고, 만약 희망을 버린다면 그 때부터는 삶의 의미가 없지 않겠느냐?

꿈은 곧 삶이요 활기다. 그래서 교수를 목표로 높이 잡았다. 시작하면 박사 코스까지 밀고 나가야 한다고 생각했다. 중간에 끝이면 아니 한 것만 못하다. 그래야 하다못해 대학 시간강사라도 되지 않겠는가? 그래서 배우고 가르치는 교육의 양면을 힘겹게 밀고 나갔다.

학기가 네 번이나 지나 2년이라는 이수기간이 모두 지나고, 졸업을 위한 석사 학위시험을 치러야 했다. 영어가 좀 부족했으나 본 대학원에서 영어특강을 설정해 주어 그 덕택으로 합격되고 전공과목도 통과되었다. 명실 공히 법학석사가 된 것이다. 그런데 문제가 있었다. 박사과정 입학시험을 치러야 하는데 여전히 영어에 자신이 없었다. 제2 외국어인 일어는 합격되었으나, 역시 영어시험에서 그만 낙방이 되고 말았다. 그래서 퇴근 후에 종로에 있는 영어학원에서 6개

월간 교습을 받으며, 버스 안에서나, 쉬는 시간에도 영어책만을 가지고 다니며 열심히 공부를 했으나 여전히 자신은 없었다. 그래도 시험은 일단 다시 보기로 했다. 영어 시험은 복지사회에 관한 영문을 해석하는 문제였다. 지난 석사과정에서 미국 하버드 대학에서 교환교수로 온 J 교수가 '복지국가론'이란 논제로 한 학기 동안 원강으로 수업을 받은 일이 있었다. 그 때 그것이 큰 도움이 되었으나, 해석이 그리 매끄럽게 되지는 않았다. 그래도 다행히 그 때 배운 영어단어들이 눈에 많이 익어 나름대로 해석을 이어 가는데, 모르는 몇몇 단어는 그대로 영어단어로 집어넣고 그 긴 문장을 나름대로 말이 되도록 해석을 마치니 종이 울렸다. 그래도 지난 번 때 보다는 훨씬 더 잘 본 것만 같았다. 드디어 합격자 발표가 게시되었다. 이번에는 다행이도 내 이름이 그 합격자 명단에 들어 있었다.

명실 공히 학문의 상아탑인 박사과정에서 연구토론을 하며 공부를 하게 되었다. 박사과정에 들어가면서 친분이 있는 교수 한 분의 추천으로 G전문대 행정학과에서 주 1시간 법학개론을 맡아 강의도 하게 되었다. 경력을 쌓아야 되기 때문이다. 강의 준비까지 해야 하니 더욱 바쁘게 되었다.

박사과정의 민법교수는 여자이신 K조교수 한 분 밖에 없었다. 그런데 얼마 안 되어 문제가 생겼다. 갑자기 지도 교수가 바뀌게 되었다. 왜냐하면 본 대학원에서 박사과정을 밟고 있던 다른 학과 학생이 지도교수의 자격문제를 가지고 대학원에 이의를 제기하는 일이 생겼기 때문이다. 즉 지방 공립대학 부교수가 박사과정에 들어 왔는데, 그의 지도교수가 조교수라 내가 공립대학교 부교수인데 조교수가 내 지도교수가 될 수 있느냐? 하는 항의를 했다는 것이다. 문교부와의 협의 끝에 박사과정의 지도교수는 모두 부교수 이상으로 정하게 하라는 지침이 내려졌다. 그래서 나의 지도교수도 조교수라 자격미달로 물러나고, 대신 K대 C교수로 바뀌게 되었다. 여자보다는 남자가 훨씬 좋기는 하지만 그래도 그 C교수는 우리 대학원에 강의도 나오시지 않는데, 어떻게 내 지도교수가 되느냐고 학교당국에 항의했으나 대학원 지도교수는 부교수이상이면 어느 학교 교수이든 관계가 없고, 당신의 지도교수가 되는 동시에 본 대학원 출강교수가 되는 거라고 했다. 그래서 잘 알지도 못하는 C교수를 만나 뵈려고 인왕산 밑 K대학교로 찾아가 처음으로 인사를 했다. 그런데, 강의시간을 오후 4시에서 6시 사이로 정해 주어 직장인으로 근무해야하는 나로서는 큰일이 아닐 수 없었다. 그렇다고 시간을 좀 더 뒤로 옮겨 달라고 할 수가 없었다. 그래서 걱정스러운 마음으로 돌아와서 교장선생님께 솔직히 말씀을 드리고 도움을 청했더니 쾌히 승낙해 주셨다. 참으로 고마우신 분이셨다. 그분이 아니었더라면 내가 그 박사과정을 이수할 수가 없었을 것이다. 그리고 해마다 3학년만 담임케 하여 최대한 편의를 봐주었다.

그런데, 얼마 안 되어 또 문제가 생겼다. K대 C교수가 갑자기 학장이 되어 너무 바쁘다고 지도 교수를 계속할 수가 없다는 것이다. 그래서 내가 그 K대 학장실에 가서 1시간 이상 간청을 한 끝에 계속 해주시기로 어렵게 허락을 받았다. 이제는 학장실로 강의를 받으러 다녔다. 그 분 강의는 일대 일로 혼자 강의를 받았다.

드디어 '구분 지상권' 이란 논문 주제도 정해지고 자료를 수집하기 시작했다. 그런데, 천지에 논문 자료가 한편도 없고, 단지 민법조문 하나 밖에 없는 이 논제를 어떻게 펼쳐 나가야 하나? 참으로 나에게는 벅찬 일이었다. 그러나 지도교수가 하시는 말씀은 "남이 쓰지 않은 논문이니 제 1인자가 되기 쉽지 않겠어요? 계속 자료도 수집하고 연구해서 개척 해 보세요. 그래야 제 1인자가 되는 것이지요!" 논문자료 수집하랴, 논문 쓰랴, 아이들을 가르치랴, 박사과정 최종시험 준비 하랴, 참으로 시간이 너무 너무 부족하였다. 나는 정신적으로나 육체적으로나 너무 피곤하여 지칠 대로 지쳐 버렸다.

어느 날 아이들 앞에서 가르치다가 말고, 서서 깜빡 졸았던 적이 있었는데, 아이들이 깔깔거리며 웃어서 무척 당혹스러웠다. 드디어 박사과정 3년이라는 이수 기간이 지나고 수강시간은 끝이 났다. 최종적으로 박사 학위 취득을 위한 전공과목과 어학시험만 남았다. 하루 종일 시험을 봐야 했다. 먼저 어학시험이 통과되어야 전공과목 시험을 볼 수 있다. 영어와 제2 외국어(일본어) 시험을 치르는 날, 역시 일본어는 통과 되었으나 영어는 점수 미달이었다.

또 한 학기가 지나야 시험을 치를 수 있었다. 그래서 또다시 종로에 있는 영어학원에 또 다닐 수밖에 다른 도리가 없었다. 물론 회화반이 아니고 영문해석 반에서 많은 시간을 보냈다. 그리고 재도전을 했다. 다행히 합격이 되었다. 이어서 전공과목도 합격이 되어 어려운 과정을 모두 통과 했다.

논문을 쓰는 일만 남았다. 얼마 전에 미국에 있는 제자에게 자료수집을 부탁했으나, 보내 준 자료가 모두 법과는 관계가 없는 지하이용을 위한 건축과 토목공사에 관한 것뿐이었다. 자료수집이 문제였다. 그러던 중 일본 법학 잡지에 조금씩 논문이 처음으로 나오기 시작했다. 일본 법학 잡지 '주리스트' 월간지에 처음으로 논문이 발표되었다. 참 반가웠다. 그리고 일본잡지 '뉴포리즈' '법률 시보' 등에도 그에 관한 논제가 발표되어 수집을 하게 되었다. 또한 미국 뉴욕시의 공중권(Air Rights)과 이전 가능한 개발권(Transfer of Development Rights)을 중심으로 자료를 그런 대로 꽤 많이 수집을 했다. 그렇게 하다 보니 국내논문도 나오기 시작했다. 물론 석 박사 논문으로는 아직 발표된 내용이 없으나, '사법행정' '사법연구 자료' 등의 법률 잡지에도 그 논제가 몇 편 실리기 시작하고 있었다, 박사 논문으로는 아마도 내가 처음인 것 같았다.

수집한 자료를 가지고 작성한 논문을 매주 화요일에 가서 심사를 받았다. 논문을 반 쯤 썼는데 써 놓은 논문을 보시고 목차를 다시 수정 해 주시며 자료를 좀 더 보충하고 '이것은 이렇게' 하면서 친절하게 논제의 구도를 다시 잡아 주셨는데 그 목차와 순서가 내 마음에 꼭 들었다. 그런데 시간이 부족하여 논문을 완성 할 수 없게 되어 부득이 또 한 학기를 늦추게 되었다. 그래서 자료를 좀 더 보완하여 다음 학기에 제출하기로 하고 열심히 보충해 나갔다.

쥐꼬리만 한 자존심

걱정이 하나 생겼다.

내가 듣기에는 모 대학 어느 박사과정 코스를 밟고 있는 Y라는 사람은 자기 지도교수 딸이 결혼을 하는데 부조를 얼마를 했다느니 하는데, 내 지도교수가 러시아를 처음 가신다는데, 여비라도 좀 보태 들여야 하는 게 아닌가? 몇 사람한테 이야기를 들어보아도 그냥 있으면 안 된다는 것이다. 그래서 어느 일요일 마음먹고 큰돈은 아니지만 정성껏 봉투 하나를 마련하고, 음료수 한 박스를 사 들고 우이동에 있는 지도교수 댁을 찾아 갔다. 교수님께 인사를 하고 차를 한 잔 마시면서, 장도에 차 값이나 하시라고 슬그머니 그 봉투를 내밀었다. 그런데 그게 무엇이냐고 하시며 봉투 속은 보지도 않은 채 도로 내밀면서 버럭 고함을 치시는 것이었다.

"쥐꼬리만 한 자존심 하나 가지고 버티고 사는데, 이 선생이 그 자존심마저 뭉개 버리는 거야?”

“선생님 죄송합니다.”“나 이제부터 이 선생의 지도교수 안 할 것이니 다른 사람을 선정 하도록 하시오” 나는 무릎을 꿇고 다시 정중히 사과를 했다.

“명절로 사과 한 바구니나 고기 몇 근 정도는 사제지간의 정으로 고맙게 받을 수 있지만, 이런 봉투는 스승을 욕보이는 것이 아니야?”

“제가 잘 못 했습니다. 모두들 그렇게 해야 한다기에 저도 그렇게 해야만 하는 줄로 알았습니다.”

“남들은 다 그래도, 나는 그런 사람이 아니오.” 옆에 계시던 사모님도

“이제 그만 용서 하십시오, 이 선생님이 나쁜 뜻으로 그것을 가지고 왔겠습니까?”

“이 선생! 편히 앉아, 자네의 마음은 고맙지만, 나 이렇게 없이 살아도 자존심 하나는 아직 꼿꼿해.”

“죄송합니다. 선생님의 고귀하신 인품을 미처 알지 못하고 큰 결례를 했으니 용서 해 주십시오.”

“뭐 그리 고귀한 인품은 못되지만 우리 조상 대대로 자존심 하나는 강직하다네.”

미안하기도 하고 송구스러워 인사를 하고 집을 나오려고 하는데, 그냥 가면 마음이 편하지 않다며 한사코 저녁을 먹고 가라는 것이었다. 난처한 상황이었다. 어떻게 하다 보니까 그렇게 시간이 지체된 것인데, 너무 뿌리치고 나오면 또 그것도 예의가 아닌 것 같아 죄인처럼 아무 말도 못하고 앉아 있었다. 이윽고 밥상이 들어 왔다. 선생님하고 겸상으로 차려져 왔다. 반찬도 깔끔하고 된장국도 구수하며

오랜만에 맛보는 종갓집 한정식 같았다. 맛있게 저녁을 얻어먹고 돌아오면서 나는 많은 것을 생각 했다. '아직도 이런 강직하고 훌륭하신 교육자가 계시는구나!' 그 분의 인상이 어딘가 모르게 덕이 있어 보이고, 인품이 양반 집 자손인 것 같은 인상을 풍겨 처음부터 느꼈지만, 나는 나도 모르게 스스로 행복감을 느끼며 빙그레 웃었다.

나는 참으로 복이 많은 사람이야! 내가 한 번도 만나 보지도 들어 보지도 못한 이런 훌륭한 교수를 나의 지도교수로 보내 주신 하나님께 또 감사기도를 올렸다. "쥐꼬리만 한 자존심 하나 가지고 산다."는 그 분이 왜 그렇게 크게 보이는지 내 자신이 너무 작고 초라하고 부끄러워 쥐구멍에라도 들어가 숨고 싶었다. 그는 마치 거룩한 빛 속을 걸어가는 성인군자 같았다. 참으로 드물게 보는 존경스러운 대학자이다.

논문을 다 쓰고 드디어 논문 심사를 받게 되었다. 논문 심사 위원이 결정되었다. 석사과정에서는 세 분이었으나, 박사과정은 다섯 분이었다. 심사 위원장에는 S대학교 H교수이고, 심사 위원에는 Y대 K교수, 내 지도교수인 K대 C교수 그리고 본대학원에서 L교수와 Km교수 이렇게 다섯 분이 결정되었다. Y대, K교수는 C대학 시절 은사였기 때문에 잘 알고 있었으나, S대 H교수는 초면이었다. 논문 초안을 여섯 부를 복사해서 한 부는 내 것이고 나머지는 심사 위원들께 한 부씩 제출해야 한다.

우선 복사본 한 부를 가방에 넣어서 관악산 밑 S대를 찾아 갔다. 그 때가 2월 중순 쯤 되었으니까 날씨가 좀 쌀쌀한 편이었다. H교수 방을 찾아 노크를 했더니 들어오라는 소리가 들렸다. 문을 열고 들어

서니 온통 책 보따리가 수북수북 쌓여 빈틈이 없었다. 그런데 교수님
은 잘 보이지 않았다. 두꺼운 외투를 뒤집어쓰시고 책상에 꾸부리고
앉아 책을 보고 계셨다.

"선생님 처음 뵙겠습니다. 제가 이번에 논문심사를 의뢰한 이현석
입니다."

"오, 이 선생님 잘 오셨습니다. 이야기는 들었습니다. 어디 논문
초안을 가지고 오셨습니까?"

"예, 가지고 왔습니다. 여기 있습니다." "아, 그래요, 어디 좀 봅시
다. 논제가 참 마음에 듭니다."

"선생님, 오늘 처음 뵙는 날이니 제가 점심식사라도 대접하고 싶
은데, 같이 나가시지요?"

"아닙니다. 여기 도시락을 싸 가지고 왔어요." 하며 도시락 두 개를
보여 주는 것이다. 하나는 점심, 또 하나는 저녁 이렇게 밤늦게까지
이곳에서 그는 책을 읽고 있는 것이다. 그래도 처음 뵙는데 식사라도
대접하고 싶어 한 번 더 권했으나 극구 사양 하시는 것이다.

"요즈음은 방학이라 아침부터 저녁 11시까지 이곳에 있을 것이니
언제든지 내가 필요하면 이곳으로 찾아오세요." 하시는 것이었다. 그
래서 식사 대접도 못하고 논문 초안만 드리고 돌아 올 수밖에 없었
다. 집으로 돌아오면서 나는 점점 마음이 무겁고 초라하고 부족하고
자신이 없어지는 느낌이 들기 시작했다.

저들은 누구보다도 더 많은 공부를 했고, 누구보다도 더 많은 책을
읽었고 누구보다도 더 많은 연구를 하였음에도 불구하고 부족하다고
저렇게 늦게까지 열심히 책을 읽고 있는데 공부도 독서도 많이 못한
부족하고 모자란 내가 어떻게 교수가 되겠다고 용기를 내고 있다는

말인가? 참으로 내 자신이 너무 가소로웠다. S대 교수들은 모두 이렇게 열심히 연구하고 있다고 생각하니 그 분들이 참으로 위대해 보이고 존경스럽게 느껴졌다. 심사 위원을 일일이 찾아다니며 논문 초안을 나누어 드리고 잘 지도 해 달라고 정중히 인사를 드렸다.

논문 심사를 다섯 번이나 해야 하는데, 세 번 심사 끝에 드디어 논문이 통과되었다. 통과된 논문은 제본을 해야 했다. 남들은 더 많은 수량을 제본 하는데, 나는 200부 밖에 인쇄하지 않았다. 나누어 줄 사람이 그렇게 많지 않았기 때문이었다. 국회 도서관을 비롯해서 국내의 국립 5대 도서관에 각 1부씩, 심사 위원들에게 각 1부씩 그리고 본 대학 도서관에 5부를 의무적으로 제출하게 되어 있고 나머지는 내가 마음대로 나누어 주면 되었다. 직장 동료들과 동창생들에게 나누어 주었다.

졸업식 때 입을 박사가운을 빌릴 수가 없어서 신촌에 가서 법학박사 가운을 맞췄다. 드디어 9월 5일 학위 수여식 날이 돌아왔다. 운동장에는 학사, 석사, 박사학위를 받는 학생들과 학부모들이 꽉 들어찼다. 박사학위 가운의 색깔과 맵시는 교육법에 규정되어 전공과목에 따라 옷깃의 모양과 색이 서로 다르다. 법학박사의 가운은 검정색에 더 진한 검정 벨벳 줄무늬가 있고 소매에도 세 줄이나 있다. 목 칼라에는 보라색 벨벳, 파란색과 흰색 깃이 어우러져 있어 좀 더 고풍스럽고 무게가 있어 보인다.

법학박사 가운을 입고 노란 수술이 달인 사각모를 썼다. 학사, 석사 가운은 입어 보았지만 박사 가운은 처음이라, 좀 어색 해 보였지만 나는 마냥 기쁘기만 했다. 그 날 법학박사는 나 하나뿐이고, 국문과 체육과 등 다른 과에서 6명, 모두 일곱 사람이 박사학위를 받았다.

그 7명 중에서도 내 학번이 가장 빨라 영광스럽게도 내가 대표로 총장님으로부터 박사학위증을 수여 받았다. 직장 동료들은 모두 수업 중이고, 내 큰 딸은 런던에서 수학 중이었고, 내 작은 딸과 형님 내외와 그리고 내 아내와 동생, 교회의 전도사와 그 일행 몇 분이 오셔서 나를 축하 해 주었다.

내가 그렇게 동경하던 그 박사학위증을 받던 날, 내 생애에서 가장 영광스러운 순간이었다. 내가 법학박사가 되다니 그 과정은 어렵고 힘들었지만 그 결과는 참으로 기쁘고 가슴이 벅차올랐다. 얼마나 힘들고 고달프고 지루한 과정이었던가?

대학강의와 학생선도 이야기

만학으로 박사학위까지 받았으니 이제는 더 여한이 없었다.

그러나 나도 보통 사람과 같이 인간이다. 인간의 욕망은 끝이 없다더니, 교수자격이 갖춰지니 이제는 교수가 되고 싶었다. 교수가 되기 위해서는 시간강사 경력을 더 쌓아야 했다. 전문대학 강의는 후배에게 넘겨주고, 나는 본 대학 행정학과에서 법학개론 1시간, 그리고 사회교육원에서도 1시간 민법총칙을 강의하게 되었다.

그 동안 박사과정 시험 때문에 소홀했던 강의를 좀 더 알차게 해야 했다. 그래서 교재연구도 많이 했다. 그리고 어떻게 하면 지루하지 않게 재미있게 가르칠 수 있을까? 아무리 생각해도 법학을 가르친다는 것은 딱딱하고 지루하고 재미가 없는 학과였다. 그래서 생각한 끝에 우리 일상생활에서의 자주 일어나는 어떤 문제와 법과의 관계를 사례로 만들어 보기도 하고, 또 실생활에서 생활지도 문제를 사례로 들어 생각해 보는 시리즈를 만들어 고지식하고 딱딱한 법학강의를 시작하기 전에 5~7분 정도씩 시간을 할애하여 흥미롭고, 선도가 되는 이야기를 해 가는 것이 좋겠다고 생각했다. 어떤 문제는 우리 청년들에게 희망과 자부심을 주는 이야기도 했고, 어떤 것은 스스로 반성하며 교정해 가야 하는 채찍질이 되는 이야기도 했다. 그리고 어떤 때는 부끄럽고 창피한 우리의 현상을 들어내어 각성하게 해 보기도 하고, 또 어떤 때는 조상들의 우월성을 심어 주어 마음속에 용기를 북돋워 주기도 해 보았다.

우리나라의 미래를 젊어지고 나갈 청년 대학생들에게 뭔가 미래 사회를 위해 도움이 될 것 같은 이야기를 매시간 본 강의 전에 조금씩 해 보았다. 그런데, 학생들은 딱딱한 법학 본 강의보다 오히려 더 재미있어 하고 흥미로워 하는 반응을 보였다. 과연 학생들에게 얼마나 도움이 되었는지 측정해 보고 평가 해 본 적은 없었지만, 그래도 노력은 해봐야지 하는 마음뿐이었다.

내가 시간강사로 G전문대학과 G대학교, G대학교 사회교육원에서 10여 년간 민법총칙과 법학개론을 강의하면서 선도의 목적으로 이야기한 내용이 많았지만, 그 중에서 몇 가지 여기에 소개하고자 한다.

첫 번째 선도 이야기

오늘은 본 강의를 시작하기 전에 우리의 말 중 '공부(工夫)' 라는 말을 가지고 잠시 같이 한 번 생각 해 보기로 한다. 우리가 날마다 쓰고 있는 공부해라, 공부하자 하는 공부를 한자로 쓰면 '工夫' 이렇게 쓰는데, '工' 은 장인공자로 도공, 목공 하는 장인들의 재능과 기술을 말하는 것이고, '夫' 는 지아비부로 농부, 광부, 어부 하는 사람을 의미한다. 우리 조상들은 어떻게 왜? 공부라는 말을 이 같은 한자를 빌려 썼었을까?

'工夫' 라고 하면 중국 사람들은 공장에서 일하는 인부로 천하게 보는 한자를 어떻게 배운다는 말로 받아 들였을까? 생각하면 참으로 조상들의 현명함을 알 수가 있다. 한국에서는 '공부 = 工夫' 요, 일본에서는 '벵꾜 = 勉强' 이고, 중국에서는 '듀녠 = 讀念' 이고 영국에서는 '스터디 = study' 이다. 그 뜻은 다 같이 공부하다 인데, 그 어원을 살펴보면 참 재미있다. 일본의 '벵꾜 =勉强' 에서 '勉' 은 힘쓸 면이고, '强' 은 강제할 강자로, 강력하게 힘쓴다는 뜻으로 하기 싫어도 해야 하는 것이 공부라고 생각 했다. 강제적인 노력과 육체적인 면을 강조 했다. 그런데 '心不在焉(심부재언)이면, 視而不見(시이불견)이요, 廳而不聞(청이불문)이며 食不知其味(식부지기미)니라' 하는 옛 말이 있듯이 즉 '사람이 어떤 일에 마음이 없으면 보아도 보이지 않고, 들어도 들리지 않으며 먹어도 그 맛을 모른다.' 는 뜻이다. 공부는 정말로 스스로 하고 싶어서 해야 더 효과가 크지, 억지로 강제로 시키는 공부는 학습효과가 적고 곧 실정이 나는 법이다. 중국의 '듀녠= 讀念' 에서는 '讀' 은 읽을 독이고 '念' 은 생각할 념으로 읽으며 깊이 생각하는 것이 공부라고 생각 했다. 육체적인 면보다는 지적인 면을 더 강조했다. 중국에서는 공부는 귀족상전들의 아들들만 공부를 하고 서민들, 천민들은 하지 않았기 때문이다. 그래도 영국의 'study' 에는 그 뜻이 비교적 많다.

첫째, To spend time learning about something. 어떤 것을 배

우기 위해 시간을 소비하는 것.

둘째, To act of learning about something. 어떤 것을 배우기 위해 하는 행동하는 것.

셋째, To look at something very carefully. 어떤 사물을 자세히 살펴보는 것.

넷째, To get knowledge, a skill, to find out, to understand. 지식, 기능을 얻기 위해 무엇을 살펴보고 알아내는 것, 또 이해하는 것.

모든 것이 공부라고 생각하고 있었다. 지적이고 육체적 면이 포함되어 있었다. 그래도 비교적 우리의 공부와 가깝다. 끝으로 우리의 말 '工夫'를 자세히 살펴보면 도자기를 만드는 사람의 노력, 즉 도공처럼 생각하고 행동하는 모든 것이 다 공부라고 생각했다. 어떤 흙이 좋을까? 가장 좋은 점토를 찾아다녀야 하고, 어떤 점토로 어떤 모양, 어떤 크기로 무엇을 빚을까? 어떤 그림을 어떤 도료로 어떻게 그릴까? 어떤 도료를 사용해야 도자기에 푸른색이 나올까? 유액은 어떤 것으로 몇 번 칠하는 것이 자장 좋을까? 가마는 어떻게 만들고, 어떤 땔감으로 몇 도의 화기로 얼마 동안 때야 할까? 또 불을 지피기 전에는 깨끗하고 아름다운 혼을 도자기에 불어 넣기 위하여 아무리 추워도 깊은 산속 깨끗한 물에서 목욕하고 제를 올리고서야 비로소 불을 지핀다. 그리고 잠도 자지 않고 불을 땐다. 그 과정 하나하나를 익혀나가는 것이 모두 공부라고 생각했다.

공부(工夫)는 깊이 생각하는 머리, 오랜 세월동안 숙달되어 가는 기능, 숙련의 솜씨와 보다 더 우아하고 아름다운 색과 모양으로 신비스러운 도자기를 기대하며 문제를 해결하고 노력하는 열정, 그리고 온 정신과 혼이 깃들어지는 모든 과정이다. 그것은 누가 강요해서가 아니라 스스로 경지에 오르고 싶은 마음과 정성이 없으면 불가한 일이다.

결국 우리의 공부는 지적이고, 육체적이고, 정서적이고, 정신적인 혼까지 들어가는 과정이다. 그래서 무에서 유를 창조 할 수 있는 것이며 무한히 발전할 수 있는 창의력이 내포되어 있는 것이다. 즉, 우리의 공부(工夫)는 창조하는 연구이다.

우리 조상들은 세계에서 가장 아름다운 명품 고려자기를 탄생시킨 공부를 했으며, 우리의 할아버지 아버지들의 산업화 역군들은 전쟁의 폐허에서 그 짧은 기간에 세계기능 올림픽에서 계속 해서 패권을 잡는 공부를 했으며 또 국민 일인당 GDP가 불과 76 달러 밖에 안 되던 우리나라가 불과 46년 만에 2만 달러로 급성장한 나라, 제철, 조선, 전자 반도체, 자동차가 무에서 시작하여 세계적인 거두국가로 발전하여 교역량으로는 세계 12 위로 뛰어오른 나라가 되었다. 이 사실은 동서고금을 막론하고 오직 우리나라 밖에 없다. 그것은 오직 우리가 창조하는 '工夫' 를 했기 때문이 아니겠는가? 우리는 여기서 만족하지 말고 모든 젊은이들이 대를 이어 위대하고 거룩한 자유 대한민국을 창조할 공부를 줄기차게 해 나가야 하지 않겠는가? 우리의 조상님께 감사하는 마음으로 국가 사회를 위하여 공부를 더 열심히 해야 된다.

- 모든 국민은 능력에 따라 균등하게 교육을 받을 권리를 가진다 (헌법 31조 1항)
- 모든 국민은 그 보호하는 자녀에게 적어도 초등교육과 법률이 정하는 교육을 받게 할 의무를 진다(헌법 31조 2항)

- 모든 국민은 평생에 걸쳐 학습하고, 능력과 적성에 따라 교육받을 권리를 가진다(교육기본법 제 3조)

두 번째 선도 이야기

본 강의를 시작하기 전에 우리 다 같이 '심리 안'을 쓰고 세상구경을 한 번 해 보기로 하자고요.

"교수님, '심리 안'이 무엇인데요?" 만일 사람들이 생각하고 있는 마음 즉 심리상태를 투명하게 볼 수 있는 안경이 있다면 그 안경을 쓰고 세상을 바라본다면 사람들이 어떻게 보일까? 한 번 생각 해 보자고요. 아마도 정상적인 사람들보다 기형적인 사람들이 훨씬 더 많지 않을까? 눈이 정상적으로 달려 있는 사람들이 몇 사람이나 될까? 자기의 형편과 처지는 생각지 않고 푼수에 넘치게 눈만 높아 가지고 외제 고급 명품만 찾는 이들의 눈은 아마 이마에 달려 있을 것이다. 머리는 너무 커서 아는 것이 많고, 교통법규도 잘 알아 신호등을 잘 지켜야 사고가 안 난다고, 도둑질을 해서는 안 되고, 담배꽁초는 아무 곳에나 버리면 안 된다고 큰 입을 벌려 큰 소리로 지껄이지만, 손발이 너무 작아 실천하지 못하고, 법규위반은 밥 먹듯이 하고 있다. 귀가 너무 작아 남의 말은 좀처럼 듣지 않고, 자기 말만 옳다고 큰 입을 벌려 큰소리로 지껄이어 댄다. 다른 사람은 어떻게 되든지 나만 평안히 잘 살면 되지 뭐 하며, 욕심만 많아 가지고 나보다 약한 사람들은 짓밟고, 주는 것보다 빼앗는 것이 많다.

이같이 남을 등쳐먹는 사람들의 배는 멧돼지처럼 불룩하고 가슴이 너무 작아 남을 배려할 마음은 눈곱만큼도 없는 그런 기형인들을 수도 없이 많이 볼 수 있지 않을까? 눈은 이마에 달리고, 머리와 입은 크고, 귀는 작으며 손발과 가슴이 작고, 배만 불룩하여 데굴데굴 굴러다니는 기형인들이 온 세상에 우글거린다고 상상 해 보자. 얼마나 끔찍한 기형인 세상이겠는가? 아마 이 자리에도 그런 기형인이 몇 사람 있지 않을까? 우리나라의 교육법의 기본은 홍익인간의 이념아래 민주적인 생활능력과 민주시민으로서 필요한 자질을 갖추는 것이다. 그러한 자질이 잘 갖춰 진 사람은 여기서 말하는 '심리 안' 으로 보아도 균형이 잘 잡힌 정상인으로서 가슴이 크고 손발에 근육이 붙어 정상적으로 잘 움직일 수 있어 실천력이 강하고 가슴이 넓어, 남을 배려할 줄 알고 모든 도덕과 법규도 잘 지키는 그런 민주시민이 아니겠는가? 여러 분들은 기형인이 되고 싶어요? 정상인이 되고 싶어요? 우리 민족은 예로부터 상부상조의 미덕으로 남을 배려하고 정이 넘치는 동방의 예의지국 백의민족이다.

나는 정말로 옳은 생각과 바른 언행으로 행복을 느낄 수 있는 정상인일까? 혹시 기형인으로 되어가고 있지는 않은가? 자기의 반성이 필요한 때가 바로 지금이 아니겠는가?

• 교육은 홍익인간의 이념아래 모든 국민으로 하여금 인격을 도야하고 민주적 생활능력과 민주시민으로서 필요한 자질을 갖추게 하여인간다운 삶을 영위하게 하고 민주국가의 발전과 인류공영의 이상을 실현하는데 이바지하게 함을 목적으로 한다.

(교육기본법 제 2조)

세 번째 선도 이야기

우리나라의 문자 한글의 우수성을 한 번 생각 해봅시다.

이 세상에는 약 8000 여종의 민족이 있고, 2500 여종의 언어가 있다는데, 문자로 적을 수 있는 것은 불과 40 여종으로 추정할 뿐이고, 현재 없어진 문자를 뺀다면 12 개정도 밖에 되지 않는다고 해요. 영국, 미국, 호주, 뉴질랜드, 캐나다, 아일랜드, 필리핀, 싱가포르 등은 같은 말을 쓰는 영어권인데, 문자는 다 같은 로마자 알파벳이요, 그 중에서 필리핀은 섬이 약 7,700개나 되는데 섬마다 각기 다른 말을 쓰기 때문에 공통 공용어로 영어를 쓰고 있다고 한다. 그리고 그리스, 프랑스, 독일, 덴마크, 노르웨이, 스페인, 러시아 등 유럽의 각 나라와 멕시코, 베트남까지 모두 말은 달라도 문자는 다 같이 로마자 알파벳 문자를 쓴다. 그리고 아랍 민족들이 쓰는 아람 문자, 중국의 한자, 일본의 가나, 우리의 한글 등이 있다. 그 외에 더 많은 문자가 있겠지만 그리 알려져 있지 않다.

글자 수로 본다면 우리나라의 한글은 24자요, 영어의 알파벳은 26자고, 일본의 가나는 51자이고, 중국의 한자는 30,000자가 넘는데 아직도 계속 만들어지고 있다고 한다. 중국의 한자가 만들어지는데 5,000년이 넘고 지금도 만들어지고 있고, 일본의 가나는 중국의 한자의 획을 본 따 만든 모방한 문자이다. 영국의 알파벳은 3,000년이 걸려 만들어졌다는데, 그 중 가장 자랑하는 것이 바로 모음 5개를 말하는데 그것을 생각 해 내는데 그렇게 오랜 세월이 걸렸다고 한다. 그 모음 중에 A를 발명하여 획기적으로 발전 했다고 자랑을 한다. 그 A를 찾아냄으로서 ba, ca, da, fa, … 등 많은 합성음을 만들 수 있게 되었기 때문이다. 그래서 A자를 제일 앞에 세워 놓고 자랑을 하고 있다고 한다.

　우리 글자 한글은 30년 만에 만들어졌다고 한다. 우리 한글은 누가 만들었을까? 나는 세종대왕께서 혼자 만든 것이 아니겠는가? 감히 추정해 본다. 왜냐하면 그 당시에는 사대주의 사상이 강한 시대고 또 유교사상이 짙어 학자들이 모두 성리학자들이다. 집현전의 학자들도 모두 유학 성리학자들이다. 그 중 최만리 학자는 극구 반대하였다. 한자를 제외한 글자는 모두 중화질서를 거슬리는 이단으로 수치스럽고 유치한 글자라고 크게 관심이 없었다. 어명으로 마지못해 하는 척 했을 것이고, 창의력을 최대한 발휘하지 않았을 것인지도 모른다. 그래서 글자를 모르는 많은 백성들을 불쌍히 여기신 세종대왕께서 손수 생각하고 만들어 보고 소리 내어 읽어 보게 하고, 눈병으로 날마다 시달리면서도 밤 새워 만들고 또 고치고 하셨을 것이다.

　이렇게 완성되어 가는 훈민정음을 집현전 일부 학자들에게만 보이고 또 자문을 얻었을 것이다. 그런 뒤 몇몇 학자들이 중국의 음운학자 황찬을 여러 번 찾아 간 것도 어명으로 갔을 것이고, 중국 황찬의 도움을 받았다고는 하지만 그도 자국의 우수한 한자가 있는데 왜 글자를 만들려고 하느냐? 참으로 딱하신 어른이시네 하며, 달갑게 여기지 않았을 것이고, 결국은 전적으로 세종대왕이 손수 만든 것이 아니겠는가? 그리고 훈민정음을 반포하면서 그 해설서를 학자들에게 만들게 하여 목판으로 찍어 냈다는데 반대 세력에 밀려 그것이 오랫동안 세상에서 숨겨져 크게 빛을 보지 못했었다고 한다.

　집현전 학자들도 적극적으로 배우라고 권장하지 못했으며, 그 뒤 언문이란 천한 이름으로 전락되어 몰래 하인들과 서민들이 배우게 된 것 만으로도 알 수 있다. 만백성을 위한 거룩한 마음에서 만들어진 훈민정음이 반포되고서도 그 빛을 보지 못하고 사대주의 사상에 젖은 학자나 양반들이 천한 글자라고 배우기를 부끄럽게 생각했다. 그 당시는 아무도 그 문자의 우수성을 깨닫지 못하고 있었다.

이렇게 만들어진 한글은 모음이 10개나 된다. 그래서 합성음을 자유자재로 얼마든지 만들 수 있다. 그리고 그것은 하늘, 땅, 사람을 기본으로 하고 우리 몸 속 목구멍의 발음기관과 완벽한 연관성이 있어 지극히 과학적인 소리글자이다. 한글은 11,000여 개의 소리를 표현할 수 있는데, 영어는 8,000여 개, 중국 한자는 400여 개, 일본 가나는 300여 개 밖에 표현할 수가 없다고 한다.

'맥도날드'를 중국은 '마이딩로우' 일본은 '마쿠도나르도'라고 밖에 표현하지 못한다. 그래서 근래 세계 각국의 언어학자들이 그 우수성에 감탄할 정도로 충격을 받았다고 한다. 오늘날에는 세계 유수 대학의 언어학자들이 다투어 연구하고 있다고 한다. 그리고 유엔유네스코에서는 우리 한글을 세계기록 유산으로 선정했고, 세계 각국에서 문맹률을 낮추는데 공이 큰 공로자나 단체에게 세종대왕상을 주도록 결정되었다고 한다(1990).

최근 영국의 옥스퍼드 대학의 언어학 대학에서 우리 한글이 글자의 합리성, 과학성, 독창성 등을 기준으로 해서 세계의 모든 문자 가운데서 가장 우수한 글자라고 극찬했고, 특히 영국의 '존멘'이라는 역사 다큐멘터리 작가는 "한글은 모든 언어가 꿈꾸는 최고의 알파벳"이라고 했다. 그리고 프랑스에서 세계 언어학자들이 한 자리에 모이는 학술회의에서 한국의 한글을 세계 공통문자로 쓰면 좋겠다는 의견이 있었다고 한다.

특히 요즈음 컴퓨터와 핸드폰의 발명으로 그 한글의 위력이 더욱 나타나기 시작하였다. 자음과 모음의 조합을 무한히 가능케 하여 고속 정보화시대에 가장 두각을 나타내는 글자가 되었다.

우리의 한글창제는 노벨상 100개에 해당하는 위대한 업적이라고 할 만하다. 얼마나 자랑스러운 우리의 문자 한글인가? 생각만 해도 가슴이 벅차오르지 않는가? 10월 9일이 무슨 날인지 아는가? 우리 한글을 만든 날을 기념하는 '한글날'이다. 유엔유네스코에서 세계기록 유산으로 선정된 한글을 만든 날을 기념하는 날이다. 문자를 만든 날을 기념하는 나라는 오직 우리나라 밖에 없다. 이렇게 기쁘고 자랑스러운 날이 국경일에서 빠져 공휴일이 아니고, 태극기도 게양하지 않은 가정이 너무나 많음을 보고 참으로 안타까웠다.

한글날 노래 작사 ; 최현배, 작곡 ; 박태현

강산도 빼어났다 배달의 나라 긴 역사 오랜 전통 지녀 온 겨레
거룩한 세종대왕 한글 펴시니 새 세상 밝혀 주는 해가 돋았다
한글은 우리 자랑 문화의 터전 이 글로 이 나라의 힘을 기르자

볼수록 아름다운 스물 넉자는 그 속에 모든 이치 갖추어 있고
누구나 쉬 배우며 쓰기 편하니 세계의 글자 중에 으뜸이로다.
한글은 우리 자랑 문화의 터전 이 글로 이 나라의 힘을 기르자

한 겨레 한 마음으로 한데 뭉치어 힘차게 일어나는 건설 일꾼
바른길 환한 길로 달려나가자 희망이 앞에 있다 한글 나라에

고도로 발전하는 미래의 사회에서는 엄청난 정보를 신속 정확하게 처리 할 수 있는 우리 한글을 사용하는 나라만이 고도의 문명사회를 유지 발전시킬 수 있다고 나는 크게 부르짖고 싶다.

얼마 전에 국제 특허를 우리말 우리 한글로 신청 할 수 있게 되었다. 그래서 한글로 먹고 사는 사람이 점점 많아지고 있다. 특허청은 작년에 심사관을 69명을 새로 뽑고, 올해 또 직원을 30명을 더 새로 뽑았다. 감당이 안 될 정도로 외국기업들의 기술이 혹시 이미 발표한 논문이 아닌지? 알아보는 조사요청이 몰렸기 때문이다. 몇 년 전에는 불과 20건 이었던 것이 작년에는 13,978건, 건당 수수료도 244 달러에서 지금은 1,092 달러로 올랐고, 세계 5대 특허 검색서비스 업체가 되었다고 한다는 기사를 보았다(2010). 그리고 얼마 전에 인도네시아의 어느 부족사회에서 우리 한글을 자기네 말을 쓰고 배우고 전하는 글자로 선정하였다. 또한 세계 최대 인터넷기업 구글이 영어와 한국어를 대상으로 '음성인식 문자 입력' 서비스를 발표했다.

시장 점유율이 월등히 높은 중국, 일본, 인도, 인도네시아를 제치고 한국어를 택한 이유는 무엇일까? 한글의 과학적 구조가 정보화에 매우 적합하기 때문이라는 분석이다. 머지않아 미국, 유럽 등 많은 나라들과의 FTA 협정이 발효 되면, 한국어를 잘 하는 변호사가 귀한 대접을 받을 날이 반드시 올 것이다.

요즈음 세계 각국에서 우리의 한글과 말을 배우기 위해 대학에 한국어 학과를 설치하거나 세종학당{43개국에 90개소(2012)}을 세우고, 또 한국으로 유학 오는 교수와 학생들이 점점 많아지고 있다. 특히, 젊은 가수들 및 K팝 등 한류의 열풍이 일본 아시아를 넘어 전 세계로 번져 노래 가사를 외우기 위해 한국어 공부에 열을 올리고 있는 외국 젊은이들의 장면을 TV에서 보고 자부심을 느낀다. 머지않아 우리 한글이 세계 공용글자가 될 것이라고 나는 확신한다.

그런데, 몇몇 한글전용 폐기론자들이 한자(漢字)가 외국 문자가 아니라고 하며, 한글과 한자가 다정히 공존하여 한국어를 더 살찌우는 풍부한 어문생활 풍토를 만들자고 주장한다. 그것은 100년 전으로 후퇴하자는 것이다. 요즈음 학생들은 옛날과 달리 낱말 뜻을 배우는 데 어려운 한자를 배우고 익히는 것보다 한글 단어로 직접 익히는 것이 더 쉽다. 새 술은 새 부대에 담아야 한다. 한자는 따로 희망하는 사람만 배우면 된다. 부존자원이 거의 없는 한국이 과학 기술 경제대국으로 이끌어 세계를 놀라게 하는 한류 문화의 중심에는 한글이 있다. 모음 ㅣ, ㆍ, ㅡ, 자음 ㄱ,ㄴ,ㄷ,ㅂ,ㅅ,ㅈ,ㅇ 등 모두 열 개의 자판으로 40만~50만 낱말을 적을 수 있다.

서양의 알파벳보다 훨씬 빠르고 정확하다. 신속, 정확, 간결해야 국제경쟁에서 살아남을 수 있는 현대사회는 물론 미래사회를 위해서도 한글전용은 계속 유지 발전 해 나가야 한다라는 기사를 보고 전적으로 공감하고 있다.

- 모든 국민은 능력에 따라 균등하게 교육을 받을 권리를 가진다 (헌법 제 31조 1항)
- 모든 국민은 민주국가 발전과 인류공영의 이상실현에 기여해야 한다(교육기본법 제1조)

네 번째 선도 이야기

15여 년 전에 경기도 어느 산속 학생 수련원 원장이 한 말이 생각 난다. 그는 몇 몇 스님들과 같이 천기를 연구하는 모임의 회원이라고 하였다. 그가 우리나라의 운세를 말하는 가운데 흥미로운 한 마디가 아직도 기억이 난다. '미래 사회는 가장 한국적인 것이 가장 세계적인 것이 될 것이다' 라고 하였다. 학생들은 혹 5대 한류(K5)가 무엇인지 아는가? 첫째 한글이요, 둘째 한옥이요, 셋째 한식이요, 넷째 한복이요, 다섯째 한지이다 한글의 우수성은 이미 언급을 했고, 오늘은 한옥을 한 번 생각 해 보자. 한옥 마을을 찾는 외국 사람들이 점점 많아지고 있다.

한옥의 아름다움과 빛이 잘 들고, 공기소통이 잘 되는 운치 있는 한옥에 점점 관심을 끌고 있다. 열을 가장 과학적이고 효율적으로 이용하고 있는 온돌방, 나무와 짚과 황토 흙을 이용한 숨 쉬는 황토 벽, 통풍이 잘 되는 창호지를 이용한 문짝과 그 아름다운 문살무늬, 들창과 출입문 손잡이에 예쁜 꽃잎과 예쁜 단풍잎을 한지 속에 넣어 더 아름답고 튼튼하게 장식하고 손바닥만 한 유리창 눈을 가운데 박아 넣어 밖을 내다 볼 수 있게 한 우리 집 안방을 생각 해 보면 우리 한옥이 얼마나 과학적이고 위생적인가를 잘 알 수가 있다.

요즈음 한류 바람이 일면서 점점 더 그 가치를 깨닫게 되고, 또 각광을 받고 있다. 여의도 국회의사당 안에도 외국 귀빈을 모시는 사랑방을 한옥으로 지었다. 한옥 기와집의 용마루와 지붕이 동네 뒷산의 산마루와 어울려 더욱 운치 있는 자연미를 이루고 있다. 지붕은 옹기 기와 밑에 보토(흙)를 깔고, 그 밑에 적심(통나무)을 넣었는데 보토는 여름에는 열을 차단하고 겨울에는 열을 보존한다. 흙 때문에 무거워진 지붕은 기둥이나 보를 눌러 나무가 뒤틀리는 것을 막고 태풍에도 흔들리지 않는다.

경북 봉화에는 춘향목이란 붉은 소나무가 있다. 결이 촘촘하고 단단하며 곧고 높이 굵게 자라며 물에도 강하고 벌레도 잘 쓸지 않아서 옛날부터 대궐이나 문화재 건물에 쓰이던 귀한 소나무이다. 이 소나무로 지은 한옥은 천년이 가도 뒤틀리지 않고 변하지 않는다. 소나무 중 최고의 소나무이다. 일정 때 일본 재벌이 봉화에 사택까지 지어놓고 100년 넘게 자란 춘향목을 마구 베어 갔다고 한다. 봉화에는 아직도 이 춘향목 숲이 원시림처럼 우거져 있고 춘향목으로 지은 한옥 마을이 많이 있다. 숲도 한옥도 잘 보호관리 해야 한다.

온돌방을 최초로 발명한 민족이 바로 우리 민족이요, 그 온돌방을 지금도 사용하고 있는 나라가 오직 우리나라뿐이다. 일본에서는 난방으로 다다미와 유단뽀(탕파)를 이용하거나 화로를 이용한다. 몽고에서는 거실 한 가운데에 불을 때며 난방 한다. 그리고 서양에서는 주로 난로와 스팀을 이용하는 난방이다. 그래서 침대가 있어야 하고 침대가 없으면 난로를 피워도 바닥은 추워서 못 견딘다. 난로의 난방은 공기의 대류작용에 의한 난방이다. 그래서 난로에 불을 계속 때야 된다. 그래도 난로 아래쪽은 언제나 냉랭하다. 그리고 공기가 건조해진다. 세계 어느 나라의 난방 방식 보다 우리의 온돌 난방이 위생적으로나 열의 효율성이나 땔감의 소비를 비교 해 보아도 가장 효율적이고 경제적이다.

온돌은 구들장 돌을 데우고 그 위에 덮여 있는 황토 흙을 데워 난방을 한다. 구들장 돌과 황토를 데우면 원적외선이란 자연기운이 방출되어 유해 물질을 해독한다. 그래서 피로회복 질병치료 예방에도 탁월한 효능이 있다. 그래서 황토찜질 방이 생겼다. 온돌은 공기의 대류작용과 열의 전도열까지 활용한 지극히 과학적이고 위생적이며 또 달구어진 돌과 황토가 오래 동안 식지 않으므로 불을 계속 땔 필요가 없다. 굴뚝에서 나오는 연기는 자연 방충제 역할을 자연스럽게 잘 해 준다. 최근 온돌방의 효능을 알게 된 세계의 난방학자들이 다투어 칭찬하고 있다.

머지않아 우리의 난방 시스템이 외국에 무제한 수출 할 때가 오리라 믿는다. 온돌방에 대해 더 깊이 연구하고 상품화하는 것도 국가발전의 희망찬 좋은 주제가 아니겠는가?

- 국가는 산업기술 분야에서 기술사를 양성 활용하여 과학기술의 진흥과 국민경제의 발전에 이바지해야 한다(기술사법 제1조)

다섯 번째 선도 이야기

우리 한식의 우수성은 이미 '대장금' 이란 드라마를 통해 한류로서 동남아를 비롯하여 세계 각국에 널리 퍼져 있다. 김치를 비롯해서 된장, 간장, 고추장, 새우젓, 막걸리, 단술, 장아찌 각종 소주를 비롯해서 발효음식이 우리나라처럼 이렇게 골고루 발전되어 있는 나라는 그리 많지 않다. 발효음식이 없는 나라는 거의 없다. 그러나 우리나라가 가장 많은 것 같다. 특히, 최근에는 막걸리가 요구르트보다 유산균이 7배나 더 많다는 보고가 나오면서 막걸리 소모가 크게 늘고, 수출이 급증 했다는 소식을 들었다. 그리고 우리의 한정식이 각종 질병 특히 성인병 예방에 가장 탁월한 효과가 있는 음식이란 것을 세계인들이 알기 시작했다는 것이다. 캐나다나 미국, 그리고 중국, 일본에서도 우리 한식당이 명성을 떨치기 시작하고 있다.

우리 음식 중 대표적인 브랜드는 역시 김치와 비빔밥이다. 한 때 일본 사람들이 '기무치' 라고 만들어 팔면서 자기네들의 고유 음식이라고 많이 수출을 했었는데 그것이 국제사회에서 들통이 나고 이제는 명실 공히 김치는 한국 고유의 음식, 우리의 브랜드로 자리 잡았다. 그러나 아직도 김치는 일본과 중국에서 많이 만들어 세계시장에 버젓이 팔고 있다. 한 때 동남아 일대에서 조류독감 사스란 전염병이 유행하고 있을 때 김치를 먹고 자라는 한국 민족은 사스에 걸리는 확률이 적다는 소문이 나기 시작하여 우리의 김치가 날개 돋치듯 많이 팔렸다.

우리나라의 어느 대학 식품 공학과에서 김치발효유산균에 대하여 연구실험을 했는데 김치에는 배추, 고춧가루, 마늘, 파, 갓, 무, 생강, 젓갈, 꽤, 소금 등의 모든 양념의 발효유산균이 생성되어 어느 식품의 유산균보다 가장 강력한 항균작용이 있어 병을 치료하고 예방하는데 가장 탁월한 음식이란 것을 증명했다. 심지어 농약까지 먹어 치우는 균이 바로 김치발효유산균이라고 한다. 그리고 배추에는 항암 성분이 들어있다고 최근 발표가 났다. 그래서 김치 팔아 돈 벌려고 김치공장이 난립하여 너무 많이 생기는 바람에, 부실공장이 생기고 재료가 부실하고 위생관념이 적어지고 말았다. 그 결과 김치에 대장균이 생기고, 그 소문이 퍼지자 신용을 잃어 김치수출이 급격히 줄어들고 말았다. 이러한 사회현상들은 앞에서 말한 배가 불룩하고 가슴이 작은 기형인들의 이기적인 행패가 아니겠는가? 우리의 고려인삼이 세계에서 가장 유명한 이유가 무엇이겠는가? 수백 년 전부터 중국에서 우리의 고려인삼을 크게 호평하고 많이 사 들인 것은 무엇 때문일까? 우리 인삼이 약효가 크다는 것을 알고 그들이 스스로 제배 해 보았으나, 뿌리는 크지만 약효가 우리 것 보다 못하다는 것을 그들이 알았기 때문이다.

하느님이 우리 조상께 주신 땅, 대대로 물려 받은 우리의 소중한 땅, 토질이 좋기 때문이다. 우리의 토종 닭, 돼지, 한우 등 가축들, 그리고 밀, 쌀, 콩 등 모든 곡물들과 배, 사과, 포도, 감, 귤 등 모든 과일들을, 다른 나라의 것과 비교 해 보자. 확실히 우리 것이 우수하다는 것을 스스로 느낄 수 있을 것이다. 그러니 우리는 우리 것을 더 보호하고 더 발전시켜 더 많이 생산 수출해야 한다. 그리기 위해서는 우리가 먼저 우리 것을 더 많이 애용하고 소비해야 한다. 그것은 우리의 축복이고 우리의 의무가 아니겠는가?

- 국가는 식품으로 인한 위생상의 위해를 방지하고 식품영양의 질적 향상을 도모함으로써 국민보건의 증진에 노력해야한다.

(식품위생법 제 1조)

여섯 번째 선도 이야기

가정의 소중함과 가족은 서로 사랑해야 한다는 이야기를 한 번 해 볼까 한다.

지난날 새마을 운동 지도자 한 분이 덴마크의 어느 시골 버스 안에서 어느 모자가 말로 다투는 장면을 보았다. 엄마는 의자에 앉아 가면서, 어린 아들에게 서서 가라고 빈자리에 앉지 못하게 하며 다투고 있는 것이다.

"엄마 나 다리 아파, 나 여기 빈자리에 앉아서 갈래."

"안 돼, 너는 약속대로 서서 가야 돼"라고 다투는 모습을 보고, 한 국 엄마 같으면 빈자리가 나기 무섭게 "철수야, 여기 앉으라." 할 텐 데, 너무나 이색적이라서 그 이유를 엄마에게 조심스럽게 물어 보았 다. 그 엄마가 대답하기를

"다섯 살까지는 무임승차를 할 수 있지만, 우리 아들이 여섯 살인 데, 아까 표를 살 때 제가 버스표를 산다고 해서 사라고 했더니 내 것 만 사고, 자기 것은 사지 않았어요. '왜 네 것은 사지 않았니?' 라고 물었더니, 자기는 아직 다섯 살이니, 안 사도 된다고 하면서 사지 않 았어요, 그래서 '너는 여섯 살이니 사야 한다.' 고 했더니 자기는 서서 갈 테니, 그 돈은 자기가 갖겠다는 거예요. 그러면 '네가 서서 갈 수 있겠느냐?' 고 다시 물었더니 서서 갈 수 있다고 해서 저하고 약속을 했어요. 그런데, 다리가 아프니까 자기 좀 여기 앉게 해 달라는 거예 요. 그래서 저는 앉고 싶으면 버스 값을 내라고 했죠. 그리고 돈 벌기 가 그렇게 쉬운 줄 알았니? 네가 약속했으니 꼭 지켜라. 하고 아들에 게 말했죠."

엄마의 사랑에는 따뜻한 사랑도 있지만, 사회의 공익적 법 도덕에 적응하여 자립할 수 있게 냉정한 차디찬 사랑도 있음을 보여 준 것이 다. 예의와 염치, 배려, 공익을 위한 민주시민의 자질은 어려서부터 길러야 하는 엄마들이 "무엇이든지 다 해 줄 테니 공부만 잘 해라." 하는 경쟁적 교육의 과욕으로 사교육비가 점점 많아지고 있는 우리 의 현실과는 많이 비교가 되지 않는가?

영철이가 미국 유학시절 H대학에 재학할 때 학비에 보태려고 아

르바이트를 찾던 중 대학교 외벽 페인트칠을 하는 일을 하게 되었다. 우리나라 대학에서는 외벽 페인트칠을 업자에게 맡기지 고학하는 학생에게 일감을 주지 않는다. 그런데 미국에서는 업자에게 맡기되 높고 위험한 곳을 빼고는 아르바이트를 신청한 학생들에게 일감을 주는 것이 관례라고 한다. 자기와 같이 페인트칠을 하게 된 죤이란 미국 학생이 있었다. 어느 날이었다. 마침 그 대학 총장님이 지나가며

"죤아, 할 만하냐?" 하니까,

"예, 아빠, 견딜 만해요." 하는 것이다. 총장님이 지나간 뒤에 영철이가

"너 그러면 네가 이 학교 총장님 아들이니?"

"응, 그래."

"아니, 총장님 아들인데 왜 이렇게 힘든 일을 하느냐?"

"아빠가 먹여 주고 학비까지 대어 주시는데, 내가 놀러 가는 여비는 내가 벌어서 써야지."

아주 당연한 것처럼 자연스럽게 말하는 것이다. 이러한 사회적 분위기가 바로 미국사회의 청년들이다.

이것은 하루아침에 이루어지는 것이 아니다. 좀 늦었지만 우리나라에서도 상류 부유층이나 고관권력층이나 정치인들도 자녀들 교육에 지나친 특권의식을 갖게 하여 낭비하며 지나친 우월감으로 자기만 아는 이기적 사람이 되게 하지 말고 어려서부터 검소하게 절약하며 가난하고 어려운 친구들과 함께 어울려 그들의 어려움도 함께 겪어 가며 그들의 고통을 이해하고 배려하는 사랑과 우정을 나눌 수 있는 힘을 길러 간다면 그들이 커서 회사경영자(CEO)가 되던, 정치인(politician)이 되던 현명하고 존경받을 수 있는 지도층이 되어 지금

보다는 더 여유 있고 서민을 배려할 수 있는 아름다운 살맛나는 선진 복지국가가 되지 않을까?

가정은 최초의 안식처요, 잘 못된 삶을 치유하는 곳이요. 가족을 위해 사랑으로 헌신하는 곳이다.

삶의 최초의 학교요 마지막 학교이다. 하나님은 큰 그릇, 작은 그릇, 금 그릇, 은 그릇, 사기, 질그릇 등 모든 그릇을 다 쓰신다. 그러나 더러워진 그릇은 쓰지 않는다고 하셨다. 항상 최선, 성결, 겸손한 자세로 서로 사랑하라, 사랑의 첫째 의무는 경청이다. 경륜이 많은 부모님이나 어른들의 지난 삶의 이야기에 경청하여 지혜를 얻어라 그것은 너의 발전에, 국가와 사회의 발전에 큰 힘이 될 것이다. 지혜로운 사람의 강의 한 시간은 수십 년간의 생활경험을 단번에 쌓는 것이요. 삶의 진리가 담긴 장편 소설 한 권을 읽는 것과 같다. 부모님의 삶 속에서 지혜를 찾아라. 내일이 5월 8일 어버이날이다. 어버이날을 맞아 학생들에게 하나님의 말씀을 전해 교훈을 주고자 한다.

'자녀들아 주 안에서 너희 부모에게 순종하라 이것이 옳으니라.' (엡6;1)

하나님 말씀과 같이 너희들도 부모님을 공경하라. 왜냐하면,

첫째 ; 부모님이 계셨기 때문에 너희가 태여 났고,

둘째 ; 엄마 배속에서 자라며 열 달 동안 불편과 고통을 주었고,

셋째 ; 생사를 무릅쓴 출산의 고통을 겪게 하였고,

넷째 ; 밤낮으로 오줌, 똥 가려 가며 젖 먹여 길러 주었고,

다섯째 ; 먹이고 입히고 학교에 보내 주시고,

여섯째 ; 착하고 훌륭한 사람 되라고 온 마음 다하여 사랑해 주시

는 부모님 은혜에 보답하기 위해서라도 마땅히 공경해야 한다.

어떻게 하느냐 하면.

첫째 ; 부모님 말씀에 순종하고,

둘째 ; 부모님 마음을 헤아려 잘 이해해야 하고,

셋째 ; 부모님 걱정을 덜어 주고 어려움을 도와주어야 하고,

넷째 ; 부모님 마음을 즐겁게 편하게 해 드려야 하고,

다섯째 ; 항상 부모님이 주신 몸을 건강하고 안전하게 보존하고,

여섯째 ; 늘 가까이에서 대화하고 의견과 조언을 구하라.

아프시거나 돌아가신 뒤 후회하지 말고, 건강하시고 살아 계실 때 감사의 눈물을 흘리는 효자가 되어라. 이것이 현명한 사람의 본분이니라, 이것을 다 하지 못한 불효자는 지금도 후회하며 눈물짓는 때가 있다.

과불한 소개

내가 총장님 막내아들을 담임하고 있을 때 일이다.

우리 하교에서는 매주 금요일에 다음 주 생활 및 학습계획서를 학년별로 보내는데, 그 가운데 생활지도 통신란에 무엇을 쓸까 궁리하다가 서점에서 생활지도'란 책을 한 권 사서 읽었다. 그 책 속에서 요긴한 문제를 하나 골랐다. 발표력이 부족한 어린이 지도'에 관한 이야기를 요약 노트한 것을 연재로 싣기로 하였다. 왜냐하면 학년 초가 되면 자모님들이 담임에게 찾아와

"우리 애는 발표력이 많이 부족하니 발표력 좀 길러 주십시오."라고 말하는 빈도가 가장 많았기 때문이다. 학부모들은 발표력 신장은 전적으로 담임교사 재량에 달려 있다고 보는 것 같았다. 그러나 발표력 신장은 교사의 도움도 필요하지만 80% 이상은 본인의 철저한 예습과 가정에서도 평소에 문답 토론식 대화를 많이 하는 노력이 절대

필요함을 알게 하였다. 그리고 주의가 산만한 어린이들의 원인과 구제방법도 학습주보를 통해서 연재 해 주었다. 그런데 그 주간 생활지도 난에 연재한 노트식 기록을 하나도 빼놓지 않고 읽어 주신 분이 있었다. 그 분이 바로 총장님이셨다.

어느 날 그 분의 강의가 끝난 뒤 나에게 조용히 묻기를 그 주간 생활지도 통신란을 계속 읽어보는데 내용이 참 좋았다며 그거 누가 쓴 거야? 하고 묻는 것이다.

"제가 썼습니다. 어느 문헌을 참고해서 썼습니다." 했더니, 칭찬해 주셨다.

그리고 "학부모들이 그것을 꼭 읽어 주었으면 도움이 많이 될 터인데…" 하시며 이어서 하는 말씀이 목요일 아침 일곱 시에 대학 교수식당에서 아침 기도회가 있으니, 다음 목요일 아침부터 꼭 참석하라는 것이다. 아침 일곱 시면 집에서는 여섯 시에 출발해야 하는데 겨울철 여섯 시면 캄캄한데, 시간이 없어 못 간다고 할 수도 없고, 어쩔 수 없이 목요일 아침 일곱 시에 대학 별관에 있는 대학 교수식당으로 들어갔다. 산하 각 기관장들과 몇몇 교수님들, 그리고 그 모임 회원들이 많이 모여 있었다. 그분이 그 모임의 회장이시기 때문이다.

그들은 대부분이 기업인으로 사장님들이다. 그들 앞에서 나를 분에 넘치도록 대학에 출강하는 것까지 자세히 소개하는 것이다. 우리 학교 교장선생님도 그곳에 계셨는데, 그분께 의뢰하지도 않고 당신이 직접 소개하니 참으로 몸 둘 바를 몰랐다.

그리고 한 달 후에 나를 포함한 그 모임 회원들의 이름과 그 가족 사진이 담긴 수첩을 만들어 주셨다. 그 뒤로 어쩔 수 없이 참석해야했다. 목요일이면 비가 오나 눈이 오나 그 조도회에 참석하게 되었다.

세족 예식이 있는 날이었다. 신학대학교 교수인 R목사님의 설교가 끝나고 준비된 대야에 물을 나누고 옆 사람과 서로의 발을 씻어 주는 종교예식이다. 그런데 마침 내 옆에 퇴임한 K장군이 앉아 계셨다. 그분은 전역한 뒤 G 대학에서 교수로 재직하고 있을 때이다. 내가 먼저 그분의 다리를 씻어 들이고, 그분도 내 다리를 씻어 주셨다. 그분이 내 다리를 씻고 있을 때 나는 생각을 했다. 한 때 K장군하면 그 권위가 하늘을 찌를 듯 높았고, 감히 그를 가까이 할 수 없는 그분이 지금 이 하찮고 초라한 초등학교 교사인 내 다리를 씻고 있다고 생각하니 존귀하신 예수 그리스도의 높으심과 위대함이 새삼스럽게 느껴졌다.

내가 기독교 신자가 아니었다면 어떻게 이런 일이 있을 수 있겠는가? 전능하신 하나님의 권능과 자비로우시고 은혜로우신 주님의 사랑을 온 마음으로 깊이 느껴 본다.

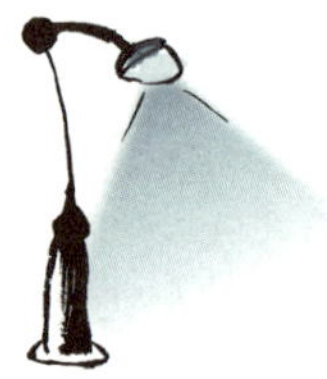

교수가 되고 싶은 마음

이제 박사 학위도 받았고, 강사 경력도 많이 쌓았다.

그래서 교수가 될 수 있는 자격도 갖추어 졌다. 그러나 문제는 역시 배경이고 인맥이다. 얼마 전까지만 해도 외국에서 학위를 받은 사람은 큰 우대를 받았으나 요즘에는 외국의 가짜박사가 많아져 오히려 국내박사를 더 선호하고 있다. 몇 년 전만 해도 법과출신들은 모두 사법고시준비로 박사학위를 취득하려는 자가 적었었는데, 이즈음에는 법학박사학위 소지자가 많이 쏟아져 나오는 바람에 경쟁이 더 심해졌다. 법학분야 중에서도 민법분야가 가장 광범위하여 민법전공자가 비교적 적은 편이었으나 이제는 민법분야에서도 경쟁자가 점점 심해지고 있다.

아침마다 신문이 오기를 기다리는 버릇이 생겼다. 교수를 초빙한다는 광고를 보기 위해서였다. 그런데, 아침 신문에 지방 W대학에서 민법 교수를 초빙한다는 광고가 실렸다. 광고에서 제시한 경력증명서, 박사논문과 연구자료 그리고 모든 서류를 갖추어 제출하고 왔다. 그러나 기간이 지났는데도 아무런 연락이 없었다. 그러던 차에 우연히 박사코스를 나보다 먼저 이수한 P박사를 길에서 우연히 만났다. 그래서 그와 같이 저녁식사를 하게 되었다. 그런데, 그가 지방에 있는 자기선배가 자기 대학에 추천을 해 보겠다고 한 번 내려오라고 해서 그 지방에 내려갔다가 왔다고 했다. 그래서 어떻게 잘 되었느냐고 물어 보았더니 자기는 돈이 없어 못 간다는 것이다. 그게 무슨 말이냐고 했더니 그 지방 대학 선배교수의 말을 빌려 얘기하자면 "요즈음 인건비가 너무 많이 올라 사립대학이 재정적으로 매우 힘들어 졌다네. 그래서 말인데, 한 5천 만 원정도만 장학기금으로 기부하면 전임교수로 기용될 수 있도록 추천해 보겠네."라고 했다는 것이었다. 그래서 자기는 돈이 없어 못 가니 대신 추천해 주고 싶다는 것이다. "아니, 선배님은 공법이고 나는 민법인데, 민법교수도 필요하대요?" "그래요, 민법도 추천해 보라고 했어요." 잘 생각해보고 전화하라는 것이었다.

나는 그 이야기를 듣고, '빽'이라는 것이 바로 돈이라는 것을 어렴풋이 알게 되었다. 집으로 돌아오면서 곰곰이 생각을 해 보았다. '나도 교수가 되려면 돈이 있어야 되겠구나! 집을 팔거나 퇴직금을 타야 그 돈을 만질 수 있는데 이 나이에 그것은 어렵고 현직 초등교사로 퇴임을 한다면 어떻게 될까?' 퇴직금도 10년 후에는 2억 원은 넘는다고 했고, 일시불로 받지 않고 연금으로 한다면 평생 연금을 받을 수 있을 것이다. 먼저 퇴임한 직원의 지난달의 연금을 보니 두 내외가 먹고 살기에는 그리 부족하지는 않을 것 같았고, 그것도 매년 조금씩 오를 것이라고 했다. 그렇다면 '교수로 가서 연구비와 봉급은 더 받는다고 해도 평생연금도 없이 퇴임하는 것보다 차라리 초등학교 교사로 퇴임하는 것이 더 안전하지 않을까? 지금 당장 교수라는 명예를 얻어, 내 평생 목표를 달성하는 것도 중요하지만, 앞으로의 노후 대책이 더 중요하지 않을까? 또 대학으로 간다고 해도 초등학교 교사가 왔다고 무시당하지나 않을까?' 생각하고 또 생각하고 몇 번을 생각 해 봐도 역시 대답은 안전한 노후대책이었다. '연금도 없이 몸이라도 아파 병원신세를 진다면 어느 자식들에게 부담을 지울 수 있겠는가? 얼마 되지 않는 퇴직금 그 알돈만 까먹다 보면 금세 바닥이 날 것이 뻔한데, 현명한 후퇴는 용감한 공격보다 더 가치가 크다고 하지 않았던가!'

자신의 행복을 찾아 조정할 수 있는 것도 큰 힘이고 현명한 슬기이다. 그래서 그 친구에게 전화를 걸어 나도 돈이 없어 못 가 정중히 거절하고 말았다.

그러던 어느 날, 3대 일간 신문에 교수임용에 관한 부정사실이 만천하에 들어나고 말았다. 그 중에서 K박사의 경우가 자세히 보도 되어 읽어 보았다. 그는 우리나라의 최고 일류 대학인 S대학교를 우수한 성적으로 졸업하고, 일본 국립동경대학교에서 경제학 박사학위까지 받은 명실 공히 우수한 국제적인 엘리트이고, 또 국내에서도 대학에서 강사로 강의 경력도 꽤 많이 쌓았다. 그 학벌 그 경력이면 교수임용에 조금도 부족함이 없는 최상의 자격인데도 그 분은 번번이 탈락되었다는 것이다. 그렇다면 교수를 임용하는 심사는 무엇을 기준으로 하는 것인가? 임용할 교수를 미리 정해 놓고 들러리로 공모하는 형식만 취하는 것이 아니겠는가? 하는 교육계에 대한 신랄한 비판이요, 사회적으로 고발하는 기사였다. 그래서 그는 그 우수한 자기 전공학문을 모두 포기하고, 지방에 있는 C대학교 한의학과에 다시 편입학했다는 웃지 못 할 기사를 읽고, 교수 진출은 불가하다고 스스로 결론을 내렸다. 아마 그 분은 지금쯤 한의사로 활동하고 있을 것으로 안다. 참으로 국가적으로나 개인적으로나 얼마나 큰 손실인가? 그러던 중 또 이력서와 서류를 내라는 연락이 왔다. 이번에는 뜻밖에도 G학원 이사장님께서 직접 나에게 연락이 왔다. 지방 Z대학교에서 민법교수를 뽑으니 이력서를 내라는 것이었다. 그 대학 재단이사장이 자기 제자라고 하면서 서류를 한 번 내 보라는 것이다. 나는 이사장님께서 직접 추천 해 주신다고 하니 어쩌면 가능하지 않을까? 돈만 들지 않는다면 퇴직할 필요도 없고, 연금을 대학으로 이전 연장시킨다면 모든 것이 해결 될 것만 같았다. 그래서 모든 서류와 이사장님의 추천서, 그리고 연구논문과 경력증명서를 갖추어 가지고 지방에 있는 그 Z대학 교무처를 찾아 갔다.

그해 1월은 왜 그렇게 춥고 눈이 많이 쌓여 길이 미끄러웠던지 자동차로 가기에는 길이 너무 미끄럽고 위험하다고 해서 하는 수 없이 기차를 타고 갔다. J역에 내려, 대학까지 가는 버스를 타고, 눈밭을 걸어서 산속에 있는 Z 대학 교무처를 찾아 갔다.

겨울방학이라 교정은 조용하고 주변의 새 하얀 겨울경치가 참 아름다웠다. 그 곳의 교무처장을 찾아 인사하고 교수임용 신청서를 제출하고 왔다. 성장하는 계절이 지나고 긴 기다림 끝에 익어가는 열매가 무르익듯이 나에게도 달콤한 열매가 맺어지지 않을까? 기다림의 시간이 지나고 얼마 후에 그 Z대학 이사장과 교무처장님이 서울에 오셔서, 나를 만나자고 연락이 왔다. 나에게는 아주 뜻밖의 소식이었다. 좋은 소식인지 나쁜 소식인지는 알 수 없으나, 여하튼 약속한 호텔 로비로 찾아 갔다. 잠시 후에 그 분들이 오셨다. 오자마자 우선 점심부터 먹자고 점심식사를 주문하는 것이었다. 나도 식사대접은 내가 하려고 준비하고 갔었다. 점심을 맛있게 잘 먹은 다음 커피를 시켰다. 커피를 마시면서 그 이사장님이 정중하게 나에게 말하기를

"이번에 이 박사를 우리 학교에 모시지 못하게 되어 참 미안하게 됐습니다." 하는 것이다. "잘 알겠습니다." 그래서 나가면서 식대를 계산 하려고 하니 벌써 교무처장이 다 계산했다는 것이다. 그리고 돌아오면서 나는 곰곰이 생각 해 보았다. '지난번에 제출한 대학에서는 아무 연락도 없이 끝이 났었는데, 왜 이번에는 교수 초빙에 탈락되었다는 것을 이렇게 보잘 것 없는 나에게 일부러 찾아와서 점심까지 사 주시면서 정중하게 이야기 해 줄까? 다른 대학처럼 연락 없이 끝나든지, 그저 서신으로 하던지, 아니면 전화로 해도 될 것을. 아마 나를 추천 해 주신 이사장님의 체면 때문에?' 그렇게 한 것이 틀림없었다. 그렇게 생각하니 오히려 그 분께 폐를 끼친 것만 같았다.

다음 날 그 분의 집무실로 찾아 갔다. 나를 반가이 맞아 주셨다. "저를 좋게 추천까지 해 주셨는데, 제가 능력이 부족해서 이렇게 낙방하고 말았습니다. 죄송하게 되었습니다." "아니야, 그것은 이 박사 탓이 아니야. 내게도 거기서 전화가 왔었어. 이번에는 피치 못할 선약이 있어서 안 되었지만, 또 다음 기회가 있겠지…" 하시며 나를 위로해 주셨다. 참으로 인자하시고 제자를 사랑하시는 그 마음을 느낄 수가 있었다. 그러나 한 편으로는 어쩐지 그 분도 나를 한심한 사람이라고 생각 하셨을 것만 같았다. 왜냐하면 사립대학의 어려운 재정에 다소의 협찬 없이는 불가하다는 사실을 내가 잘 알고 있기 때문이

었다.

　그 후로는 교수가 되겠다는 마음을 깨끗이 접고 말았다. 그런데 또 안타까운 소식을 접하고 말았다. 후배 한 사람이 영문과에서 박사과정을 마치고, 지도 교수의 배려로 강의 시간을 얻어 강사로 뛰면서 교수임용의 기회를 엿보고 있었는데, 우리들은 그것을 보따리장수라고 했다. 그 분도 그 보따리 장사가 잘 되지 않았다. 그것도 초등학교 교사이기 때문에 강의시간배정에 제약을 받으니 차라리 이 기회에 초등학교 직을 퇴임하고 전적으로 강사로 뛰어 보라고 제안을 받았다. 그래서 그 친구는 지도교수만 믿고 과감하게 퇴임을 했다.

　처음에는 강사 시간도 최대한 마련해 주고 해서 그런 대로 먹고 살기에 그리 어렵지 않았다. 그러나 시간이 갈수록 강의시간이 자꾸 줄어들고, 이제 그것으로는 생계를 유지하기가 어려워졌다. 그래서 부인이 보따리장수를 하며 연명해 가니 나이는 자꾸 들고, 아이들은 무럭무럭 커가니 점점 초조 해 지기 시작했다. 마음은 급해지고 학기 초 마다 강의시간을 얻으려면 이 눈치 저 눈치를 보아가며 애원 해 보니, 그들 교수들도 각자 자기제자에게 시간을 쪼개 주려고 하니 시간은 점점 줄어들 수밖에 없었다.

　희망은 점점 멀어지고 속이 상하니, 술을 마시는 기회가 많아지고, 술이 점점 과해지니 몸이 지탱을 할 수가 없었다. 잘 먹지도 못하고 술만 자꾸 마시니 몸이 점점 약해 져 약을 먹으면서도 먹고 살기 위해 강의를 계속 해 갔다. 그 어려움을 알고 있던 교수들이 모두들 걱정하고 적극 추천하여 마침내 지방에 있는 Q대학 전임교수로 임용을 받게 되었다. 모두들 다행이라고 박수를 쳤다. 그런데, 안타깝게도 몸이 너무 망가지고 있었다. 임용 된 지 6개월이 되던 때에 기어코 간이 나빠지고 말았다. 모두들 큰 걱정을 하고 있었는데, 그의 형이 간을 나누어 주어 수술이 잘 되었다는 이야기를 들었다. 그래도 불행 중 다행이라고 모두들 위로 해 주었다. 그런데, 무엇이 잘 못 되었는지 결국 수술한지 7개월 만에 세상을 떠나고 말았다. 그가 교수가 되려고 하지 않았더라도, 초등학교를 퇴임하지 않았더라도, 경제적 여유만 있었더라도, 술만 그렇게 많이 마시지 않았더라도 죽지 않았을 것을… 참 아까운 사람이 노력한 보람도 없이 빛도 보지 못한 채 세상을 떠나고 말았다. 참으로 안타까운 일이었다.

큰 욕심 부리지 않고 단지 갖추어진 자격에 따라 교수가 되고 싶은 것뿐이었는데 그 무슨 죄가 그리 크다고 노력한 대가도 주지 않고, 야속하게도 젊은 그를 그렇게 데려 가셨는지, 그 가족들은 어떻게 하라구, 너무도 안타까워 하나님께 묻고 싶은 심정이었다.

'이 사실을 내가 알게 된 것은 분명 나에게 어떤 암시를 주는 것이 아닐까? 나도 교수자격을 갖추고 있으면서도 교수가 되지 못하는 것은 분명 그 어떤 원인이 있을 것이다. 내가 초등학교 교사이기 때문에 교수가 못 된 것인지, 그것도 아니면 배경이 없어서 못 된 것인지, 실력이 너무 모자라서 못 된 것인지, 너무 나이가 많아서 못 된 것인지, 너무 가난해서 못 된 것인지, 그것도 아니면 커다란 행운을 입에 넣으면 이를 소화시킬 수 있는 위가 약해서인지, 알 수는 없지만 이 모든 것을 다 따져 보아도 나에게는 충족할 만한 것이 하나도 없지 않은가?' 내가 일찌감치 포기한 것이 얼마나 잘 한 것인지 그 후배를 보면서 더 깊이 깨달았다. 그리고 내가 맡은 일, 초등학교 교무주임으로, 그리고 G대학 사회교육원에서 법학 강의에나 충실해야 하겠다고 스스로 다짐했다. 교수가 되고 싶은 생각을 깨끗이 떨쳐 버리니, 그 무겁고 초조하던 마음이 말끔히 가시고 가벼운 마음으로 오늘도 일찍 등교하여 이 아름다운 교정을 한가로이 거닐고 있다.

비록 평생목표로 그리던 교수는 되지 못 했지만, 그래도 서울에 올라와서 박사학위도 받았고, 대학 강당에서 강의를 할 수 있는 내 자신이 한없이 자랑스럽고, 스스로 행복감을 느꼈다. 얼마 전에 제자들의 동창회에 초청을 받아 대구에 내려가 제자들을 만난 적이 있다. 그 자리에서 누가 내 근황을 묻기에 내가 대답하기를 박사학위는 벌써 받았지만 아직 교수는 되지 못하고 시간강사로 뛰고 있다고 했다. 그들 중 내 형편을 잘 알게 된 제자 중 C군이 하는 말이 "교수보다 강사가 훨씬 더 존경스럽고 아름다워요."하며 내 손을 꼭 잡아 주는 것이었다.

그는 진실한 크리스천이었다. 아마도 학계의 비리를 신문을 보고 잘 알고 있었던 것 같았다.

Part 04

노년기

Life is a long lesson in humility.
인생은 겸손에 대한 오랜 수업이다.
-제임스 M. 배리

일장춘몽(一場春夢)

보릿고개를 넘기던 어린 시절, 어느 해 봄날이었다.

몹시 시장하여 저녁 끼니를 기다리며, 한참을 놀다가 왔는데도 아직 해는 서쪽 하늘에 떠 있다. 어린 마음에 하루해가 왜 그렇게도 길었는지, 식량이 떨어져 애타는 엄마의 마음도 모르고, '해야 해야! 빨리 가라' 재촉도 했건만 요즘에는 하루해가 왜 이다지도 빠른지 잠시 앉아 지난날을 더듬다 보면 금방 해가 저물었다.

인생의 황혼 길에 붉게 물드는 저녁노을을 바라보며 이제 겨우 철이 들어 인생을 알만하고, 느낄 만하고 바라 볼만한데 벌써 내 나이 육십 오세, 저물어 가는 인생이라 황혼열차를 타고 가파른 내리막길을 내달리고 있었다.

창밖을 내다보니 지난날의 온갖 희로애락의 추억들이 주마등처럼 스쳐 지나갔다. '인생이란 일장춘몽이라 하더니 젊은 시절의 그 용트

림 치던 그 벅찬 꿈들이 점점 희미해져 이제는 멀리멀리 돌아, 세월 속 뒤안길로 사라지고 있다. 누군가가 인생이란 먼 길을 돌아가는 이야기라고 하지 않았던가, 생각하면 실패와 성공, 슬픔과 기쁜 일들이 모두모두 멀리 돌아가는 이야기가 아니겠는가, 시련도 겪고 아픔도 겪어 봐야 진정한 즐거움을 맛볼 수 있고, 생의 짙은 향기를 발할 수 있는 성숙된 삶을 누릴 수 있다고들 말하는데, 과연 그 많은 시련과 그 많은 고통의 마지막 종착역은 정말로 아름다운 즐거움을 맛볼 수 있는 황홀한 파라다이스라고 말할 수 있다는 것인가? 그것은 아마도 마지막 종착역에 도착하는 저마다의 마음의 고향에서 느껴지는 향기로운 행복감의 크기가 아니겠는가? 편안하고 흐뭇한 마음으로 하늘과 바다와 산을 바라볼 수 있으니 감사하고 사랑하는 가족이 있고, 편히 쉴 수 있는 스위트 홈이 있으니 감사하고, 계절 따라 꽃향기 은은히 풍기는 동산으로 산책 할 수 있으니 얼마나 행복한 일인가?

내가 퇴임하는 날이었다.

평생을 몸담아, 좋은 일, 슬픈 일, 힘든 일을 모두모두 겪으면서 사십사 년이란 그 긴긴 세월을 낚던 정든 내 삶의 터전이요, 내 삶의 전부요 단 한 번도 떠나 본 일이 없는 교단, 그 교직 생활을 이제 마감하고 떠나야 하는 퇴임식을 맞이해야 했다. 내 아내는 부끄럽다고 퇴임식에도 나오지 않았다. 내 일생일대 마지막 장이 펼쳐지는 무대에 주인공 하나가 빠진 것 같았다. 오늘 나와 같이 퇴임하시는 교감선생님 사모님도 보이지 않았다. 교직원들과 학부모들 그리고 몇몇 내빈들이 오셔서 제자들과 함께 강당에 모여 앉았다. 마침내 내가 인사를 할 차례다. 나는 먼저 내가 큰 대과(大過)없이 이 자리에 오기까지 도와주신 하나님께 감사 기도를 올리고 늘 배려 해 주신 교장선생님과 모든 선생님들, 학부모님들께 감사하는 마음을 전하면서 아름다운 산기슭 숲속에 자리 잡은 정든 교정과 그리운 제자들을 떠나는 아쉬움을 실토했다. "비록 교수가 되는 목표까지는 이루지 못한 미완성 인생이지만, 꿈에도 그리던 박사학위를 받았고, 아직도 대학 강당에서 강의를 하면서 이렇게 건강하게 퇴임을 하게 되니 참으로 행복한 사람입니다. 감사합니다." 내 인사말은 비교적 차분하고 간단하였다.

퇴임식이 끝난 뒤, 나는 잠시 내 책상에 앉아 감사한 마음으로 나 자신을 뒤돌아보았다 과연 나는 지난날 큰 과오 없이 바르게 살아왔던가? 반성하는 기회를 가져 보았다. 지난 어느 해 연초에 어느 교수님이 보내 주신 연하장의 짧은 글 속에서 '물같이 살수만 있다면' 하는 내용의 글을 받아 본적이 있다. 그것은 노자(老子)의 성인론에서 나오는 상선약수(上善若水), 즉 최고의 선을 추구하면서 물처럼 사는 사람이 성인이라는 가르침이었다.

나는 가끔 흐르는 물을 생각 할 때가 많아 졌다. 흐르는 물은 말없이 우리에게 많은 교훈을 준다고 생각한다. 물은 물결 따라 흐르면서 스스로 깨끗이 자정(自淨)하며 다른 것의 더러움을 씻어 정화 시키고, 갈 길을 가로 막는 장애물에 부딪치면 낮은 곳으로, 낮은 곳으로 돌아서 피해가는 물, 언제나 세상만물을 풍요롭게 포용하면서도 우쭐대지 않고, 제 갈 길만 찾아 가는 물, 가장 낮은 곳을 좋아하고 욕심도 다툼도 없이 자연의 순리에 따라 돌아서 흘러가며 스스로를 즐기는 물, 깊은 산속의 계곡과 들판의 냇물, 강물과 바다에서 많고 많은 온갖 생물들을 포용하여 사랑으로 보살펴 주는 물, 그리고 따뜻한 햇볕 받아 수증기로 승천하여 구름이 되어 하늘에서 아름다운 대 자연을 내려다보는 물(수증기), 대지가 메마르면 비가 되어 대자연을 흠뻑 적셔 주어, 모든 생물에 활기를 주기도 하고, 찬바람이 몰아치는 겨울이 되면 새 하얀 눈꽃이 되어 온 세상을 포근히 덮어 주는 그런 물(水)이 나는 참 좋아졌다. 나도 물같이 부드럽고 온화하면서도 자기의 목표를 향하여 줄기차게 내려가는 냇물처럼 힘차고 보람 있게 살아 보려고 부단히도 애를 써 왔지만, 지금 와서 생각하니 그 모든 것이 일장춘몽이요, 다 헛되고 허무한 생각만이 들 뿐이다. 그러나 또 한 편으로 생각 해 보면 그래도, 그것을 위해 지난날의 끊임없는 나의 줄기찬 흐름은 참으로 희망차고 아름다웠던 꿈이고 추억이기도 하였다.

내가 나를 생각해 봐도 비록 만학이었지만 향학 열의는 부단히도 힘찬 물줄기였던 것만은 부인할 수가 없다. 돈을 벌어서 가족들과 같이 더 여유 있게 잘 살아 보려는 욕망은 아예 생각도 해보지 않았던 것만은 틀림이 없다. 오직 만학에만 열중하는 어리석은 사회의 열등생인 것만은 분명하였다. 한 집안의 가장으로서, 아버지로서 책임을 다 하지 못하였고, 형제들과 일가친척과 친구들에게도 도리를 다 하지 못한 것을 이제 와서 후회하며 마음 아프게 느껴 본다. 참으로 인생을 바보같이 헛살아 온 것은 아닐까? 그러나 너무 자책하지는 말자, 그래도 나는 내 소임인 교사로서 제자들을 위해서는 최선을 다했다고 억지로나마 스스로 위로해 본다.

행복한 사색

퇴임한지 벌써 반년이 지났다.

지금까지 왜 그렇게 바쁘고 힘겹게 살아왔는지! 좀 더 여유 있게 살 수도 있었는데, 그렇게 살아오지 못한 것을 많이 후회해 본다. 어리석은 사람은 지난 일에 눈물짓고 다가 올 일에 잠 못 이룬다지만, 현명한 사람은 언제나 현실에만 전념한다고 한다. 나도 이제부터는 현실에만 전념하여 좀 여유 있게 살아가기로 결심했다. 어느 철학자가 말하기를 인생의 긴 여로를 셋으로 나눈다면 첫째, 여로는 독서를 통한 앞선 선각자들과의 사색(思索)의 여흥이요, 둘째, 여로는 여행을 통한 낯선 곳, 낯선 자들과의 소통(疏通)의 여흥이요, 셋째, 여로는 자기 자신 속에서 철학을 하며 여유와 행복을 찾는 자화상(自畵像)의 여흥이라고 했다. 나의 셋째 여로는 무엇으로 행복을 사색할까?

우연히 길에서 대선배님을 만나 함께 점심을 먹었다. 그의 생일이었다. 그는 아흔 다섯 살, 생일을 맞아 자기의 심경(心境)을 푸념하는 말을 했다. 그가 공직에서 퇴임한지 꼭 삼십 년째 되는 해라고 하면서 삼십 년이면 강산이 세 번이나 변할 수 있는 긴긴 세월인데 그 긴긴 세월을 아무 것도 한 일없이 허송했다고 후회를 하고 있었다. 퇴임하자마자 무엇인가 한 가지를 붙들고 배우기 시작하여 그것에 열중해 왔었더라면 지금쯤은 그 분야에서 큰 대가(大家)가 되고도 남았을 긴긴 세월인데 하며 자책하는 것이었다. 그래서 그는 한자공부 겸 중국어를 선정하여 배우기로 작정했다는 것이다. 그가 크게 후회하는 것은 허송세월이 아니겠는가? 그가 아흔 다섯 살까지 살았다면 건강하였고, 장수한 것이 분명한데, 그것만으로도 크게 복을 받은 인생인데도 왜 욕심을 더 부리실까? 그의 여생이 얼마나 되겠는가? 그래도 그는 굳게 작심한 것을 보고, 나도 잠시 지난 세월과 앞으로의 해야 할 일을 숙고 해 보기로 했다. 비록 성공하지는 못했지만 그래도 큰 뜻을 품고 법학에 매달렸고, 남들이 그 나이에 그게 되겠느냐고 비웃었지만 그것을 소중하게 여기고 그 진실을 사랑하며 꾸준히 노력해 왔다는 것은 참으로 행복한 꿈이 아니겠는가!

지금도 나는 무엇인가 또 다른 것에 열중할 수 있는 것을 만들어야 한다. 공자님도 생(生) 의 삼락(三樂) 중 으뜸이 '배움의 즐거움' 이라고 하였다. 배움은 끝이 없다. 하고 싶고 배우고 싶은 일이 없으면, 마음이 허전해지고 병이 나게 마련이다.

수요일은 친구들과 등산으로 우정을 나누고, 또 하루는 취미로 바둑을 두며 즐거움을 나누는 외에 영어를 배우기로 결심했다. 그래서 궁리 끝에 성경을 영어로 공부하기로 작정하였다. 성경 한 구절 한 구절의 말씀에서 하나님의 깊은 뜻을 헤아리고 예수님의 가르침도 배우고 영어도 함께 배우니 일석삼조가 되는 좋은 생의 셋째 여로가 아니겠는가! 그것에 열중할 수 있어 잡념도 없어지고, 치매도 예방하여 건강에도 좋을 것 같았다. 또 그것이 점점 향상되어 몰랐던 성경 내용을 알게 되고, 쉬운 영문은 곧잘 이해 될 때도 있으니 그 흐뭇한 희열을 가끔 느껴 본다. 이것이 바로 셋째 여로인 행복한 삶의 철학이 아니겠는가? 그럴 때 마다 체내에서 베타 엔도르핀이 분비되어 건강에 매우 좋다는 사실을 의사들이 말하고 있지 않은가?

틈틈이 이 공부를 계속 해 가기로 했다. 요즈음에는 내가 하는 영어 공부가 시나브로 향상되어가고 있다는 사실을 느낄 때도 있다. 그러나 아직 듣기 실력이 많이 부족하고, 모르는 단어가 많아 계속 익혀 나갈 것이다.

나는 날마다 내가 좋아하고 즐기는 배움이 있어 참 행복하다.

수산회 나들이

퇴임한 지 일 년이 지났다.

이제는 재산보다도 명예보다도 더 소중한 것이 바로 내 건강이 아니겠는가? 내 몸을 체크 해 가며 등산도 하고 여행도 해야겠다. 의사들이 노인들에게 경고하는 말로 '걸으면 살고 누우면 죽는다.' 라는 말을 했다. 그것은 긴 세월, 마구 사용해 온 신체 내부기관들이 이제 쇠퇴해졌기 때문이다. 특히 성인병의 주역인 콜레스테롤을 줄이고 혈액을 정화하기 위해서라도 규칙적인 운동이 절대 필요하다는 것이다. 그래서 희망하는 동문들이 모여 등산을 하기로 했다.

수요일마다 만나 함께 나들이를 한다. 그래서 '수산회' 라고 이름을 붙였다. 그 동안 숨 가쁘게 살아 왔다. 그러나, 요즈음 여유를 가지고 대자연 속에서 친구들과 허물없이 우정을 나누며 맑고 깨끗한 공기를 가슴깊이 들이마시니 참으로 상쾌하고 흐뭇하였다. 건강을 위해 친구들과의 등산은 계속 이어 갔다. 시간이 갈수록 우리가 등반한 산과 계곡이 점점 늘어나고 있다. 단풍이 아름답게 물든 어느 해 가을, 우리 일행은 설악산으로 2박 3일 일정으로 나들이를 갔다. 승용차 세 대에 나누어 타고 설악산을 향해 달렸다. 다른 어느 해 보다도 유달리 단풍이 아름답게 물들었다. 그 아름다운 우리의 산하 한계령 고개를 넘어가며, 눈 아래로 펼쳐져 있는 맑고 깨끗한 계곡의 단풍의 절경을 감상하며 행복감을 느꼈다.

옛날부터 우리나라를 '금수강산' 이라고 일컬었는데, 그만한 까닭이 있지 않겠는가! 금강산도 봄에는 금강산이요, 여름에는 봉래산, 가을에는 풍악산, 겨울에는 개골산이라고 한 것은 철에 따라 그 아름다움의 특색을 잘 나타냈기 때문이리라. 유달리 산이 많고, 나무가 많고, 깊은 계곡으로 굽이굽이 흐르는 푸른 강물이 아름다운 비단결 같아 '금수강산' 이 아니겠는가? 이같은 우리의 금수강산을 소중히 여겨야겠다.

아름답고 깨끗한 자연환경을 잘 보호하고 보존하여 후손에게 온전히 물려주어야 하지 않겠는가? 그런데 이 아름다운 단풍의 계절 가을에는 관광시즌이라고 해서 어디를 가나 자동차 행렬이요, 어디를 가나 사람 천지니 이 많은 관광객들이 오르내리면서 먹고 쓰고, 누고, 버리니 산과 계곡이 온통 몸살이 나지 않을 수가 있겠는가? 그것들이 쌓여 깨끗한 환경을 오염시킨다고 생각하니 참으로 마음이 언짢다. '제발 쓰레기를 아무 데나 버리지 말자!'

우리는 승용차로 화엄사에 올라갔다. 그 곳 사찰 경내 휴게실에서 창밖으로 이 아름다운 산야를 내려다보니, 단풍잎 사이로 비치는 황홀한 노을빛이 반사되어 더욱 찬란하구나! 그 곳에서 차 한 잔을 마시니 여기가 무릉도원이요, 내가 신선이 된 것만 같다. 하산하여 할매 순두부 집에서 저녁식사를 하고 숙소인 설악 H콘도로 돌아 왔다. 한 방에 모여 노닥거리다가 고스톱 게임을 하는 친구들을 한 방에 몰아 두고, 각자 정해진 방으로 갔다. 나는 김 교장하고 둘이서 방 하나를 차지하고 누웠다. 그러나 잠이 별로 오지 않았다. 그러다가 6.25 때 고생한 이야기가 시작되었다. 김 교장이 자기 이야기를 다 하고 나서

"너도 고생을 많이 했다는 이야기를 들었는데, 잠도 오지 않는데 지난 이야기나 한 번 해 봐."

"그래 좀 부끄러운 이야기이지만 나 고생 많이 했다. 내가 고생한 이야기를 한 번 들어 볼래?"

그 날 밤 우리는 늦게까지 이야기를 나누었다.

노인들과 함께 산상토론

　나는 건강을 위해 일주일에 세 번쯤은 등산이나 걷기운동을 하는 편이다.

　늘 아내와 같이 하는데 오늘은 혼자 등산을 하게 되었다. 아내가 김치를 담근다고 한다. 그래서 나는 등산복을 차려 입고 혼자 산으로 올라갔다. 하얀 아카시아 꽃잎이 휘날리는 산기슭을 지나 싱그러운 신록사이로 산길을 올라가면서 화창한 대자연의 아름다움에 취해 행복감을 만끽해 본다.

　광교산은 언제 와봐도 다음에 또 오고 싶은 참 좋은 산이다. 그렇게 가파르지도 않고, 한나절 내내 걸어도 햇볕을 받지 않을 정도로 울창한 소나무와 잡목이 우거져 산림욕하기에는 더할 나위 없이 좋은 등산코스이다. 그래서 등산 초보자들이나 나 같은 늙은이들이 오르내리기에는 안성맞춤이다. 나는 맑고 깨끗한 공기를 마음껏 들이 마시며 숲속 능선 길을 따라 맷돌바위 쉼터까지 올라갔다. 그 곳에서 잠시 쉬면서 체조도 한 번 하고, 높고 푸른 하늘을 우러러 보며 두 손을 힘껏 뻗어 숨도 한 번 크게 쉬었다. 그리고 거기에 설치되어 있는 운동기구로 몸통 돌리기 허리운동도 했다.

잠시 쉬다가 내려오는데, 노인들이 앉아 이야기하는 곳에 이르러 그들 옆 벤치에 걸터앉아 잠시 쉬게 되었다. 그런데, 그들은 서로 하게하듯 반말을 하고, 또 국민(초등)학교 이야기를 자주하는 것을 보니 국민(초등)학교 동창생들이 분명해 보였다. 그들 중 하나는 그의 아들인 듯한 젊은이와 같이 왔는데, 국내실정을 잘 모르는 것을 보니, 아마도 오랫동안 외국에서 살다가 이제 막 귀국한 부자(父子)인 듯 하였다. 그의 아들인 듯한 젊은 사람이 말하기를

A의 아들; '보릿고개' 란 말은 들어봐서 알겠는데, '꿀꿀이 죽' 은 무엇인지 잘 모르겠어요.

B; 야, 이 사람아, 한국 사람이 대학원까지 나와, 박사학위까지 받았다는 사람이 '꿀꿀이 죽' 도 몰라?

C; 그야, 6.25 전쟁을 직접 겪어 보지 안 했고, 외국에서 한국 전쟁사를 배우지 않았으니 모를 수밖에 없지! 한국에서 대학을 졸업한 젊은이들도 6.25 전쟁에 대한 현대사를 제대로 배우지 않아서 잘 모르던데…, 외국에서 공부한 애가 그것을 어떻게 알겠나? 그 '꿀꿀이 죽' 은 말이야, 말 그대로 '돼지 죽' 이지, 6.25 전쟁 때 피난 가서 살 집이 없어 가파른 산비탈에다 판잣집을 짓고, 먹을 것이 없으니, 미군부대 식당에서 버린 잔반과 부식을 얻어다가 함께 넣고 끓여 먹던 죽을 말하는 거야, 나도 부산피난시절 그것을 몇 번 먹어 봤는데, 먹고 나면 은근히 취할 때도 있었다네.

A의 아들; 아니, 그건 왜요 ? 그 안에 뭐 술이라도 섞여 있었던가 요?

C; 맞아, 그 속에는 작은 고깃덩어리도 간혹 들어있기도 하지만, 양주인 위스키 술도 섞여 이었기 때문이지, 그런데 그것이 음식에 엎 질러 진 술 때문인지, 그렇지 않으면, 술 취한 누가 오바이트를 해서 인지는 아무도 알 수 없지.

A의 아들; 아니, 그런 것을 어떻게 먹어요? 말도 안 되는 거짓말 같아요.

C; 정말 견딜 수 없을 정도로 추위와 굶주림에 시달려 보지 않은 젊은이들은 누구나 다 그렇게 생각되고말고. 그런데, 그 때, 춥고 굶 주림에 시달리던 피난민들은 먹을 것이 너무나도 없으니, 어쩔 수 없 이 그것으로라도 연명을 해야만 했었지, 6.25 전쟁을 겪은 너희 아버 지, 할아버지 세대들은 누구나 다 그렇게 어렵고 힘들게 죽지 못해 살았단다. 아저씨, 그렇지 않아요?

나; 맞아요, 다시는 6.25 같은 그런 전쟁의 비극은 절대 일어나지 말아야 할 텐데,, 참 걱정입니다! 전쟁의 잿더미에서 그 짧은 기간에 경제 강국 G20 의장 국가가 되기까지의 한국현대사를 정확하고 바 르게 이해만 한다면 누구나 다 애국자가 될 터인데 말입니다. 애국자 가 될 뿐 아니라 세계 최고의 경제학자가 되지요! '한국의 역사와 경 제는 기적' 이라고 한 노벨 경제학상을 받은 뉴욕대 토마스 사전트 교수가 그 짧은 기간에 이룩한 한국 경제사를 연구하기 위해 스스로 선택해 서울대 교수로 부임했다고 하잖아요.

A; 그게 정말입니까?

D; 그래, 그 기사가 신문에 보도된 것을 나도 봤어.

A; 그런데 말이야, 지하도에 노숙자들이 왜 그렇게 많은 거야? 그들은 왜 노숙자가 된 거야, 전에는 그렇게 많지 않았잖아?

B; 날씨는 추워지는데, 참 걱정이다. 그들은 아마 전에 사업(중소기업)을 하다가 IMF 때 파산된 사람 아니면, 그 때 빚진 사람들이 아직도 빚을 다 갚지 못하고, 무일푼이 되어 집에도 못 들어가고 노숙자로 남아 있는 것이 아닌가 싶다.

A; 그런데, 그 IMF 사태가 그 때 왜 생긴 거야?

B; 그야, 그 당시 기업과 은행들이 과대융자와 초과대출로 불안전했고 외화보유고 관리를 잘 못해 달러부족으로 수입도 수출도 할 수 없게 되어 벌어진 일이지만, 당시 몇몇 기업들이 산업자본으로 부동산투기를 하는 등 여러 가지 원인으로 생긴 일이잖아.

나; 그리고 또 다른 원인이 하나 더 있습니다. 그것은 우리나라의 몇몇 금융사들이 그 때, 달러장사를 하다가 부도가 더 커졌다는 말을 들었어요.

A; 아니, 그게 무슨 말입니까? 달러장사를 어떻게 했다는 겁니까?

나; 내가 듣기에는 그 당시 태국이 화폐를 '바트' 화로 바꾸면서 고정환율제로 시행하니 외화($)가 썰물처럼 빠져나가자, 황급히 변동환율제로 도로 환원했으나 환율이 급속히 치솟았고, 그로 인해 아시아 여러 나라가 덩달아 환율이 치솟았다는 겁니다. 그 때 약삭빠른 몇몇 우리 금융사들이 미국으로부터 저리로 단기차입금을 과도하게 들여와서 그 아시아나라에 장기로 빌려 주고 이익을 보던 중, 한보 같은 큰 기업들이 어떤 이유 때문인지 재정악화로 부도가 나기 시작하자, 한국에서도 불안감을 느껴 달러($)가 썰물같이 빠져나가니 우리나라에도 외환위기에 봉착하고 말았다는 겁니다. 그래서 장기로

빌려 준 돈은 받지 못하고, 단기로 빌려 온 돈은 갚아야 하니 부도가
날 수 밖에 없었다는 겁니다. 그 여파가 커져서 부도수표가 넘쳐 나
고, 자금난으로 수많은 기업들이 문을 닫아 파산되고 실직자들이 엄
청나게 생기고 말았다는 겁니다. 그래서 급히 IMF 구제를 받게 되었
지요, 그리고 그 때 정부에서는 그 부족한 달러를 만들기 위해 금모
으기 운동을 전국적으로 전개 했었잖아요.

　　B; 맞아요, 나도 그 때 금반지 몇 개를 팔았어요.

　　C; 그래도 그 때, 온 국민이 한마음으로 IMF 빚을 단기간에 갚고,
되살리기는 했지만 아직도 그 때 빚을 다 갚지 못한 파산된 실업자들
이나 실직자들이 지금까지 회복하지 못한 채 가정으로 돌아가지도
못하고 노숙을 이어 오는 것이지!

　　A; 그리고 또 자살하는 사람들이 왜 이렇게 많은 거야? OECD 국
가 중에서 제일 많다는데….그리고, 우리 동네 B 씨는 신용불량자가
되어 은행융자가 안 된다는데, 신용불량자가 왜 이렇게 많이 생긴 거
야?

　　B; IMF 때문에 빚진 사람들이 그 빚 때문에 자살하는 사람들이 많
아진 거 아니야?

　　C; 맞아, 그 영향이 크다고 봐야지, 어느 해인가, 그 때 정부에서는
금융거래 정상화와 경제정의를 실현하기 위해 큰 자본의 흐름을 파
악해서, 산업에 투자케 하여 산업발전에 도움을 주고, 차명을 이용한
불법이윤을 없애고, 또 그 큰 자본에 대한 이자에 세금을 부과하기위
해 예금실명제가 실시되었잖아, 그런데, IMF 이후 외환위기로 인한
경제 불안과 그 이자에 대한 세금을 안 내려고, 그 많은 자본이 모두
지하로 숨어 버리고 말았지, 그래서, 정부에서는 자금수급을 원활하

게 하고 경제활동을 활성화하여 산업발전에 도움을 주워 경제위기를 극복하고 금융개혁을 위해 지하에 숨어 있는 자본을 밖으로 끌어내 양성화하여 불법사채암시장을 없애고, 또 그 큰 자본에 대한 이자에 세금을 부과하여야만 했지. 그러기 위하여 정부에서는 부득이 한 때 그 이자제한법(연4할 이하)을 폐지하고 말았다. 그래서 이자 놀이를 합법적으로 할 수 있는 고리대금업자들이 우후죽순처럼 생겨나 (한 때 29,000여 개나 되었다고 함), 연리60% ~200% 까지 무제한 폭리를 취했지, 그들은 폭력배를 앞세워 빚에 시달리는 채무자 영세기업인과 서민들을 닦달하는 저승사자가 되고 만 것이지, 그래서 그 때 수많은 채무자들이 빚에 시달리다 못해 가족들의 생계라도 지키기 위해 자살로 빚을 갚는 일이 비일비재하게 된 것이지, 그래서 자살하는 자가 수도 없이 많았지, 그 후에 나라에서는 그 횡포를 막기 위해, 이자 제한법을 3년 만에 다시 부활시켜 완화는 되었지만, 그 때 그 빚이 아직도 남아 있는 것 같다.

B; 그리고 내수경기 부양책으로 구매력을 촉진시키기 위해 신용카드가 난발케 이르렀다. IMF 때 빚진 사람들과 그 가족들 또 허영에 들뜨이어 명품 브랜드만 찾던 몇몇 젊은이들이 급한 나머지 신용카드를 남용하여 빚을 카드로 돌려 막기 시작하였으나 빚과 이자만 늘어나고 갚지 못하니 신용불량자가 무더기로 속출하고 말았던 거지. 그래서 아직도 빚 때문에 사람을 죽이고 자살하는 사람들이 끊이지 않고 있다고 봐야지.

나; 맞아요, 그 때 파산한 자와 실직한 자들 중에는 가정이 깨져 뿔뿔이 흩어진 사람도 있었는데, 그들 중에는 나이가 들어 빈곤과 질병으로 독고노인이 되어 자살하는 일이 늘어나고, 또 그 아들딸이 겨우 취직은 했으나 비정규직으로 힘을 펴지 못하고 살기가 어려우니 그들의 부모님 중에는 도움을 받지 못하고 생계에 시달리어 병들고 견디다 못해 자살하는 노인도 생기고, 또 학교에서는 왕따와 폭력으로 시달리는 학생들이 견디다 못해 자살하는 사회현상도 생기고, 조금 여유 있는 노총각들은 국제결혼이라도 하는데, 생계가 어려워 결혼도 못한 노총각들 중에는 정신이상자가 되어 성욕을 참지 못하고 성폭력살인을 저지르고, 그 피해자가 그 수치심으로 인해 자살을 하기도 하고, 미성년자 성폭행도 큰 사회문제로 나타나서 자살이 그렇게 많은 것이지요.

B; 정부에서도 그 때 불법사채 암시장을 막고 경제위기 극복과 금융개혁을 위해 여러모로 긴급 처방을 강구하여 지하에 숨어 있는 자본을 밖으로 끌어내는 데는 성공했지만, IMF 로 빚진 불우한 채무자나 영세 서민채무자들에게는 오히려 더 큰 고통으로 몰아넣은 꼴이 되어 자살이 더 많아졌다고 볼 수 있지, IMF로 인한 채무자를 자살로 몰아가는 폭력적인 채권 독촉은 말할 것도 없고, 학교에서 자살로 몰아가는 왕따와 폭력을 방지하기 위해서라도 강력한 법질서확립과 교권 재확립이 미래 복지사회를 위해 절대 필요하다고 봐.

A; 야 ! 그 동안 국내에서는 엄청난 일들이 많이 있었구나!

C; 아직도 노숙자가 많고 자살을 할 수 밖에 없는 어렵게 사는 불우한 노인들과 학생들이 많이 있다는 사실을 알고 우리의 이웃을 먼저 배려하고 도와주는 것이 진정한 복지가 아닌가 싶다.

B; 그래도 이제는 우리나라의 국제위상이 G 20의 의장국이 될 정도로 경제력이 전보다는 많이 높아졌으나 극빈자들은 실감이 나지 않는가 봐, 극빈자는 어느 선진국에도 다 있는 것이라고 덮어 넘기지

말고, 그들을 적극 배려하는 방향으로 합의하고 실천해야 된다고 생각해. 그리고 온 국민이 서로 갈등 분열하지 말고, 한 마음으로 합의만 된다면 복지선진국 진입이 훨씬 더 빨라질 터인데 말이야.

나; 맞습니다. 세계 어느 나라도 안보, 경제, 민주화가 동시에 이룬 나라는 없다고 합니다. 그런데, 그것들이 순으로 이루어져야지, 그 순서가 뒤바뀌어 안보가 뒤로 가면 국가존립이 위태롭고, 경제발전이 뒤로 가면 민주화는 앞서가지만 산업화가 늦어져 경제적 후진국이 되고 소득이 적어 진정한 사회복지는 수 백 년이 걸리게 된답니다. 그런데, 다행이도 우리나라는 다소의 강압은 있었지만 그 안보, 경제, 민주화가 순서대로 계획적이고 급진적으로 잘 이루어 진 유일한 나라입니다. 우리의 지도자들은 서로 방법이 조금씩 달랐고, 비록 강압과 측근비리로 실수한 것도 좀 있었지만 그래도 그 때 그 형편에서는 그 정책이 나름대로 나라와 국민을 위한 최선의 길이라고 믿고 실천 했다고 봐요, 자유민주주의의 기반과 국방강화, 산업화를 위한 강력하고 계획적인 경제개발, 평화적 정권교체, 북방정책, 문민개혁, 민주화와 남북화해, 개혁정책, 한반도 비핵화주장과 한미동맹 강화, 이 모두가 그들이 추진한 정책들이었잖아요, 선진국들도 수백 년이 걸린 산업화와 민주화가 최단기간에 이루어진 것이지요.

C; 그러나 6.25 동란 때 자유대한민국을 지키기 위해 피 흘린 우리 국군용사들의 희생과, UN 16개 참전국 용사들의 도움과 희생이 없었더라면 불가능 했다고 생각해, 만일 그들의 도움과 희생이 없었더라면 우리는 지금쯤 어떻게 되었을까? 아마도 우리는 속절없이 지금의 북한 인민들처럼 자유도 없이 집단공동노동과 식량배급만을 기다리는 처지가 되어 있지 않았을까? 그래도 다행히 우리 국군과 UN

군의 도움과 희생이 있었기 때문에 오늘날 우리가 G 20 국가 중 하나인 자유대한민국의 국민으로써 이렇게 자유롭고 보다 더 풍요로운 삶을 누릴 수 있게 된 것이 아니겠는가?

　D; 맞아, 6.25 동란 때 우리 국군은 16만 2천여 명이 전사 또는 실종되었고, 장성을 포함한 미군이 5만 4천여 명이나 전사했고, 그 외 영국, 캐나다, 터기 등 각 나라 UN군이 3천4백여 명이나 전사했다고 한다. 그 때 한 종군기자가 어느 미군 병사에게 '지금 가장 원하는 것이 무엇인가?' 라는 질문에 'Give me tomorrow' 라고 했다고 해요. 오늘 전투에서 살아남아야 하기 때문이지, 우리 국군들은 내 나라 대한민국을 지키기 위해 싸웠지만, 그들은 과연 누구를 위하여 무엇을 위하여, 사랑하는 가족들을 떠나 머나먼 낯선 이국땅에서 죽음을 무릅쓰고 그렇게 싸워야만 했을까? 그것은 오직 세계 평화와 자유를 지키고, 우방국인 자유대한민국을 지키기 위해 싸운 것이지요. 우리는 그들의 도움과 희생을 잊지 말고 늘 감사해야 하고 또 보답해야 한다고 봐.

　나; 맞습니다. 어느 시대 어느 역사나 그 속에는 언제나 잘잘못이 있게 마련이지요, 그 잘못을 빨리 깨닫고 빨리 수정하지 못하면 앞으로의 발전은 점점 더뎌지지 않겠습니까? 이제는 지난 세월의 원과 한으로 쌓이고 쌓인 앙금을 또 다시 휘젓지 말고, 더 썩기 전에 가만히 필요 없는 윗물을 따라 버리고 이 시대에 꼭 필요하고 요긴한 깨끗하고 하얀 값진 녹말로 만들어야 하지 않겠어요? 온 국민이 서로 양보하고 배려하여 노사 간 문제, 빈 부차 문제, 세대차 문제, 지역갈등을 극복하여 신뢰, 소통으로 화합만 된다면 서민을 위한 복지확산도 가능할 것 같은데…,"

B; 맞아요, 먼저 국회부터 의견 소통이 잘 되었으면 좋겠어요.

나; 옛날 왕권통치시대에는 민심은 천심이라고 했는데, 오늘날 자유민주주의 체제에서는 민심은 천심이 아닐런지도 몰라요.

A; 왜, 그렇게 생각 하는데요?

나; 고대 민주주의 발상지라고 할 수 있는 그리스의 오늘날의 현실을 보면 알 수 있지요, 자유민주주의 정치에서는 '모든 권력은 국민으로부터 나온다.' 라는 주권재민원칙은 잘 숙달되었는데, '권력행사는 국민에 대하여 책임을 져야 한다.' 라는 대민책임원칙은 아직 미숙한 것 같아요, 그래서 국민들이 정치인들에게 속고 있는지도 모릅니다. 오늘날 자유 민주정치는 투표이고 투표는 민심이고, 민심은 표심(票心)이고, 표심은 복지이고, 득표는 복지 경쟁이고, 복지경쟁은 부도국가로 가고, 부도국가는 구걸국가(IMF)로 가고, 구걸국가는 긴축정책으로 가야만하고, 긴축정책은 감봉과 정리해고와 연금축소로 인한 데모국가로 가고, 데모국가는 난국의 부채국가로 갈 수 밖에 없습니다. (그리스 입장, 2011) 그래서 그리스의 사태는 우리에게 타산지석(他山之石)이지요.

C; 맞아요, 일단 시행되어 그에 맛들인 복지는 축소 또는 취소가 참 어려운가 봐요. 그래서 복지를 위한 성장도 함께 필요하다고 봐요.

나; 우리나라의 총 GDP의 53%가 10대 기업이 차지하고 있다는데 이들 중 한 두 기업이라도 잘 못 된다면 1인당 GDP가 또다시 1만 $ 대로 곤두박질하지 않을까요? 경제민주화란 이름으로 대기업만 억압한다면 생산라인을 해외로 돌리어 일자리만 줄고 수출만 줄지 않을까요? 걱정스럽네요. 우리는 수출로 먹고 사는 나라인데, 그러니

대기업이든 중소기업이든 아직은 다 같이 계속성장 발전, 수출 증대
케 해서 그 이익 중 일부를 복지를 위해 과세케 해야 하지 않을까요?

B; 그래도 대기업들이 문어발식으로 중소기업들을 억압 쇠퇴케 해
서는 복지가 안 되지 않아요?

나; 그야 물론이지요, 그래서 대기업도 억압하지는 말고 계속 국제
경쟁력을 더욱 길러서 국내 중소기업과는 경쟁하지 말고 서로 돕고,
외국기업과 경쟁해서 이기고 수출증대로 이익 증대케 하고, 생산라
인을 국내에 증설케 하고 서비스업도 확장하여 일자리도 늘리게 하
고, 비정규직도 줄이고 복지세도 조금만 더 내게 하면 모두가 win-
win 하는 것이 아닐까요? 이 시대에는 국민들의 경제민주화 의식이
높아져 지나치게 이기적인 기업은 계속 성장하지 못할 것입니다. 그
러니 대기업들도 이제는 도덕상의 의무를 다하여 국민으로부터 존경
받는 기업이 되어야 계속 성장할 수 있다는 것을 알고 있다고 봅니
다.

D; 원조를 받던 수혜국에서 원조를 하는 공여국으로 바뀌는 것은
오직 우리나라 뿐, 세계에서 유례가 없습니다. 거기에는 산업화 역군
뿐만 아니라 중소기업도 대기업도 큰 공을 세웠고, 얼마나 자랑스럽
고 영광스러운 일입니까? 이처럼, 우리의 경제적 여건은 이제 가능해
졌다. 그러나 분단된 우리의 처지와 국제사회의 이해와 안목과 애국
국방의지와 실천력이 아직은 좀 불안하고 부족한 점이 있다고 보여
집니다.

나; 맞아요, 너나 할 것없이 자기 입장만 강조하고 남을 배려하는
마음이 우리는 너무나 부족한 것 같아요, 특히 불법과 속임수로, 가
짜 물건과 밀수 품, 불량식품을 팔아 떼돈을 노리는 악당들이 남이야

죽던 말든 제 욕심만 부려 남에게 해를 기치는 불법행위는 절대 발을 붙이지 못하도록 강력하고 엄중하게 단속하는 법질서가 확립되어야 한다고 봐요. 이것이 없어지지 않는 한 복지사회를 위한 건전한 경제발전은 불가능하기 때문입니다.

C; 맞아요, '세살 버릇 여든 간다.'는 말이 있어요. '안녕하십니까? 고맙습니다. 미안합니다.' 등 '안, 고, 미' 운동을 다시 벌려서라도 남을 배려하고 늘 감사하는 마음을 어려서부터 길러야 한다고 봐, 세계에서 우리 학생들이 학업성취도는 최상위인데 남과 어울려 사는 사회성은 하위라고 하잖아요, 잘 못된 것은 스스로 용서를 구하고, 잘 한 것을 보면 크게 칭찬하고 고마워하는, 용서, 칭찬, 감사할 줄 아는 마음씨를 어려서부터 길러 나가야 한다고 봐요.

D; 나도 동감이에요, 언젠가, '2세 국민이 될 내 자식을 바르게 키우는 일보다 더 중요한 국가대사는 없다.'고 한 안동 모씨 종갓집 맏며느리가 모 여대 총장님과의 전화 인터뷰로 한 말이 생각납니다. 일본의 가정교육에서 '오모우 아리'와 같이 배려하고 서로 돕는 교육, 줄 서기와 인사하기, 가사 돕기를 끊임없이 반복 훈련하는 일본 어린이들처럼 우리도 어려서부터 서로 배려하고 서로 돕는 교육을 가정에서 실천해 나가야 한다고 생각해요. 피아노, 미술, 외국어 과외도 중요하지만 그보다 더 소중한 것은 예의와 염치, 남을 배려하고 남에게 폐를 끼치지 않게 자제할 수 있는 인내를 어려서부터 길러야 한다고 봅니다.

나; 유대인은 어려서부터 다양한 토론방식인 탈무드로 교육을 받는답니다. 세상에서 가장 강한 인간은 자신의 마음을 통제할 수 있는 인간이라고 가르친답니다. 우리도 경쟁에서 이겨야만(1등만이) 살아

남는다는 경쟁적인 교육방식을 조금만 수정하여 논리적으로 생각하며 판단할 수 있고 남을 배려하고 자신의 마음을 바르게 통제 할 수 있는 힘을 어려서부터 길러야 한다고 봐요, 그래야 미래의 복지국가에서 지도자가 되었을 때 다른 사람의 의견을 존중하고, 자기의 분노를 다스리어 타협으로 최상의 결론을 내릴 수 있는 창안의 힘이 생긴다고 봐요.

C; 그래서 유대인들이 노벨상을 그렇게 많이 수상했나 봐요.

나; 역사는 사회현실이니 정치와 무관하다고는 할 수 없겠지만, 정치가 역사를 주도해서는 안 된다고 봐요, 이웃나라 강대국 중국과 일본을 멀리하는 반중(反中) 반일(反日) 반러 감정도 결코 안 되겠지만, 반미(反美) 감정도 절대 안 된다고 봐요, 왜냐하면 오늘날은 국제사회의 협력 없이는 어느 나라도 홀로는 지속적인 경제발전도 국방도 불가하기 때문입니다. 만일, 중국이 영해침범, 탈북자 강제북송, 일본이 독도 주장 등을 힘으로 나올 때 이를 견제하기 위해서라도 한미동맹과 국제협력이 절대 필요합니다. 만일 반미감정이 심하여 한미동맹이 깨지고 미군이 철수하고 미국의 입김이 살아진다면 중국의 동북공정 추진이 가속화되어 고구려 역사가 중국내의 소수민족의 역사로 둔갑되지 않을까 염려스럽습니다. 왜냐하면, 백두산의 2/3 가 장백산이 된 것도, 광개토대왕비를 한 때 봉쇄한 것도, 두만강 유역 공단조성과 나진항, 청진항을 동해 요충지로 확보하려는 것과 위화도와 황금평의 개발권을 장기간 중국이 부여받으려는 것도, 아리랑 민요를 자국 내의 소수민족의 문화로 유네스코에 등재하고자 한 것도, 남해의 이어도 관할권 주장도 만리장성을 발해까지 연장하는 것도 염려스러운 점이 있지 않습니까? 북한에서도 김정일이 유언으로

'중국을 조심해라' 했다니 아마도 중국의 동북공정을 잘 알고 있는 것이 아닐까요? 그러니 북한도 남한에 대해 전쟁 위협으로 협박만하지 말고 평화적으로 민족애적인 대화로 잘 못을 풀고 경제 협력하는 것이 통일을 위해 옳지 않을까요?

사랑하는 젊은이들이여 !

나; 사랑하는 학생들이나, 젊은이들에게 꼭 하고 싶은 말이 있습니다.

D; 무슨 말을 하고 싶은데요, 우리가 젊은이들이라고 생각하시고 한 번 말해보소, 들어 줄게요.

나; 사랑하는 젊은이들이여! 사람은 왜 살까?, 태여 나서 죽지 못해 사는 것도 아니고, 먹기 위해 사는 것도 아니고, 오직 희망, 꿈이 있기 때문에 열심히 공부하고 고생하며 사는 것이 아닌가? 그러니 꿈을 크게 가져라! 젊은이들이 꿈이 없다면 나라의 미래도 없기 때문이다. 취직도 안되고 희망이 없는 세상, 나는 살아져 버릴까 생각하며 스스로 의기소침 하여 자기비하의 열등의식을 갖지 말고 자기 스스로를 존중하는 감정 즉 자존감(自尊感)을 가져라. 세계 70억 인구 중에서 외모, 환경, 생각이 나와 꼭 같은 인간은 오직 나 하나 밖에 없다. 나는 하느님의 특산물이요 하느님의 명품이다. 나는 사랑을 받기 위해 태어났다. 나를 사랑하지 않고 스스로를 폄하하는 것은 너를 이 세상에 태어나게 하신 하나님과 부모님에 대한 너무나도 무책임한 크나큰 불충이고 불효이며 죄인이다. 어둡고 긴 차디찬 겨울을 지나 꽃샘추위마저 이기고, 온갖 색동 옷 입고, 대지를 뚫고 솟아나는 찬란한 봄꽃처럼 아름다운 이 세상에 태여 난 나, 사랑하는 내 가족, 내 나라 국민을 위해 가장 멋있고 훌륭하고 재미있고 신나게 살아가며 아름다운 향기로 보답을 해야 하지 않겠니? 세상은 넓고 할 일은 많다. 나는 할 수 있다. 너도 할 수 있다. 하면 된다. 영문으로 I'm possible은 가능이고, Impossible은 불가능이다. 점 하나 밖에 차이가 없다. Best one 보다 only one이 되어라 남들이 다 하는 일 중에서 1등보다 나 밖에는 아무도 할 수 없는 일, 남들이 잘 하지 않는 일, 내가 제일 잘 하고 제일 좋아하는 일을 찾아 즐겨라, 그러면 only one이 될 수 있으리라.

B; 참 말씀도 잘 하시고 아는 것도 많고 꼭 교수님 같아요, 혹시 교수님 출신 아니세요?

나; 과찬이십니다. 저는 초등학교 교사로 퇴임한 사람입니다. 아저씨들, 행복지수가 가장 높은 나라가 어느 나라인지 아십니까?

A; 글쎄, 스웨덴 아닙니까?

나; 영국 모 대학팀이 몇 년 전에 조사한 결과를 보면 1 위가 덴마크이고, 한국은 102위 랍니다. 그 이유가 있더라고요, 국왕이 특권을 누리지 않고 겸손, 검소하니, 국민이 정부와 제도를 믿고, 노사가 서로 믿고, 대기업과 중소기업이 서로 믿고, 특권, 부패, 반칙, 비리, 기만이 통하지 않는 풍토가 정착되어 투명한 법 집행을 하기 때문에 모든 국민이 신뢰하며 살기 때문에 행복하다는 기사를 보고 참 부럽기도 하고, 우리는 왜 그렇게 되지 못할까요 ? 아마도 욕심 때문이겠지요! 우리나라도 보스적인 정치지도자가 아니고, 예수님처럼 사람들을 섬기는 지도자, 즉 법에 따라 사욕 없이 국가와 국민만을 위하고 섬기고 생각하는 신뢰할 수 있는 훌륭한 지도자와 정치인들이 나온다면 우리도 그렇게 될 수도 있지 않을까요? 아마도 그런 지도자가 나올 것입니다. 희망을 가져 봅시다.

C; 일찍이 미 대통령 링컨은 말하기를 '모두들 세상을 바꾸려 들지만 스스로를 바꾸려는 생각은 하지 않는다.' 고 역설(力說) 하였지요. 그 말이 오늘날 우리 사회에서도 꼭 받아들여야 할 시대적 교훈이 아닐까? 청년들이여 ! 옳은 일만 생각하고 좋은 일에 힘쓰라, 젊은이들이여 ! 바다는 왜 썩지 않는지 알고 있지? 3.5 % 이상의 염분이 섞여 있기 때문에 섞지 않는다네, 미래의 주역인 자네들이 이 사회의 소금이 되어, 등불이 되어 우리 국가사회가 더 부패하지 않게, 더 어둡지 않게 해야 하지 않겠는가? 우리나라는 산수가 아름답고 만물이 풍요로운 자연환경을 가진 축복 받은 민족이다. 그래서 우리는 하나님께 빚진 자요, 사회의 모든 자들에게 빚진 자가 아닌가? 하나님께 보답하는 길은 하나님 뜻대로 바르게 사는 것이요. 그 많은 손길에 보답하는 길은 사회를 위해 열심히 일하고 봉사하는 것이 마땅하지 않겠는가?

나; 젊은이들이여! 자네들은 우리 늙은이들 보다 얼마나 더 행복한 삶을 누리고 있는지 생각 해 본 일이 있는가? 내 나라가 있으니 행복하고, 내 나라 말로, 그것도 세계에서 가장 훌륭한 한글로 배울 수 있으니 행복하고, 위협은 받고 있지만 아직은 전쟁이 없어 평화로우니 행복하고, 이렇게 경제적으로 12 위권에 와 있는 경제 강국 자유대한 민국에서 이렇게 발달된 문화선진국에서 문화생활을 하면서, 절약하고 노력만 하면 무엇이든지 할 수 있고, 능력이 생기면 자유롭게 자가용도 몰수 있으니 얼마나 행복한가? 고속도로가 있고, KTX 기차를 타고, 비행기를 타고 외국에 여행 할 수 있으니 얼마나 행복한 일인가 ? 북한을 빼고는 세계 어느 나라에 가도 코리안으로서 대우를 받는다. 그것은 우리 국토가 넓어 대국이기 때문도 아니고, 자원이 풍부해서도 아니다. 오직 우리나라가 이만치 수출을 많이 하여 인구 5,000만 명이상에 소득 2만 달러 이상의 나라인 20-50클럽에 일곱 번째로 가입될 정도로 잘 살고 자유가 보장되어 있기 때문이다. 그것은 오직 비전을 가진 리드와 산업화역군들의 피땀의 보상이다. 그 은혜를 잊지 말고 계속 더 노력하여 30-50클럽으로 밀고 나가야 하지 않겠는가, (1인당 GDP가 룩셈부르크는 10만$ (2012), 노르웨이는 8만 5천$ (2011), 아시아의 네 마리 용 (한국, 대만, 홍콩, 싱가포르) 중 싱가포르는 4만 3천$ (2012)가 넘는다는데…).

B; 맞아요, 밖에서는 많은 개발도상 국가들이 우리를 부러워하며 배우고 싶어 하는데, 안에서는 이해와 배려와 소통이 아직은 좀 부족하고 불안한 듯해요.

나; 젊은이들이여! 우리 같은 늙은이들이 학생인 그 때는 젊은이들이 지금 가지고 누리고 있는 이런 모든 것이 아무 것도 없었다네, 심지어는 우리말도 자유롭게 하지 못했다네, 오늘날 한국이 낳은 자랑스러운 반기문총장이 UN 총회의 수장으로써 만국평화 회의를 주관하고 있지만, 이조 말 이 준 열사는 만국평화회의에 입장도 못해 '살아도 그릇 살면 죽음만 같지 않다.' 는 유서를 남기고 할복자살을 했고, 손기정 선수는 올림픽에서 우승했지만 태극기를 달지 못한 역사를 알고 있지, 공기가 없어 봐야 공기의 소중함을 알 듯, 전쟁도 겪어 보지 못한 젊은이들이 어찌 자유와 평화의 소중함을 깊이 느낄 수 있겠는가? 보릿고개도, 6.25 동란이란 동족상쟁의 잔혹함도 겪어 보지 않았고, G20 중의 하나인 대한민국의 품안에서 온갖 권리와 자유를 만끽하며 고도로 발전된 문명사회에서 편리한 삶을 누리고 있는 미래의 기둥이 될 젊은이들이여! 부디 숙고하라! 미래의 자유 대한민국을 생각하고 전쟁의 위협을 막고 국제적인 안목과 의지로 강인 해 저라! 그리고 노년들을 너무 폄훼하지 마라. 지금 노년 세대는 전쟁의 잿더미에서 배가 고파도 희망만을 가지고 자식들을 위하여 나라를 이만치 발전시켰네. 그래서 우리 젊은이들이 세계 어디에서도 당당하게 활보하고 있지 않은가? 그런데, 왜 젊은이들의 생각만 옳고, 노년들의 의견은 무의미하다고 취급하는가? 지금당장 좀 부족하고 되는 것이 없다고 불평하고 원망하지 말게 그것은 지난날 무에서 시작하여 유를 창출한 산업화 역군들에 대한 은혜도 모르고, 오늘날 많은 나라들이 부러워하고 배우고자 하는 대한민국의 자유롭고 풍요로운 축복도 느끼지 못한 채 내일의 영광스러운 희망조차 포기하는 어리석은 사람이다. 그대들을 보고 있는 노년들도 불안하고 힘들기는 마찬가지라네.

　B; 오늘날은 소셜네트워크서비스(SNS)의 보편화로 횡적인 소통은 잘 되나, 종적인 소통은 먹통이다. 세대 간의 격이 심해 가정에서도 대화가 적어지고, 부모나 노년들의 말은 시대에 뒤지는 시간낭비로 보는 경향이 있습니다. 그렇다고 해서 노년들의 생각과 의사를 소외한다면, 그것은 과거의 교훈을 무시하고 배제한 소통이 아닌가? 삶

은 많은 독서와 학습을 통해서 어렵고 힘든 다양한 일을 통해서, 다양한 봉사활동을 통해서, 세상을 탐험 해 가는 과정이고 기회요 역사입니다. 그 속에서 지혜를 얻어 익어가는 자기 성숙이 아니겠는가? 톨스토이는 세상에서 가장 중요한 때는 바로 지금이고, 세상에서 가장 중요한 사람은 바로 지금 함께 하는 사람이며, 세상에서 가장 중요한 일은 그를 사랑하는 일이라고 했습니다. 서로 사랑하라, 진정한 행복은 소유가 아니라 마음의 상태에 있다고 합니다.

　　나; 세계인구의 0.2%도 안 되는 유대인이 노벨상을 20%나 차지한 것은 무엇 때문일까요? 그것은 그 조상들이 40년 동안 광야에서 '만나'를 먹으며 고통을 함께 받으며 가족과 동족간의 협동과 배려와 극복의 지혜를 깨달은 그 피, 그리고 2,000여 년간이나 나라 없이 흩어져 살다가 겨우 찾은 나라를 다시는 잃지 않겠다는 굳은 애국심의 DNA를 물려받아 탈무드로 교육을 받았기 때문이라고 합니다. 우리 민족도 오천년이란 긴 세월, 주변 강대국의 침략과 억압 때문에 설음과 압박, 공포, 격분 등 모든 고통을 함께 극복하면서 상부상조의 협동과 유대, 배려, 애국심으로 나라를 지켜 온 DNA를 물려받았습니다. 그리고 일본의 벵꾜(勉强), 중국의 듀넨(讀念), 영국의 study 가 아닌 오직 무에서 유를 창출하는 창의적인 학습, 우리의 공부(工夫)를 해 온 민족이오. 그러니, 우리도 이제는 마음과 지혜를 하나로 모아 나라와 국민을 위해 사욕을 버리고, 서로가 믿고 배려하는 사랑을 베풀 때가 아니겠는가? 젊은이들이여 ! 세상을 향하여 끊임없이 질문 노력하는 미래의 강력한 대한민국의 동량이 되는 큰 꿈을 꾸어라 그리고 실현하라.

후
기

숨 가쁘게 달려 온 기나긴 내 삶을 뒤돌아보니 굽이굽이 힘들고 고통스런 고비를 넘을 때마다 슬기롭게 헤어나게 해 주신 하나님 은혜에 깊은 감사와 경배를 올립니다. 내가 평생을 걸어온 교단수기와 만학의 고학(苦學)을 통해 얻은 갖가지 체험, 이 작은 이야기를 나눠 주고 싶은 마음으로 이 글을 썼습니다.

늘 말없이 행동으로 따뜻한 사랑을 느끼게 해 주시고 말씀 한 마디로 내 마음을 위로해 주시고 단련케 해주시고 깨달음을 주신 부모님이 한 없이 그립습니다. 어렵고 힘들게 살면서도 한결같이 바르고 순박하게 살아오신 부모님을 생각만 해도 존경스럽고 은혜롭고 감사한 마음으로 가슴이 벅차오릅니다. 살아 계실 때 효도 한 번 제대로 해 보지 못 한 것이 뼈저리게 후회스럽고 송구스럽습니다. 그리고 늘 아낌없이 도와주신 형제들 주변의 친지 어른들, 스승님, 벗님들, 항상 내 건강을 챙겨 주고 격려 해 준 내 아내 그들이 있었기에 오늘 내가 있는 것입니다. 참으로 감사합니다.

또한 이곳으로 이사 온 후 주일마다 하나님의 말씀으로 내생각과

지혜를 넓혀주신 이 원로목사님과 진당회장님, 그리고 늘 함께 기도
해 주신 정 목자님과 정 장로님 그리고 목장회원 여러분들께도 진심
으로 감사의 말씀을 올립니다.

아비노릇도 제대로 하지 못한 내 딸들에게 이 짧은 이야기 글을 물
려주고자 하니 읽고 또 읽고 그 속에서 혹시 깨달음이 있다면 내가
너희들에게 주는 교훈으로 알고 부디 형제간에 정답게 가족들과도
늘 행복한 삶을 누려라. 그리고 내 조카들 내 외손자 외손녀에게도
이 글을 읽게 하여 착하고 훌륭한 아들딸들이 되어라.

그리고 한 가지 솔직히 말하고 싶은 것은 글 속에 나오는 등장인물
들의 성함은 그 분들의 인격을 고려하여 모두 가명으로 했음을 밝혀
둡니다. 끝으로 이 글을 쓸 수 있도록 저에게 용기를 주신 김○승 교
장선생님, 내 글을 교정해 주시고 감수해 주신 윤○섭 교장선생님께
진심으로 감사드립니다.

2012년 12월

井山 이 현 창

당뇨 환자용 식품
당뇨, 얼마나 무서운 병인가

생명공학박사 김동철교수가 24년 당뇨연구 끝에 개발한
당박사는 자연식물 30여 가지를 나노기법으로 저온추출한 NTB-A추출물로
당뇨의 근본원인을 개선하는 신제품!

- 제조원 : 나노텍바이오
- 제품명 : 당박사110
- 용량 : 1개월 3.7g×60포(총222g)

당뇨치료의 새로운 패러다임, NTB-A추출물

NTB-A추출물은 천연의 자연식물 30여가지를, 특수 나노기술을 이용하여 추출하고 건조하여 분말형태로 만든 원료이다. **황기, 누에, 산약, 사삼(더덕), 꾸지뽕,** 갈근(칡뿌리), 숙지황, 옥수수수염, 백모근 등의 원료를 과학적으로 잘 배합하였기 때문에 체질에 관계없이 누구나 섭취가 가능하다. 단순히 당뇨에 좋다고 하는 성분들을 모아서 추출한 것이 아니라 정량적으로 배합하고 처방화하여 구성한 것이다.

사례. 20대 같다는 말 실감나 바로 이런 것!

가톨릭대 김 모 교수님(남, 50세)은 3개월 섭취 후 정상혈당을 유지하면서 완전히 옛날로 회복되었다. 대부분의 당뇨 환자들은 신장의 염증으로 인한 발기부전 합병증세로 부부관계를 거의 할 수 없는 경우가 많은데, NTB-A추출물은 신장의 염증을 해소하여 문제점을 개선해주기 때문이다.

상담문의 / 인터넷주문
☎ **1577-7217**
www.sspark24.com